CW00419951

KALMOND KESS

SEQUENZER

... ein gemachter Mann ...

... ein Roman im Jahr 2035 ...

IMPRESSUM

Lektorat: Casa Ceslerus
Korrektorat: Casa Ceslerus
Umschlaggestaltung: selfpubbookcover.com, Casa Ceslerus
Herstellung und Verlag: Casa Ceslerus
Anfragen über: info@ceslerus.com

weitere Mitwirkende:
AMAZON ISBN: 9798613068715

DAS BUCH

Die Welt im Jahr 2035...
Mikel Scott Miller ist "der" Star. Ein "gemachter" Mann, denn er ist einmalig für seine Macht über das Genom. Er hat eine Maschine entwickelt, die es der MESINA AG erlaubt, die menschlichen Gene beliebig zu manipulieren. Er wird zum Herrn über Gesundheit und Krankheit. Sogar über Jugend, Schönheit, Leben und Tod. Er könnte sich seine Traumfrau im Reagenzglas erschaffen:
Aber es gibt Sie schon und sie will ihn-
Gute Mächte bewundern ihn-
Böse Mächte wollen ihn – den **Sequenzer**
Ein Muss für jeden, der wissen will, was vor uns liegt. Ein Roman, ein Krimi in einer neuen Zeit? Realistisch, präzise und zugleich abenteuerlich und unvorhersehbar.

Der Autor: Kalmond Kess, lebt in München, ist Ingenieur, schreibt seit seiner frühen Jugend. Er lebt abwechselnd in München und in Pula am Meer. Nach seinem Debüt Roman –
Die Spur im Fluss – folgt nun der Zukunfts-Roman – **Sequenzer.**
Der **Sequenzer** - lässt einen teilhaben an der abenteuerlichen Jagd nach Geld und Genen – in einer Welt von Morgen.

MEIN DANK

Mein Dank geht unter anderen auch an meine Freunde und Probeleser, Kornelia Ziegler, Sabine Gansner, Petra Sinuraya, Alexandra Stanimirovic, Ulrike Weber, Charlotte Villinger, Dietmar Pfaff, Bibliothekar und eifriger Leser.

Die handelnden Personen, – die Unternehmen sind einer zukünftigen Epoche zuzuordnen und entspringen der Fantasie des Autors. Ähnlichkeiten sind nicht beabsichtigt.

Die beschriebenen Verfahren und Technologien sind Gegenstand von gewerblichen Schutzrechten, Marken und Patenten und deshalb urheberrechtlich geschützt.

EISKALT

Martinsried, Montag, 24. September 2035

Er zog die mittlere Schublade des Gefrierschrankes heraus. Reflexartig wich er zurück, wie durch einen elektrischen Schlag getroffen, stolperte rückwärts, fiel zu Boden. Konnte sich dabei noch mit den Händen hinter dem Rücken fangen. *Was war das?*

Es dauerte einen Moment, ehe er einen neuen Versuch wagte. Er schaute über den Rand der Schublade. Mit Raureif wie ein Leichentuch darübergelegt, erkannte er die Kontur eines blutigen Kopfes. Mikel sah dunkle Hautstellen. Kalten Eisschnee wischte er in seinen Händen zusammen, wie wenn man einen Schneeball formte. Er musste die Schublade gegen einen Widerstand weiter herausziehen.

Etwas klemmte im Inneren des Gefrierfaches. War festgefroren, klebte am Kittel des Toten. Mikel zitterte am ganzen Körper, als er die harte, eiskalte Hand soweit zur Seite drücken konnte, dass die Schublade sich ganz herausziehen ließ. Er steckte im Schrank, wie in der Pathologie der Rechtsmedizin. Der weiße Laborkittel ist durchstochen. Steif gefrorenes Blut war aus dem Stich in seiner Brust herausgequollen, hatte den weißen Kittel stellenweise tiefrot durchtränkt. Dunkelbraune Kruste bedeckte den Boden der kalten Schublade. Ein Sarg aus Edelstahl. Das Entsetzen, der letzte Schrei, der Blick der blutunterlaufenen Augen, die letzte Sekunde war eingefroren im Gesicht dieses Toten.

Wer war das? Das Muttermal an der rechten Wange. Ja, das ist er. Das ist Robi, schoss ihm durch den Kopf.

Bewegte sich da gerade etwas? Die blau gefrorenen Lippen eines Robi Zhang wollten ihm zurufen:

»Ich habe euch doch gewarnt. Warum glaubt ihr mir nicht?«

PROLOG

Was war ...

Ende der Zwanziger gelangen bahnbrechende Erfindungen. Das Umsteuern in der Klimapolitik zeigte erste Erfolge. Fossile Energieträger wurden weitgehend durch Regenerative ersetzt. Das Artensterben konnte durch Klone und Rückzüchtungen teilweise umgekehrt werden. Im westlichen Europa und in den Vereinigten Staaten konnten sich ökologische Strömungen der politischen Parteien etablieren.

In der Viruspandemie 2020 forschten junge Unternehmen an Impfstoffen und antiviralen Medikamenten. Neue Pharmaka Start-ups suchten weltweit nach Antibiotika gegen resistente Keime. Sie züchteten künstliche Organe, Implantate. Organoide ersetzten zerstörte Bauspeicheldrüsen und geschädigte Netzhaut bei Blinden. Querschnittslähmungen, welche durch Unfallverletzungen der Wirbelsäule verursacht sind, konnte man erfolgreich kurieren. Es gab Behandlungsmöglichkeiten für als unheilbar geltende Krankheiten. Man fand wirksame Gen Therapien, um das Altern zu verlangsamen und genetische Defekte zu beheben. Neueste Computer arbeiteten längst mit dem Quantenprozessor. Also einer Recheneinheit, die den Gesetzen der Quantenphysik entspricht. Eine Aufbruchstimmung entstand in der jungen Generation. Eine Hoffnung auf eine bessere Zukunft ohne Kriege, Armut und Krankheit.

Aber die Lasten der Vergangenheit holten die westlichen- und fernöstlichen Industrienationen ein. Die Verschuldung war ins Astronomische gestiegen. Im Jahr 2027 drohte den führenden Industrienationen der Staatsbankrott. Gleichzeitig brachen weltweit alle Kryptowährungen zusammen. In einer gemeinsamen Nacht- und Nebel Aktion beschloss man den Dollar, den Euro, den Yen, das britische Pfund und den chinesischen Yuan im Verhältnis 4 zu 3 abzuwerten und dem Währungskürzel jeweils ein N für N$ und N€ usw. voranzustellen. Verbindlichkeiten, Guthaben, Löhne und Gehälter wurden ebenfalls im Ratio 4 zu 3 umgestellt. Aktien und Wertpapiere und das **INCA-Pound** behielten ihren Wert.

INCA bedeutet **IN**vestment **C**overed **A**sset. Das INCA Pound ist durch seinen Anteil an Sachwerten wie Industrien, Häfen, Autobahnen, Rohstoffe, Edelmetalle, Grund und Boden, welche über den gesamten Globus verteilt sind, gedeckt. Der INCA wurde aus der Taufe gehoben, um ein neutrales, wertstabiles Gegengewicht zu den dem Verfall preisgegebenen Papiergeldwährungen der westlichen Welt zu schaffen. Kleinere Länder brachten teilweise ihre Infrastruktur als Assets ein und haben das INCA Pound als Währung eingeführt. Größere geben ihre Wechselkursparität zum INCA, dem I£ an.

Kurz nach dem Währungsschnitt kam es zu einem gewaltigen Crash an den Börsen. Es drohte eine neue Weltwirtschaftskrise. Und die in den Zwanzigern gebannt scheinende Inflation war wieder ein Thema. Zwar wurden die immensen Staatsschulden auf Kosten der Allgemeinheit reduziert, aber die Leute hatten mit einem Schlag weniger Geld für den Lebensunterhalt und den Konsum. Auch weil die Preise rasant stiegen.

Europa, welches gerade den Ausstieg Großbritanniens verkraftet hatte, drohte der Zerfall. Eine Art New Deal wie in der Weltwirtschaftskrise Anfang der Dreißigerjahre des vorigen Jahrhunderts sollte Aufbruchstimmung in den Industrienationen erzeugen. Da hatte der österreichische Kanzler Florian Kurz die Idee einer Ausschreibung für eine neuartige Schnellbahn. Die sollte die Metropolen Europas mit einer neuen Generation einer Magnetschwebebahn verbinden. Die MAGLEV-HYPERFAST erfüllte die hohen Erwartungen. Ende 2028 verbanden Schnellbahnen die Metropolen auf dem Kontinent. Zwei von Nord nach Süd und zwei von Ost nach West – quer durch Europa.

Die MAGLEV-Magnetschwebebahn erreichte Durchschnittsgeschwindigkeiten von mehr als 900 km pro Stunde. Die großen Airlines waren am Aufbau und Infrastruktur der MAGLEV, HELITAXIS und MOBCARS beteiligt. MAGLEV und HELITAXIS ersetzten teilweise die Schnellbahnen – MOBCARS die Regionalzüge, Busse und Straßenbahnen. Aber viele kleinere Airlines verschwanden vom Himmel.

"VERKEHRTE" WELT

Martinsried bei München, 18. Dezember 2034

Die Landschaft am oberen Panoramafenster wischte mit fast neunhundert Stundenkilometern vorbei. Lange konnte man nicht hinaussehen, ohne dass einem übel wurde. Der untere Rand der Fenster im MAGLEV wurde während der Fahrt durch ein Infotainment mit Werbetafeln belegt. Es waren gerade einmal drei Minuten von Milbertshofen nach Martinsried vergangen. Mikel Scott Miller hatte es sich im Loungesessel bequem gemacht. Vor ihm saßen zwei Herren im Maßanzug. Die unterhielten sich über Börse, Politik, Familie. Elegant gekleidete Damen im Businesskostüm und NOTEFLAT-Tasche auf dem Schoss saßen in der Reihe vor ihm auf der rechten Seite. Rechts neben ihm beanspruchte ein Mann mit Aktentasche zwei Sitze für sich allein. Beide Sicherheitsbügel waren halb offen. Der Einzelplatz war zu eng für ihn. Er sah aus wie ein Boxer der Schwergewichtsklasse, – der runde Kopf mit den stecknadelkurzen dunklen Haaren schien übergangslos auf den breiten Schultern zu ruhen. Er trug eine Nickel-Sonnenbrille und einen dunkelblauen Anzug. Dem grauen Ansatz an den Schläfen nach, schien er Anfang vierzig zu sein. Die Damen interessierten ihn, denn er schaute durch die Lücke zwischen den Kopfstützen.

MARTINSRIED/MUNIC WEST erschien auf der Anzeige am unteren Fensterrand. Die Sicht nach draußen, welche im unteren Teil matt abgedunkelt war, wurde jetzt automatisch volltransparent. Stechend hell blendete die Morgensonne aus Richtung Osten herein. Der MAGLEV verringerte die Geschwindigkeit und bremste stark ab. Die Druckwelle wirbelte Staub auf.

Mikel wurde in den Sicherungsbügel gepresst. Auf dem Dach des Bahnsteigs landete ein HELITAX. Der Taxi-Helikopter brachte einen Fahrgast aus der City hierher. Von hier aus kam man im MAGLEV in knapp einer Stunde nach Paris.

»Martinsried München West – bitte rechts aussteigen – Martinsried Munic West – right door please«. Mikel Scott Miller betätigte die Entriegelung am Bügel, der ihn am Aufstehen hinderte. Eine Reihe Fahrgäste formierte sich vor der rechten Wagentür. Auch der Boxer musste hier raus. Martinsried liegt im Speckgürtel der zwei Millionenstadt München. Vor zwanzig Jahren noch ein kleiner Vorort, ist Martinsried heute ein Stadtteil mit 60.000 Einwohnern.

Jetzt wartete er links hinter ihm, der Boxer mit der Sonnenbrille im blauen Anzug. Mikel ging einen Schritt zur Seite, drehte sich nach hinten. Er fühlte sich beobachtet.

Der Mann ist einen halben Kopf kleiner als er. Aber er ist gefühlt doppelt so breit- und hundert Kilogramm schwerer. Auffallend die daumenbreite Narbe am Hals wie von einem Würgemal oder einer misslungenen OP.

Mikel rückte instinktiv etwas von ihm ab und kam so den Damen vor der Tür näher. Jetzt wohl etwas zu nahe, denn die eine bedeutete es ihm mit einem Lächeln. Die hellblonden, mittellangen Haare fallen ihm in die graublauen Augen. Er pustete sie aus dem Gesicht, während er sich mit der rechten Hand am Deckengriff festhielt. In der linken Hand hatte er die NOTEFLAT-Tasche.

Mikel ist Ende dreißig, sportlich lässig trägt er Turnschuhe, eine beige Leinenhose und eine gelbe Regenjacke, – ist braun gebrannt. Ähnlich einem Tennislehrer, schlaksig lässig, mit seinen eins fünfundneunzig. Nur um die Hüften und am Bauch ist ein leichter Ansatz von Wohlstand und Bewegungsmangel zu erkennen.

Martinsried, westlich von München, war seine Station. Hier sind die Hightech Giganten Deutschlands im beginnenden neuen Jahrzehnt angesiedelt. Auch die **MESINA** AG – **Me**dicine **S**cience **In**novation **A**G. Er schwang sich mit einem Satz hinaus auf den Bahnsteig in den Vorstadtmorgen. Eine frische Brise empfing den Harvard Master of Science der Medizinischen Mikrobiologie.

Sein Blick glitt hinaus zum südlichen Horizont. Er sah vor ihm das vom Föhn aufgeheiterte Voralpenpanorama und links die Silhouette der City Münchens.

Am Wochenende war er das erste Mal seit Jahren wieder beim Skifahren. Seine Knie schmerzten noch davon. Wie viele seiner Forscher Kollegen war auch er schon lange nicht mehr einen ganzen Tag an der frischen Luft. Sonst war da nur das Labor, ein Clean Room mit konstanter Temperatur, Druck und Luftfeuchtigkeit. Anna Maria sagte immer:

»Unser Sterile Prison – unser Steril-Gefängnis«

Und dann das. Überraschend steht sie vor ihm, – reist ihn heraus aus seinen Gedanken.

»Hallo Anna Maria. Ich habe Dich gar nicht gesehen. Bist du mit mir zugestiegen?«, fragte er die junge Frau, die ihn wie eine Hostess, direkt vor ihm stehend, in Empfang nahm.

»Mikel, ich dachte schon, du hast Angst vor mir. Oder bist du in Gedanken schon wieder im Labor?«, strahlte ihn die dralle, junge Dame im dunkelblauen Wollkleid und weißen Schafwollmantel einladend an. Den Kopf lachend zur Seite gelegt, fallen ihr die langen, hellblonden Haare über die Schulter. Dabei zeigen sich ihre Grübchen um die Mundwinkel. Der Blick ihrer wasserblauen Augen schien ihn irritiert zu haben. Klar, sie schaute wie immer. Aber heute fiel ihm etwas Neues auf. Optimismus und Selbstsicherheit lassen keinen Zweifel aufkommen – sie wusste genau, was sie wollte. Und was sie wollte, stand nun direkt vor ihr. Für ein Model hätte sie zwar die Größe, aber nicht ganz die Maße. Eine Diät könnte nicht schaden. Dennoch hatte sie das, was Männer anziehend fanden. Ein Vollweib eben.

Auch Mikel fand einen gewissen lasziven, animalischen Sex an ihr anziehend, dachte aber, dass etwas fehlte. So genau weiß er das selbst nicht. Dabei hatte er sich schon öfters dabei ertappt, wie er daran dachte, ihr in den Ausschnitt zu langen. Denn diese wunderbaren Dinger wollte er einmal zu fassen bekommen. Aber so unter Kollegen, Mitarbeitern, Sex? Das kann er sich verkneifen. Und außerdem kann sie nicht mithalten mit seinem Model, mit der Assistentin im Vorstandsbüro. Katrin war eine Frau von Welt. Für Höheres geboren. Sie sprach fünf Sprachen. Und dazu noch die Traummaße.

Die MOB-App auf dem ARMFONE zeigte ihm das nächstgelegene freie Sammeltaxi mit laufenden CODE: MC4ROQZP an, welches direkt die MESINA AG zum Ziel hatte. Zufall? Anscheinend warteten wieder einmal Kollegen im hinteren Wagen der Schnellbahn auch auf eines dieser fahrerlosen Vans. Die Route wird auf dem WEARABLE-ARMFONE angezeigt. Das Handy in Form eines Bandes klebt an seinem Unterarm. Mit einem Wisch hatte Mikel seinen Bedarf angemeldet. Die Route wurde jetzt so geändert, dass ihr Standort dazu gehörte.

»Hab uns ein MOBCAR geholt.«

»Toller Service«, lächelte sie. Am Boden des Bahnsteigs führte sie der Laserstrahl der Laufanzeige mit ihrem Trackingcode zum Ziel. Jeder, der die MOBAPP benutzte, wurde durch die Etagen, bis hinunter geleitet. Sie folgten diesem Code auf dem Boden.

Beide standen nebeneinander im Aufzug, während Mikel den Ärmel über sein ARMFONE zog.

Der Fahrstuhl hielt auf der MOBCAR-Plattform. Als sich die Aufzugtür öffnete, wartete ihr Sammeltaxi-Van bereits. Der CODE auf der hinteren Seitenscheibe sagt ihnen, dass es ihr Wagen ist. Die rechten Türen öffnen automatisch. Anna Maria Schmidt und Mikel Scott Miller bestiegen das achtsitzige MOBCAR. Die Sitzreihe hinter dem Fahrer war schon mit zwei Damen und einem Herrn besetzt. Die beiden Frauen lästerten bei einem Becher Kaffee über das Management in ihrem Haus. Schwaden von Wasserdampf lagen über der stark befahrenen Werner von Siemens Allee, als der Servicemitarbeiter das Fahrzeug durch einen Tipp auf dem Touchscreen in Bewegung versetzte. Mehr brauchte er nicht zu tun, denn der Van steuerte automatisch die nächste Haltestelle an. Vor dem MESINA AG Headquarter machte die Straße eine leichte Rechtskurve.

Auf dem Display wurde dem Fahrer der Stopp MESINA AG angezeigt. Das mit Wasserstoff betriebene Fahrzeug stoppte sanft ohne Eingriff des Servicemitarbeiters. Der drehte mit dem Sitz herum und hielt den beiden den Scanner hin. Mikel quittierte mit dem ARMFONE zwei Mal den Fahrpreis beim Fahrer. Anna Maria lachte ihn an:

»Ah – war das eine Einladung zu einer Spritztour, was kommt als Nächstes? Liebesurlaub auf den Malediven?«, lächelte sie ihn an.

Here

»Gern geschehen. Wann ist dein Termin beim Vorstand Anna?«

»Gleich in der Früh. Bist du auch dabei?«, gab sie zurück.

»Ja leider, der fragt immer so bescheuert«, verdrehte er die Augen.

Mikel stieg mit Anna Maria die Stufen des MESINA-Headquarters hinauf. Das Gebäude hatte seinerzeit der italienische Stararchitekt Santo Merani entworfen. Der Grundriss des Gebäudekomplexes war ein Doppeloktagon. Die beiden achteckig facettierten Türme klebten wie siamesische Zwillinge aneinander. Die Twin-Tower waren komplett mit einer Fotovoltaik Hülle verkleidet. Das Gebäude ist autark, was die Versorgung mit Heizenergie und Strom anbelangte. Das Klima wird durch die Lichtdurchlässigkeit der Solarfassade gesteuert. Auf dem Dach ist eine Gartenanlage mit einem Sonnensegel aus Solarpaneelen und eine Windkraftanlage installiert.

Ein großer, schlanker Mann, Doktor Rudolf Steiger, kommt ihnen entgegen und rief ihnen hastig im Vorbeigehen zu:

»Morgen Anna Maria, hallo Mikel. Mikel, ich brauche Informationen für den Aufsichtsrat! Anna Maria, wir sehen uns gleich!« Mikel blieb einen Augenblick auf den Stufen stehen und schaute dem Steiger hinterher, der schnell weiter die Siemensallee hinunter ging.

Ein weiteres MOBCAR hielt vor dem Headquarter und die Türen gingen auf. Martin Klose-Hilger, der Chef der Marketingabteilung, stieg aus dem Wagen. Es saß noch ein Fahrgast im MOBCAR. Es war der Boxer Typ mit der Narbe am Hals.

VORSTELLUNG

Martinsried bei München, 18. Dezember 2034

Im Café RELAX in der Fraunhoferstraße nehmen die Angestellten noch schnell ein Frühstück, eine Tasse Kaffee, ein Croissants. Doktor Rudolf Steiger duckte sich beim Eintreten. Der Hüne, mit deutlich mehr als zwei Metern, wartete nach vorne gebeugt und steif im Eingang. Mit rotblonden Haaren und Sommersprossen im blassen Gesicht wirkte er streng und selbstsicher. Die junge Bedienung erkannte ihn und nahm ihm den kakifarbenen Trenchcoat ab. Sie zeigte mit der freien Hand ins Innere des modernen Lokals.

»Ihr Tisch ist hinten, Herr Doktor Steiger. Sie werden erwartet.«

Der CEO der MESINA AG, Doktor der Philosophie, durchquerte das ganze Lokal mit wenigen schnellen Schritten und gelangte schließlich in ein ruhiges Nebenzimmer. Die hübsche Bedienung folgte ihm zum Ecktisch mit dem Faltschild: Reserviert für: *Doktor Steiger* – stand mit grünem Filzstift geschrieben.
Dort saß er bereits und wartete.

»Grüß Gott, herzlich willkommen, Mr. Summers.«

»Hello Herr Doktor Steiger«, erhob sich der schwere Mann von Anfang vierzig, wie ein Türsteher aus einem der Klubs der Vorstadt, wo sich die Angestellten nach Feierabend einer After-Work-Party hingeben. Der Oberkörper dieses Mittelgewichtsboxers schien nur aus Muskel bepackten Schultern zu bestehen und er hatte Arme wie Baumstämme. Wäre der Mensch ein Fahrzeug, er wäre ein Panzer. Er reichte dem Steiger die Hand hinüber.
Die tellergroße Handfläche lässt die Hand von Steiger darin verschwinden.

Was macht ein Mann mit derartig großen Händen mit einem Computer, dachte sich Steiger in diesem Moment. Im Setzen hielt sich der Amerikaner die Hand am Kragen und rückte ihn zurecht. Fast hätte man seine Narbe am Hals entdeckt.

Steiger erkannte etwas, als er vor ihm saß. Etwas, was seinen ersten Eindruck zu bestätigen schien. Der Blick war der eines Leoparden, der hellwach auf der Lauer liegt, auf Beute wartet. Die weit geöffneten, graubraunen Augen zeigen Verbissenheit und Brutalität. Selbst Steiger schien verunsichert.

»Konnte Sie nicht in der AG empfangen, Sie verstehen?«

»Ist Okay for mich. Sie sagten schon am Telefon. Hier die Documents und eine Resume. Zeugnis von Yale University sind in hinteren Teil«, kommt eilfertig die Antwort. Sein holpriges Deutsch versuchte sich in Sachen Seriosität. Die umfangreichen Dokumente in der dicken Bewerbungsmappe machten einen ordentlichen Eindruck.

»Will mich nicht lange mit Zeugnissen aufhalten«, unterbrach ihn Steiger.

»Dafür ist bei uns die Human Resources Department zuständig. Sie sind hier, weil ich einen Mann für die IT suche. Der Jetzige ist ungeeignet. Wurde von meinem Vorgänger engagiert. Können Sie IT-Sicherheit, Datenbanken? Müssen alles neu aufsetzen. Ich brauche die vollständige Kontrolle. Ich will es vorwegnehmen. Die werden blockieren. Machen was sie wollen. "Out of control". Teure Labors. Teure Mitarbeiter. Sie verstehen?«

»Verstehen, Mr. Steiger. Ich habe Diplom in IT-Management. Und ich habe HANSON&HANSON dort Department geleitet. Mit einhundert Leuten. Ich habe auch SQL-Datenbanken Multi-dimensional Arrays entwickelt. Ist Standard in der Welt.«

»Mr. Summers. Ich muss mich kurzfassen. Was ich suche, ist Durchsetzungskraft und Willensstärke. Unterordnung unter allen Umständen. Haben Sie das verstanden?

»Ja!«, kam die unmissverständliche Antwort. Dies war genau die Antwort, die er hören wollte. Rudolf Steiger wusste in diesem Moment, dass dies sein Mann war.

»Würden Sie bereit sein, für Ihren Vorgesetzten zu töten?«, schaute Steiger ihm, kaum zwei handbreit gegenüber, in die Augen. Summers stechender Blick zeigte bei der provokanten Frage keinerlei Regung.

»Ja, Herr Doktor Steiger!«

Kannte er die Frage aus vorangegangenen Assessments? Oder war er so abgebrüht, wie es sein Gegenüber erwartet hatte? Denn er wusste sofort die Antwort, die Steiger hören wollte.

Steiger fröstelte es dann doch etwas bei dieser Kaltblütigkeit. So zögerte er einen Moment, ehe er wieder die Worte fand.

»Schön. Schaue noch andere Bewerber an. Sie hören von uns. Ich muss weiter. Morgen ist Aufsichtsratssitzung. Sie verstehen. Danke für Ihren Besuch! Rechnung geht auf mich. Auf Wiedersehen!«

»At Your Service! Danke Mr. Doktor Steiger. Auf Wiedersehen!«, rückte Vane Summers die Sonnenbrille mit dem Mittelfinger an die richtige Stelle im Gesicht, auf der breiten Nase.

Steiger verschwand schnell in Richtung Eingang, wo er der Dame Geld in die Hand drückte. Mit dem Mantel trat er hinaus auf die Fraunhoferstraße. Er wusste bereits, wie er sich entscheiden würde.

Anna Maria Schmidt war auf dem Weg ins Vorstandsbüro. Sie passierte die Marketingabteilung und das Büro des Finanzvorstandes im obersten Stockwerk des MESINA-Headquarters. Vorbei an den neidischen Blicken der Sekretärinnen der Sachbearbeiterinnen, die in der Teeküche mit Kaffee und Snacks beschäftigt waren. Leises Getuschel drang an ihr Ohr, so wie,

»Die Gratifikation ist heuer sensationell ... wird vom Steiger bekannt gegeben.«

Jetzt klappte sie im Gehen den DATASCREEN links hinters Ohr. An einem Plexiglasbügel am Ohr, wirkte das wie die Pokerkarte eines Zockers. Der Befestigungsbügel war praktisch unsichtbar. Anders als die frühen Datenbrillen von Google. Sie nutzt seit einiger Zeit die EMOTCO, die Emotion Control App der DATASCREEN. Diese sensationelle Software gleicht die Mimik des Gesprächspartners und dessen Aussagen miteinander ab. Der Gesichtsausdruck – ein Teil der Körpersprache sagt viel über die wahren Absichten des Gesprächspartners. So hat Sie neulich einen langjährigen Lieferanten überführt, der ihr überteuertes Labormaterial verkaufen wollte. Die Aussage, es sei beim Preis nichts mehr zu machen, beantwortete die EMOTCO mit einer deutlichen Warnung. Die Verbindung der wörtlichen Aussage mit der Mimik passte nicht zusammen, was die Warnung ausgelöst hatte. Eine Warnung, die berechtigt war. Schließlich hat sie die gesamte Lieferung dann noch einmal 30 % billiger bekommen. Die neueste App von COMDROL war die TOGMAP. Eine Anwendung für die DATASCREEN, die es schaffte, Gedanken, Mimik und Gesten zu lesen. Die eigentlich viel zu geringen Hirnströme des Gegners oder Partners können mittels Nanoverstärker teilweise ausgelesen werden. So nach der Devise: Zeige mir dein Gesicht, schau mir in die Augen, und ich weiß, was du denkst. Das klappte zwar zu Anfang kaum. Wurde aber im Laufe der Zeit durch die

Anbindung von Datenbanken und KI immer besser. So was wie ein Lügendetektor, nur halt tausendmal genauer. Beim Militär und vor Gericht war diese App als Beweismittel zugelassen.

Gerne hätte sie Mikel mit der Frage aller Fragen konfrontiert, – dabei ging es nicht um die Arbeit. Hatte sich das aber verkniffen, weil der Schuss unter Umständen nach hinten losgegangen wäre. Aber nun war sie gleich beim Vorstand und deshalb galt – keine E-Mails während einer Besprechung – keine Anrufe über DATASCREEN, hatte sie sich vorgenommen. Eigentlich wartete sie dringend auf Nachricht aus Stanford. Die dortige Universität wollte ein antivirales Mittel bei ihnen testen lassen. Eine der renommiertesten medizinischen Forschungsanstalten der Welt bat sie um Hilfe.

Sie hat es geschafft, dachte sie und blickte voller Stolz gerade aus, als sie den Gang entlang schritt, ohne die Damen in der Teeküche auch nur eines Blickes zu würdigen. Denn sie stand an der Seite des aktuell wichtigsten Mannes in diesem Unternehmen, dieses Mikel Scott Miller aus Massachusetts. Alle nennen ihn nur den SEQUENZER. Nicht, weil er etwas mit einem Bauteil eines Synthesizers, der Tonfolgen speichern und beliebig oft wiedergeben kann, zu tun hat. Nein, weil er gefühlt noch nie was anderes tat, als DNA zu sequenzieren. Seit der Entdeckung des dynamischen Genom-Analyse-Verfahrens an der noch intakten Zelle war MESINA ein echter Bluechip im Bereich der Biotech-Industrie. Die Aktie des Unternehmens war an der NOVITEC in Frankfurt innerhalb eines Jahres von 5,16N€ auf 21,09N€ gestiegen – um mehr als 300 Prozent.

Nur eines hatte sie noch nicht erreicht. Ihre Konkurrentin in Sachen Liebe auszustechen. Aber gleich würde Sie ihr in die Augen schauen. Denn sie klopfte an die Tür des Vorstandsbüros.

»Herein!«, klang es leicht gedämpft durch die schwere schalldichte Glastür.

»Guten Morgen Frau Geis«, stand Anna Maria mit heuchlerischem Lächeln vor der hübschen Brünetten, der jungen Katrin Geis.

Da war sie also, ihre Erzrivalin. Schlau war sie, dieser hauchdünne Hungerhaken. Wenig Busen. Was fand Mikel bloß an der? Okay, Sie selbst könnte schon etwas abnehmen, dachte sie beim Anblick der hübschen Chefsekretärin. Die begrüßte sie dann auch förmlich.

»Ja, guten Morgen, Frau Schmidt, hallo Anna Maria. Ich gebe Bescheid, dass Du da bist. Einen Moment!« Ein Touch oben rechts im COMMDATA-Terminal und sie war mit der Kamera von Doktor Rudolf Steiger verbunden:

»Rudi, die Frau Schmidt ist da.«

»Schick sie rein!«, klang eine stählerne, tiefe Stimme.

»Du darfst gleich rein, er wartet schon«, lächelte Katrin Geis ebenso scheinheilig überlegen zurück. Sie dachte dabei:

Du kriegst ihn nicht. Du Schlange – darfst zwar mit ihm arbeiten. Aber zu ihm ins Bett darf nur ich.

Den NOTEFLAT-PC in der Hand drehte sich Anna Maria auf der Stelle und lächelte stolz: »Danke Katrin, sehn uns heute Nachmittag, oder?« Dabei flogen ihr die schönen, naturblonden Haare um den Nacken.

Anna Maria drückte die Edelstahlklinke der schweren, hellen Pinientür herunter. Das grelle Licht der oberen Etage des zwölfstöckigen Hochhauses schien sie beim Hineingehen zu blenden. Die fotoelektrischen Fensterelemente lassen morgens das volle Sonnenlicht herein. Das reduziert den Heizenergieverbrauch auf null.

»Ah, Frau Schmidt, hallo Anna Maria. Kommen Sie rein! Setzen Sie sich zu mir an den Konferenztisch!«, empfing sie ein smarter Rudolf Steiger – CEO, Vorstand der MESINA AG.

»Guten Morgen Herr Doktor Steiger. Ich denke, ich habe alles dabei.«

»Anna Maria, ich habe nicht viel Zeit. Die Aufsichtsratssitzung beginnt in zwei Stunden und ich muss noch ein Gespräch mit einem Bewerber führen. Und dann noch mit Mikel, du weißt? Wie kommt Ihr voran, Anna?«, wollte Steiger von ihr wissen. Sie zog den schweren Edelstahl-Ledersessel über den weißen Velour-Teppich nach hinten und nahm vor der Pinien Büroschrankwand Platz.

»Doktor Steiger. Wir kommen voran. Haben aber noch Probleme. Der automatisierte DNA-Scan funktioniert schon. Aber es gibt immer wieder Lesefehler. Wir machen aber enorme Fortschritte. Die Sequenzierung mittels Teststrängen funktioniert fast fehlerfrei, wir erreichen sehr schnell richtige Ergebnisse. Sehen Sie bitte!«

Sie klappte den NOTEFLAT-Computer auf und die MIRROFEED-Software zog ihre Dokumentation auf den Glasbildschirm in der Tischplatte des Konferenztisches. Hier wischte sie über die vor ihr liegende, Glasplatte und öffnete verschiedene Grafiken und Tabellen. Mit einem Fingerzeig war das Video vom NOTEFLAT auf die Platte gezogen.

»Es ist erstaunlich, zu was unser Sequenzierverfahren in der Lage ist. Das ist einmalig. Selbst kleinste Veränderungen in der DNA sind sichtbar – Reaktionen laufen in Echtzeit vor deinen Augen ab. Schauen Sie einmal dieses Video. Hier hatte Zhang die falschen Trägerröhrchen geladen, aber das System hat das sofort gecheckt. Die ersten Tests liefern schon fundamentale Ergebnisse. Wir haben beispielsweise herausgefunden, dass in den

Wirkstoffen GENICAGE in unserer DIAMANTSILK-Kosmetika wirkliche Zeitbomben drinstecken. Die ruinieren die Haut, statt sie zu erhalten. Wenn das rauskommt! Und unser Wirkstoff DA-RAZERON hilft bestenfalls bei entarteten Leukozyten im frühen Anfangsstadium. Also nur bei leichten Fällen einer Leukämie. Ein Wunder, dass wir dafür überhaupt die Zulassung bekommen haben.«

Steiger wechselte auf die gegenüberliegende Seite der Tischplatte. Genauso, wie die Seite, wechselte er das Thema. Er schien Anna Maria bei dem, was jetzt folgte, in die Augen sehen zu wollen.

Interessierten ihn die Ergebnisse nicht? Immerhin verhießen die Forschungsergebnisse nichts Gutes für die Company. DA-RAZERON und GENICAGE waren die umsatzstärksten Wirkstoffe, dachte sich Anna Maria.

»Schön Anna. Wie archiviert Ihr eure Ergebnisse? Diese gewaltigen Datenmengen. Was ist euer Sicherheitskonzept?«

»Herr Doktor Steiger. Das System hat der Sicherheitsdienst der IT-Abteilung von Pascall Engelhardt völlig neu aufgesetzt. Unser Netzwerk ist das einzige im Haus, welches komplett von der Außenwelt isoliert ist. Aus Angst vor Hackern. Und die Authentifizierung erfolgt doppelt, mittels **I**ris-**F**ace-**D**etection **IFD** und Passwort, in unserer Abteilung. Jeff Dole und Robi Zhang haben eine Zweifach-Authentifizierung, IFD plus jeweils ein Passwort, kommen nur gemeinsam rein, ins System. Mikel Scott Miller und ich haben jeweils eine eigene IFD und das Passwort. Wir vier sind die Einzigen, die überhaupt Zugang haben, Herr Doktor...«.

»Schön Frau Schmidt, Anna Maria«, jetzt blickte er ihr, auf kurze Distanz, in die Augen.

»Das ist gut so. Haben Sie Ihr Passwort bei Pascal hinterlegt? Nur für den Fall, dass was schiefläuft und Sie und Mikel und gleichzeitig einer der beiden ausfällt?« Anna richtete sich auf und schien überrascht. »Herr Doktor Steiger. Das muss ich erst mit Mikel absprechen. Aber ich gebe Ihnen Bescheid.«

»Gut Anna, schick mir den Mikel gleich mal rüber. Ich muss mich kundig machen für die Pressekonferenz im Januar und falls der Aufsichtsrat fragt, mit was wir uns die Zeit vertreiben! Also soweit, so gut. Wir sehen uns heute Nachmittag auf der Weihnachtsfeier!« Er schob Anna Maria aus dem Büro. An die Vorstandssekretärin gewandt, rief er aus der offenen Tür: »Katrin, morgen kommen die Chinesen. Hast du das Besuchsprogramm fertig? Du weißt. Das Übliche: Büros, Fertigung, großer Saal mit Präsentation unserer Neuigkeiten in der Pipeline. Das haben wir besprochen. Du begleitest die danach ins Hotel. Du bist die Einzige, die Mandarin kann. Und lege mir Deinen Plan auf den Desktop. Geh`ich morgen mit dem Aufsichtsrat durch. Die sind unser größter Shareholder.«

LABOR DER STARS

Martinsried bei München, 18. Dezember 2034

Anna Maria betrat gerade das Labor durch die Sicherheitsschleuse und baute sich vor Mikel auf.

»Du sollst zum Steiger kommen! Er will mit dir reden, wegen der Pressekonferenz, nächstes Jahr im Januar!«, dabei stützte sich die pralle Schönheit, dem Mikel zugewandt, auf die Laborbank auf die Ellenbogen herunter und schmachtete ihn an. Die oberen beiden Knöpfe standen plötzlich offen.

Gleich musste die üppige Oberweite herausfallen. Die verbliebenen vier Knöpfe – jedenfalls konnten der Last kaum standhalten, dachte er.

Dabei schaute Anna Maria den Mikel wieder einmal mit einem Blick an, der an Eindeutigkeit nicht zu überbieten war. Er war mitten in der Fehlersuche und schien genervt.

»Anna, bitte schließ die Knöpfe, wenn das jemand sieht? Wir sind hier am Arbeiten!«

Sie verzog enttäuscht die Miene, als wolle sie sagen: *Na dann eben nicht, du Langweiler, hast deine Chance gehabt.* Um dann die Botschaft zu überbringen.

»Und noch was, Mikel, er will, dass ich mein Passwort bei Pascall hinterlege.«

Mit einem Satz sprang Robi Zhang auf und stellte sich ihnen in den Weg:

»Was will der? Das lässt die Sicherheitsprozedur nicht zu. Nur wir vier haben Zugang. Mikel, das kannst du nicht zulassen! Du bist der Chef dieser Abteilung!«

Doch ihn beschäftigten im Moment andere Themen.

»Das ist seltsam. Warum verlangt der Steiger das? Robi, ich weiß auch nicht, was der will?«, grübelte der Sequenzer, während Robi Zhang sich die Hände in die kurzen, schwarzen Haare grub.

Der mittelgroße Amerikaner mit chinesischen Wurzeln wurde vor Aufregung blass. Was verwunderte, hatte seine Haut doch eher einen bräunlichen Ton. So wie nach einem langen Sommerurlaub. Er nahm die Brille mit dem schwarzen Kunststoffgestell ab und der Blick seiner dunkelbraunen Augen wechselte hastig zwischen beiden hin und her.

»Es reicht schon, wenn er in unser Labor kann. Er hat den Code für die Schleuse. Und was soll der Chef der IT-Abteilung damit? Damit kommt er an all unsere Unterlagen ran. An alle Versuchsergebnisse. An die Messungen und an die Rezepturen. Dem Pascall traue ich nicht!«

»Zhang, rege Dich nicht auf. Ich rede mit ihm. Ich will wissen, was das soll! Also an die Arbeit Ihr zwei. Und sage Jeff, wenn er von der Kantine zurück ist, dass er sich um die Trägerlösung kümmern soll. Die ist hochtransparent, aber instabil. So kann man nicht fehlerfrei auszählen! Der muss sich Gedanken machen!«

In dem Moment passierte Jeff Dole die Schleuse und baute sich vor den dreien auf.

»Hab` ich was verpasst? In der Kantine gibt es noch Schokoweihnachtsmänner.« Anna Maria erhob sich von der Laborbank, schloss einen der oberen Knöpfe des Kittels und informierte den Kollegen:

»Steiger will das Passwort und die ID. Oder besser, er will, dass ich das an Pascall weiterreiche. Was hat das zu bedeuten? Jeff, was meinst du?«

Jeff Dole sah aus, wie der kleine Bruder von Rudolf Steiger. Die rotblonden Haare, die Sommersprossen. Die blasse Haut. Genauso schlank, aber einen halben Kopf kleiner. Dennoch hatten die beiden nichts gemein. Jeff kleidete sich freizeitmäßig – eher lässig bis schlampig. Steiger trug schon von Berufswegen immer einen maßgeschneiderte Businessanzug mit Krawatte. Jeff war eher introvertiert, so wie Mikel. Detailversessen bis hin zur sinnlosen Erbsenzählerei. Nur die Wissenschaft fand er spannend. Das ganze Gerede, Gerüchte und Tratsch. Dafür hatte er keinen Sinn. Und so verstand er zunächst überhaupt nicht, was Robi von ihm wollte.

Der Chinese führte noch einmal aufgeregt seinen Tanz auf. Er faste Jeff mit der rechten Hand auf dessen Schulter, schüttelte ihn und schaute ernst in dessen blaue Augen. Vor Schreck ließ Jeff die beiden Schokofiguren in der rechten Hand zu Boden fallen.

»Jeff pass auf! Von mir erfährt er das Passwort nicht. Und von euch auch nicht, hoffe ich? Ich traue dem nicht. Und dem Pascall Engelhardt auch nicht. Es geht um unser Know-how, das Know-how von MESINA!« Jeff schob die Hand des Chinesen Robi Zhang herunter und bückte sich, um die Weihnachtsmänner aufzuheben.

»Meinst du... meinst du wirklich? Ist unser Chef. Das darf der nicht – das Sicherheitskonzept!« Robi ist immer noch völlig entrückt und dreht sich herum, schaut aus dem Fenster des zehnten Stockwerks.

»Unser Sicherheitskonzept ist eh löchrig wie ein Schweizer Käse. Die sind eh an uns dran. Jeder will uns ausspionieren. Aber wenn wir nicht aufpassen, ist alles weg!« Mikel drehte sich auf dem Stuhl herum und schaut zu ihm hinauf.

»Robi, wie kommst du darauf? Du siehst Gespenster. Wer will uns ausspionieren? Wer ist an uns dran? Der Steiger? Selbst wenn der an die Unterlagen rankommt. Glaubst du, der versteht was? Verstehen wir ja selbst nicht«, grinste er und zog ratlos die Augenbrauen nach oben. »Schau dir die letzten Ergebnisse an. Immer wieder Fehler drunter. Ich muss zu ihm, bin gleich wieder da!«

Mikel geht durchs Treppenhaus hinauf ins obere Stockwerk. Den Fahrstühlen traute er nicht mehr seit dem letzten Laborbrand. Da waren die stecken geblieben. Er hatte Zeit zum Nachdenken.

Anna Maria lag wohl richtig? Es liegt an der Fixierung der Helix, dachte Mikel. Im Nanostepper verändert sich die Struktur und der DNA-Strang gerät in Schwingungen. Und das Fluoreszenzmikroskop kann sie nicht auflösen. Wenn sich die Helix verdreht, ist das Sequenzing fehlerhaft. Aber was passiert da? Warum werden manche Basenpaare doppelt oder gar nicht gelesen?

So schnell der DYNO3000 ist, so fehlerhaft sind die Ergebnisse. Was wäre, wenn man die DNA im Zellkern belässt und direkt reinschaut? Bei Unregelmäßigkeiten durchläuft man die Schleife so lange, bis die Ergebnisse stimmen. Das kann man machen, da das System eh Hunderttausend Mal schneller ist. Dank der CPU, des Quantenprozessors. Eine Sensation wäre das. Muss ich mit Jeff und Robi nachher besprechen. Oder besser nicht? Wem kann ich vertrauen hier? Wie? Was hatte Robi gemeint, mit »jeder will uns ausspionieren«? Hatte der einen konkreten Verdacht? Dann musste er das melden. Er würde ihn zur Rede stellen.

Durch die Vorstandsetage am Ende des dunklen Ganges, rechts hinein, ohne Anklopfen, er steht vor Katrin. Ihm gehen die Hiobsbotschaften von Anna Maria durch den Kopf.

»Hallo Katrin, wie gehts? Ist dein Handicap immer noch nicht besser. Ich muss auch mal wieder was tun. Ich glaub, fürs Golfen bin ich noch zu jung«, hörte er sich schmunzeln und wandte sich an die Tür zum Vorstand, als die Katrin Geis ihm hinterher flüstert:

»Stimmt, horizontal arbeitest du besser«, und kicherte listig.

Beim Joggen hatte er Mühe mitzuhalten. Sie war einen Kopf kleiner als er und trotzdem rannte sie ihm mühelos davon.

Und dann dieses smarte, überlegene Lächeln. Jeder Vorstandschef will sie. Auch Ende der Zwanziger waren die Vorstandschefs der DAX-Konzerne meist Männer. Trotzdem rannten ihr Headhunter die Bude ein. Klose-Hilger schien damals das Rennen zu machen. Aber der junge Rudolf Steiger hatte ihm nicht nur den CEO Chefsessel vor der Nase weggeschnappt, sondern die Assistentin auch noch mit dazu. Sie war die Stellvertreterin mit der Lizenz zum Mitdenken und Mitmanagen. Nicht aufdringlich, nicht geschwätzig, sondern immer die angemessene Antwort, höfliches Benehmen, blitzschnell die richtige Entscheidung. Leicht hätte sie den Job von Rudi Steiger übernehmen können, – das wusste jeder, der die beiden kannte. Nur sie war zu jung und auch etwas zu hübsch dafür. Denn immer rief ihr Handeln auch die Neider auf den Plan.

Er klopfte an die Tür zum Steiger-Büro.

»Herein!«, klang es gedämpft von innen heraus. Er öffnete die Tür und sah Steiger, der am Tisch mit einem jungen Mann saß.

»Komm rein, Mikel. Wir sind eh gleich fertig. Darf ich Ihnen vorstellen? Das ist Doktor Mikel Scott Miller, Herr Doktor Sharon. Sie kennen Ihn?«, sagte er zu dem jungen Mann. Der reichte Mikel die Hand. Steiger stand dazwischen und machte beide miteinander bekannt.

»Mikel ist unser Shooting-Star. Er liest das Genom in einer Schnelligkeit, wie andere einen Blog auf FACETAGG. Eine echte Sensation. Ist eben Teil der Miller-Dynastie. Die haben vor 200 Jahren die Bavaria auf die Theresienwiese gestellt. Also Herr Doktor Sharon. Wir sind uns einig? Sie hören von uns in spätestens zwei Wochen! Bis dann!«, verabschiedete Steiger den jungen Nachwuchswissenschaftler und erhob sich vom Tisch. Er reichte ihm die Hand zum Abschied, schob ihn zur Tür und rief der Katrin zu.

»Kannst du den Herren bitte hinausbegleiten und dann bring uns eine Tasse Tee? Nun zu dir Mikel, oder trinkst du Kaffee?«, begrüßte er den SEQUENZER, der in der Tür wartete.

»Lieber einen Kaffee mit etwas Milch! Hallo, Herr Doktor Steiger.« Er ging hinüber und setzte sich vor Kopf an den langen Konferenztisch. Er hörte noch, wie seine hübsche Katrin sich des jungen Mannes annahm und ihn vor sich herschob, aus dem Vorstandsbüro hinausbugsierte.

»Kommen Sie mit hinüber. Ich bringe Sie in die Kantine. Da gibt es Schokoweihnachtsmänner«, lachte sie ihn an.

Steiger wandte sich an den Sequenzer.

»Mikel, das war ein neuer Bewerber. Ein Israeli. Der ist von der State-University of Haifa. Ist als Verstärkung für die Analyse und Anwendung gedacht. Wir brauchen dringend neue Produkte. Die Pipeline ist leer und der Aufsichtsrat wird langsam ungeduldig. Morgen kommen die. Dann muss ich die Hosen runterlassen. Was machen die neuen Analyseverfahren. Wie sicher sind die Ergebnisse? Kann ich denen verraten, dass wir am Ziel sind? Nur noch halb so viele Tierversuche, geeignet für Tests aller genomrelevanten Substanzen? Enorme Kostenersparnis? Zeitersparnis? Oder was meinst Du? Bereite mir eine Unterlage vor. Eine für Intern, für den Aufsichtsrat und eine für Extern, die Pressekonferenz im nächsten Januar. Übrigens Du sitzt mit mir auf dem Podium im **FCC** – **F**rankfurt **C**ongress **C**enter, dass Du Bescheid weißt! Übrigens, wieso hat der Zhang Zugang zu euren Daten? Traust du ihm? Der ist Chinese. Muss ich Dir sagen, was das bedeutet?«

Mikel fragte sich, was der Steiger damit meinte:

»Herr Doktor Steiger. Der Zhang ist Exil-Chinese. Dessen Eltern sind vor dem Regime geflohen. Der hat eine panische Angst vor diesem System. Gerade eben...«

Der CEO unterbricht ihn streng:

»Ist alles nur Tarnung, Mikel. Wieso hat der einen Zugang, frage ich Dich?« Mikel ist geschockt. Ausgerechnet dem Zhang misstraut er.

»Aber Herr Doktor Steiger. Ich lege meine Hand für ihn ins Feuer. Der war mit mir in Havard. Ich kenne den seit 15 Jahren. Völlig integer, der Robi Zhang! Außerdem kommt er nicht allein rein. Braucht dazu immer einen von uns.«

»Du Mikel, wir sehen uns in einer halben Stunde. Auf der Yearendparty. Also bis gleich.«

YEAREND PARTY

Martinsried bei München, 18. Dezember 2034

Der späte Nachmittag kam und brachte alle Mitarbeiter zusammen. Auf der großen YEAREND-Party der MESINA AG. Weihnachtsfeier sagte man früher. Das missbilligten die Befürworter einer ethnischen, neutralen Sprache. Und so führte man diese englische Vokabel für eine gesellige Jahresabschlussfeier ein. Die Feier im Saal im dritten Stockwerk des MERANI-Hochhauses war gut besucht. Der CEO, Doktor Rudolf Steiger, trat ans Rednerpult. Mit einem erhabenen, zuversichtlichen Lächeln sprach er ins Mikrofon.

»Sehr verehrte Mitarbeiterinnen und Mitarbeiter. Ich darf Sie herzlich willkommen heißen zur YEAREND-Feier der MESINA AG. Hinter uns liegt ein sehr erfolgreiches Jahr 2034. Und so blicken wir auch auf das neue Jahr vor uns. Die Grafiken, auf dem Bildschirm, vor uns, zeigen unseren Erfolg. Der Umsatz an Wirkstoffen für Pharmaka und Health Care ist um sagenhafte neunzig Prozent gestiegen. Der Absatz der neuen Zytostatika stieg von 450 Millionen N€ auf über 800 Millionen. Die Antikrebstherapien trugen mit neunundzwanzig Prozent zum Gesamtumsatz bei. Nach einem Verlust von 21 und 11 Million im ersten- und zweiten Quartal, haben wir einen rasanten Gewinnanstieg von 31 Millionen im dritten Quartal, und auf 63 Millionen N€ in diesem Quartal zu verzeichnen gehabt.

Für das abgelaufene Jahr zahlt die AG jedem Mitarbeiter, der seit Jahresanfang an Bord dieses Think-Tanks ist, eine Prämie in Höhe von zweieinhalb Monatsgehältern.«

Alle applaudierten, genauso wie Mikel, der neben seiner Katrin auf der Bühne stand. Beide in der ersten Reihe neben ihrem

CEO Rudolf Steiger im großen Veranstaltungssaal des Merani-Towers der MESINA AG.

»Meine lieben Mitarbeiterinnen und Mitarbeiter! Lassen Sie uns auf den Erfolg anstoßen und uns anschließend bei einem Snack, dem Buffet, zusammenfinden, oder wie der Norddeutsche sagt, miteinander *schnacken*!«

Der Applaus und das müde Gelächter über diesen Kalauer gingen im Trinkspruch unter.

»Zum Wohl, liebe MESINA-Indianer! Auf die Gesundheit! Auf ein erfolgreiches, neues Jahr, das Buffet ist eröffnet!« Er hob ein Glas Sekt, welches vor ihm auf einem Tablett gereicht wurde, in die Höhe und hielt es in alle Richtungen nach oben.

Katrin zog ihren Mikel aus dem Rampenlicht. Sie war nicht bereit, ihren "Helden" mit den anderen Weibern im Saal zu teilen. Am Stehtisch bei den Damen und Herren der Vorstandsetage waren sie unter sich. Aber bald wurde Katrin klar, dass sie hier wegmusste. Nicht nur, dass sich die Gespräche immer um Klatsch und Tratsch drehten, was sie langweilte. Es war alles Wesentliche gesagt, alle Ansichten und Meinungen geteilt. Außer seichter Hintergrundmusik und banaler Unterhaltung war da nichts? Was Neues würde nicht mehr kommen, darüber war sie sich im Klaren. Ihr neues, dunkelrotes Samtkleid, welches ihre nicht allzu große Oberweite besser zur Geltung brachte, hatte sie zur Genüge ausgeführt und dafür die neidischen Blicke der Damen und die schlüpfrigen Bemerkungen der Herren erleben können.

Das erste MOBCAR vor MESINA hatte Katrin für sich und Mikel bestellt. Gerade noch rechtzeitig, um ihren ehemaligen Kurzzeitchef, dem schmierigen Klose-Hilger aus dem Weg zu gehen. Der nutzte einen Moment der Abwesenheit von Rudolf Steiger, um an ihren Tisch zu gelangen. Geistesgegenwärtig gab sie dem SEQUENZER das Zeichen zum Aufbruch und verabschiedete sich von der Runde am Stehtisch. Hilger bemerkte das und wechselte, auf halben Wege, zum Tisch der Personalabteilung.

Katrin hatte Besseres vor, als die Alkoholleichen aus dem großen Saal heraustragen zu lassen. So wie im letzten Jahr. Da hatte ihr die Rieger vom Personalbüro aufgetragen, drei MOBCARS für die Betrunkenen für den Abtransport kommen zu lassen.

Außerdem schielte Anna Maria den ganzen Abend herüber zu ihrem Mikel, das Luder hatte es auf ihn abgesehen, das wusste sie genau. Ist schon länger scharf auf ihn. Die anderen Weiber genauso, die hatten aber keine Chance bei ihm. Oft genug spottete er über die Blödheit und Fettleibigkeit der Vorstandstussen.

Noch vor 23:00 setzte das MOBCAR beide vor Mikels Tür, in Milbertshofen ab. Sie waren auch nicht mehr nüchtern. Mikel hatte Mühe, die DOORLOGG zu seiner Wohnung in Gang zu setzen.

Bald stand der Campagna im Kühler und Mikel lag nackt neben "seinem Model" im Bett vor dem nächtlich beleuchteten Panorama Münchens. Mikels Penthouse Wohnung im sechzehnten Stockwerk bot einen traumhaften Blick auf die Alpenkette durch die vollflächigen Glasfenster zur Terrasse.

Für das Jacuzzi Bad draußen war es jetzt eindeutig zu kalt. Das hätte man früher anheizen müssen, dachte sie. *Aber ihren Mikel hatte sie nur für sich. Oder doch nicht? Jedenfalls wartete sie schon viel zu lange auf das Schächtelchen mit dem Brilli darinnen und dem passenden Spruch dazu. Ob sie ihm heute wieder mal einen kleinen Wink mit dem Zaunpfahl geben musste? Ihre weniger intelligenten Freundinnen hatten sich längst einen gut situierten Chefarzt oder hohen Beamten geangelt. Er ist doch des Deutschen mächtig – klar? Bloß wie ist das bei den Amis? Konnte sie über so was mit ihrer Kollegin, der Simone Reiter reden? Die hat doch ein paar Jahre drüben gelebt?*
Eine Galgenfrist bis Heiligabend? Abwarten!

»Du Mikel«, sie stellte das geleerte Glas auf die Bettkonsole und kroch zu ihm hinüber.

»Der Robi scheint ein Auge auf "Deine" Anna Maria geworfen zu haben. Hast du das heute Abend gesehen? Hat etwas getrunken. Der Robi, der kleine Schlingel«, lästerte sie.

»Meine Anna Maria?« Was soll das heißen? Bitte Katrin komm mir nicht schon wieder damit, "Meine Anna Maria" und so!

Und noch was: Soviel ich weiß, hat der Robi eine Japanerin? Irgendwo auf so einem Dating Portal hat der die kennengelernt. Er wollte sie mir mal vorstellen. War aber schnell wieder Schluss mit der.«

ROLLKOMMANDO

München, 18. Dezember 2034

Robi Zhang folgte ihr mit dem QUADMO. Heute auf der Weihnachtsfeier kam sie auf ihn zu, um mit ihm anzustoßen.

Der Alkohol verlieh ihm die Kraft, die ihm bei anderen Gelegenheiten fehlte. Jedenfalls war ihm das zuletzt bei seiner Japanerin so gegangen. Die hatte ihn angehimmelt, fand ihn aufregend, hatte alles mitgemacht, was er wollte. Nur halt geredet hatte er nicht viel mit ihr. Die wollte immer alles so genau wissen. Über seine Vorlieben, seine Hobbys, seinen Beruf. Ja, in seinem Job konnte er glänzen. Keiner war so gut wie er. Er hatte sie einfach mitgenommen, ins Labor. Nur er konnte und wollte nicht über sich erzählen. Zu viele Traumata in seinem Leben. Dann war sie plötzlich weg. Hatte sich auch nicht mehr bei ihm gemeldet. Sicher war er nicht der Womanizer wie Mikel. Er überlegte, wie er jetzt rein zufällig vor ihr stehen konnte, am besten so, dass es ihr nicht auffiel. Wie hatte Anna Maria heute Abend zu ihm gesagt?

»Auf unseren Erfolg, lieber Robi, hatte sie ihm zugeprostet. Auf den Erfolg von MESINA! Auf gute Zusammenarbeit!«, hatte sie ihn so süß angesehen. Es waren dann noch ein- zwei Gläser mehr und Robi musste herausfinden, ob sie mehr von ihm wollte.

Er beschloss ihr Bodyguard, für diesen Abend zu sein, auf dem Nachhauseweg. Und er liebte es mit dem QUADMO durch die Großstadt zu "surfen", wie er es nannte. Vor allem, weil das zweispurige Bike viel wendiger und weniger als halb so breit war wie ein normaler Pkw. Er legte sich damit seitlich in die Kurve, als reite er auf einem Motorbike und überholte rechts wie links gleichermaßen halsbrecherisch. Robi fühlte sich dabei wie in einem Kampfjet. Einmal war Mikel der Copilot, der hinter ihm saß, – so wie der Bombenschütze hinter dem Piloten. Robi hatte ihn nach Hause nach Milbertshofen gefahren. Dort, wo Mikel eine Luxuswohnung im obersten Stockwerk bewohnt.

Anna Maria war in der Sonnenstraße in das MOBCAR gestiegen. Sie hatte sich früher als die Kollegen nach Hause verabschiedet, weil sie müde war. Warum war sie dann noch in dem Klub in der Sonnenstraße? Für Robi konnte das nur bedeuten, dass sie nach einem Lover Ausschau hielt. Sie war dann aber wohl nicht erfolgreich gewesen, weil sie schon kurz nach Mitternacht das MOBCAR nahm. Sie nahm meist ein MOBCAR, weil es für sie als Frau sicherer ist und sie hatte, wie viele Kollegen die MOBCARD-Mobilitätskarte. Jederzeit kann sie sich damit von Tür zu Tür fahren lassen. In der Elisabethstraße 21, vor ihrer Wohnung stieg Anna Maria aus dem Van.

»Hier die MOBAPP zum Abbuchen. Guten Abend«, hielt sie dem Servicemann ihr ARMFONE hin. Sie ging über die Straße, war auf der anderen Straßenseite angelangt und startete vor dem Eingang zu ihrem Apartmenthaus die Zutritts DOORLOGG-App. Schwankte dabei aber sichtlich hin und her, fand den Türknauf nicht sofort.

Robi hielt vor ihrem Haus und bemerkte einen Wagen, der über den Bürgersteig auf sie zuraste. Gerade als Anna an der Haustür angelangt war und das ARMFONE am Unterarm an den Türknauf halten wollte, stürzten sich zwei Maskierte auf die junge Frau. Zhang sah die beiden Gestalten und eilte ihr zu Hilfe. Ein großer dunkler Typ wie ein Sumo Ringer drehte ihr den Arm auf den Rücken und hielt ihr die Hand vor dem Mund, damit sie nicht schreien konnte. Der kleinere, schlanke Angreifer mit schwarzer Strumpfmaske zog ihr die Füße nach vorn weg.

Blitzschnell wurde sie flach auf den Boden gelegt. Normalerweise wäre es nicht so einfach gewesen, sie zu Fall zu bringen. Anna Maria traf zweimal die Woche ihren Personaltrainer in ihrem Schwabinger Studio, einen Block weiter. Eigentlich war sie sehr kräftig und flink. Unter normalen Umständen wäre sie auf und davon gewesen, würde schreien. Oder sie hätte die Schläger davon gekickt. So wie sie es in den letzten Lektionen in Schwabing gelernt hatte. Aber Anna Maria Schmidt war nicht mehr nüchtern. Und ehe sie merkte, was mit ihr geschah, lag sie schon mit dem Rücken auf dem Bürgersteig. Die Hand um ihren Mund löste sich kurz. Sie wollte gerade Luft holen, als Kamerablitze ihr Gesicht erhellten. Sie war so überrascht, beinahe ohnmächtig, brachte keinen Laut hervor.

Zhang sprang aus dem QUADMO. Er warf sich auf den Kleineren, der Anna Maria die Füße hielt und riss ihn zu Boden. Er zog eine VOLTGUN, den Elektroschocker aus der Jackentasche und stach damit auf ihn ein. Der Schwere mit der Kamera rannte zum Wagen, rief dem Fahrer etwas zu. In einer Sprache, die asiatisch klang. Die junge Frau konnte sich aufrappeln. Zu ihren Füssen zitterte der Maskierte. Nachdem der Ringer die Kamera durch das Seitenfenster gereicht hatte, kam er zurück. Er warf Robi aufs Pflaster und drückte ihn mit den Knien auf den Unterarmen nieder und begann ihn zu würgen. Robi hatte noch die VOLTGAN in der Hand – konnte den Oberarm beugen. Immer weiter beugen, bis er mit der Waffe in der Hand die Schulter des Maskierten erreichte. Ein Zucken durchfuhr dessen Körper. Krumm vor Schmerz brach der auf Robi Zhang zusammen. Er wälzte den schweren Körper zur Seite und sprang auf die Haustür zu. Der Fahrer blieb im abfahrbereiten Wagen zurück. Er war unmaskiert, hatte ein kantiges Gesicht mit schmalen Augen. Und er schaute nervös in eine andere Richtung, als er Anna Maria bemerkte. Ein dunkelhaariger Asiate, Fassonschnitt im schwarzen Kendo Anzug? Da waren Ähnlichkeiten mit den Kämpfern aus alten Kung-Fu Karate Filmen, vielleicht Anfang dreißig. Nur für den Fall, dass die Polizei eine Personenbeschreibung verlangte. Obwohl sie wie paralysiert vor Schreck am Boden verharrte, versuchte sie sich möglichst viele Details einzuprägen.

Ein Adrenalinschub, Zhang wirkte jetzt nüchtern, unglaublicher Zorn verwandelte sich in unbändige Kraft.

Er war sein ganzes Leben auf der Lauer. Hatte mit ihnen gerechnet. Jetzt waren sie da und wollten ihn holen. Er hatte es immer gewusst.

Es gab Leute, die behaupteten, er leide unter Verfolgungswahn. Auch die Kollegen in MESINA dachten so. Das hatte er erst heute wieder erfahren. Ja, jetzt würden sie ihm glauben müssen. Und er war gewappnet. Er hatte den Elektroschocker – ein Teufelsding. Die zwei Verfolger waren erst einmal außer Gefecht.

Sie stiegen über die unter ihnen liegenden, zuckenden Körper drüber. Robi zog die betrunkene Anna Maria hinter sich her. Gemeinsam erreichten sie den Hauseingang.

»Anna Maria, her mit deinem Arm – das ARMFONE!«, schrie er und hielt sich die VOLTGUN schützend hinter den Rücken. Anna drückte wieder und wieder auf der DOORLOGG-App – den START Button. Die Eingangstür blieb verschlossen. Panisch rüttelte sie den Türknauf. Robi riss sie am Arm, bis ihr ARMFONE in der Nähe des Türknaufs war. Inzwischen bewegte sich der Sumo-Typ wieder – zog eine WALTER P68 aus der Jackentasche. Ein Schrei auf ihren Lippen: »Robi, pass auf hinter ...« Hastig haute Robi auf die DOORLOGG Anwendung ein. Noch mal auf "OPEN". Jetzt, die LED im Türknauf blinkte grün. Sie rissen gemeinsam die Tür auf und sprangen hinein. Zwei Boliden stürzten auf den Eingang zu. Gemeinsam drückten Anna Maria und Robi die Tür zu. Zhang warf sich von innen dagegen, als der Zweite eine Hand und einen Fuß in die sich schließende Tür quetschte. Gemeinsam stemmten sie sich dagegen, bis der bärenstarke Koloss schreiend, schmerzverzerrt den Fuß und die Hand herauszog. Anna Maria war ganz außer Atem:

»Das ist ...ist grad noch einmal gut gegangen«.

»Robi, was machst du hier? Wo kommst du denn so plötzlich her?«

»Sei froh. Ich sag euch doch. Die sind hinter uns her. Ich wusste es. Das waren Chinesen. Habe einen Teil verstanden, was die sich zugerufen haben. So was wie:

»*Das ist sie! Mach endlich das Foto! Warte bis sie ruhig ist! Mach noch eins, usw.*«

»Deine IFD haben die fotografiert! Das ist es. Die haben sie jetzt. Du musst morgen gleich dein Passwort ändern! Ich rufe Pascall an. Der muss die Terminals sperren!«

»Aber Robi – Polizei? Hol die Polizei!«

»Was soll ich mit den Bullen jetzt? Die kriegen sie nicht, sitzen längst im Taxi zum Flughafen. Die kennen die Typen. Die stecken mit denen unter einer Decke. Vergiss es!«

»Robi, komm mit! Auf den Schreck. Lass uns einen Drink nehmen. Komm mit hoch!« Der Fahrstuhl hielt. Sie stiegen ein und wählten die Nummer acht.

»Was wolltest du hier? Das ist doch kein Zufall! Spionierst du mir nach, oder hast du was geahnt?«

»Ich sage doch. Ich habe die beobachtet. Zuerst vor der MESINA, wie sie hinter dir her sind. Da wusste ich Bescheid.«

Robi log. Es war nicht sicher, ob ihm die Anna Maria diese Story abkaufen würde. Egal, er hatte sein Ziel erreicht und er war bei ihr.

Seiner Traumfrau. Der hübschen Anna Maria. Seine Japanerin war vergessen.

Der Fahrstuhl brachte sie hinauf in Anna Marias Dachwohnung im achten Stockwerk. Sie war immer noch unter Schock, als sie ihr WEARABLE-ARMFONE an die Wohnungstür hielt. Wenigstens blockierte diesmal nicht das elektronische Türschloss. In der Wohnung warf sie die Tür hinter Robi zu und schoss die High Heels mitten in den Flur, warf ihren Mantel aufs Bett im Schlafzimmer.

»Was willst du trinken, Robi. Mein Retter«, sagte sie, ohne ihn anzusehen.

Lieber wäre ihr, er wäre heute Nacht bei ihr, der Held ihrer Träume. Stattdessen war da jetzt der Robi.

»Nenn Dich jetzt immer "mein Retter". Du bist ein richtiger "Held"«, schmunzelte sie, ohne ihn dabei auch nur eine Sekunde anzusehen. »Und ich bin betrunken. Willst du einen Bourbon oder einen Wein – hab noch einen- von gestern? Einen Chianti, nix Dolles, aber wir sind eh schon betrunken! Schmecken eh nix mehr. Mensch Robi, ist mir schlecht.«

Sie warf sich der Länge nach auf das Sofa, sodass Robi nur noch auf dem Sessel Platz nehmen konnte.

»Im Kühlschrank. Im Türfach ist der Wein. Die Gläser hier in der Vitrine! Bediene Dich!«

Robi stellte ihr ein volles Glas auf den Couchtisch und schob den Sessel näher zu ihr heran, damit er ihr besser in die Augen sehen konnte.

»Prost, Anna Maria! My Belle! Noch mal auf gute Zusammenarbeit!«, hob der Exilchinese das Glas.

Er war jetzt am Ziel. Oder doch nicht. So betrunken, wie die heute war, ging eh nichts, dachte er sich in diesem Moment.

Zehn Minuten später war sie eingeschlafen.

AUFSICHTSRAT

Martinsried bei München, 19. Dezember 2034

Selbstsicher wie immer, hatte der CEO Rudolf Steiger an der Längsseite des Tisches Platz genommen. Gegenüber, vor Kopf saßen die Mitglieder des Aufsichtsrates. Fast wie bei einer Gerichtsverhandlung. Die Richter vor dem Angeklagten, die Geschworenen rechts und links von ihm:

»Verehrte Damen und Herren im Aufsichtsrat. Dies ist die letzte Sitzung in diesem Jahr. Frau Doktor Remington, hallo Marion, Mr. Elton Stone, Herr Doktor Stinner, Herr Doktor Roloff, hallo Katrin Geis.

Die Themen heute:

TOP 1: Vorbereitung auf die Pressekonferenz am 22. Januar in Frankfurt.

TOP 2: Entwicklung der Geschäftstätigkeit, Umsätze, Erlöse usw.

TOP 3: Risiken in der aktuellen politischen Landschaft.

TOP 4: Wettbewerber

TOP 5: Ausblick auf die Produkte in der Pipeline, die neuen Wirkstoffe.

»Zum TOP 1: Hier werden wir zu Beginn der Präsentation in Frankfurt die Zahlen veröffentlichen, welche wir gleich noch einmal detailliert durchgehen werden. Katrin bitte die Folie mit den Zahlen der Geschäftstätigkeit!«

Die hatte neben Rudolf Steiger den NOTEFLAT offen vor sich auf dem Konferenztisch liegen und drei Diagramme auf den großen Bildschirm gezogen, sodass Steiger gleich Stellung nehmen konnte:

»Im ersten Diagramm sehen sie die Umsatzentwicklung bei unseren Wirkstoffen. Hier haben wir im ersten Quartal 2034 einen leichten Rückgang zu verzeichnen gehabt. Das neue

Breitbandantibiotika ZEROSTILLIN, ist erst im dritten Quartal zugelassen worden. Und die Produktion der Zytostatika kam erst im zweiten Quartal dazu, nachdem die Zulassung Phase 3 erfolgte. Der Umsatz der Hautpflegeserie, DIAMANTSILK, GENICAGE, ist ab dem ersten Quartal kontinuierlich gesunken.«

Katrin wusste genau, wann die richtigen Themen aufgezogen sein sollten. Die Folien mit den unschönen Zahlen der vorläufigen Bilanz wischte sie etwas schneller durch.

»Bloß keine schlafenden Hunde wecken«, meinte Steiger in der Vorbesprechung.

»Es würde noch schnell genug unangenehm.«

»Danke Katrin! Lassen Sie mich nun die Erlösentwicklung anhand des zweiten Diagrammes erklären. Hier ist im ersten Quartal ein operativer Verlust von 21 Millionen zu verzeichnen. Die alten Wirkstoffe laufen nicht mehr so gut im Vertrieb und die neuen kamen etwas zu spät. Der Wirkstoff DARAZERON im DARAZYTAN hat sich bei einer Vorstufe von Leukämie bewährt. Die Wirksamkeit in der Krebstherapie konnte noch nicht dauerhaft nachgewiesen werden. Im zweiten Quartal sind es nur noch 11 Millionen N€ Verlust. Im dritten Quartal haben wir, dank der von Katrin angesprochenen Neuentwicklungen, einen starken Gewinnanstieg auf 31 Millionen und in diesem Quartal auf 63 Millionen N€ im vierten Quartal zu verzeichnen gehabt. Zum TOP 3 haben wir die politische Diskussion anzusprechen. Hier tangieren uns die ethischen Fragen rund um die Erforschung des humanen Genoms. Es geht um die Veränderungen im- und am Genom und die Vertretbarkeit von Reparaturen an Mutanten und gezielten Eingriffen am menschlichen Erbgut. Hier lehnen die ökologischen- und christlichen Verbände in unserem Lande jegliche Forschung ab, während im Ausland munter weiter geforscht wird.

Ich bitte Sie ihren Einfluss und ihre Lobbyarbeit mit einzubringen, damit diese selbstauferlegten Fesseln unsere Wettbewerbsfähigkeit nicht noch weiter beeinträchtigen. Marion, hier bitte ich Dich, die Vertretungen in Übersee mit einzubinden. Drohungen mit Standortverlagerung nach USA, Kanada oder sogar China und Arbeitsplatzabbau im Inland et cetera pp.«

Marion Remington hatte bisher still zugehört. Jetzt fand sie sich angesprochen.

»Rudi, wie stellst du dir das vor? Mit was soll ich drohen? Wenn ich zum Beispiel mit Standortverlagerung drohe? Das kann man als Erpressung verstehen. Was, wenn sie sagen, *»Dann tun Sie das, wenn Sie das für richtig halten!«*

Was soll ich dann antworten? Und wenn die Subventionen zurückverlangen? Oder hast du heute ein fertiges Konzept in der Schublade? So sind das nur leere Drohungen. Die lachen mich aus, Rudi! Da erwarte ich von dir jetzt etwas Konkretes, bitte. Diese Politiker sitzen alle mit ihren dicken Hintern in ihren dicken Dienstwagen und vögeln ihre hübschen, dünnen Sekretärinnen. Mit was willst du denen drohen, frage ich Dich?«

Rudolf Steiger hatte diese harsche Kritik nicht erwartet und antwortete eingeschüchtert.

»Marion. Ich ... ich habe verstanden. Ich werde da bis zur nächsten Sitzung im kommenden Frühjahr nachbessern. Lasst uns zum Thema, TOP 4 Wettbewerb gehen. Hier sind vor allem die Chinesen aktiv auf der Weltbühne angetreten. Wir haben in Peking Genomic Institute PGI von Anfang der Zwanziger einen echten Konkurrenten auf dem Gebiet der Mikrobiologie. Das ist unser Zukunftsthema. Ich komme gleich in TOP 5 drauf. Wettbewerber sind vor allem junge Spin Offs der US-Pharmariesen mit Unterstützung aus Stanford und Havard. Die mit Venture Capital Geld zugeschissen werden.

Nun kommen wir zum TOP 5, Bericht über die Entwicklungen in der Pipeline. Nehmen wir zum Beispiel die DYNO3000. Die letzten Ergebnisse sind vielversprechend. Vielleicht sogar eine Sensation. Können Zellveränderungen anhand der DNA quasi live mitverfolgen. Aber wir haben noch eine erhebliche Fehlerquote bei Vergleichsmessungen. Deshalb absolutes Stillschweigen. Wir müssen auf der Hut sein. Unsere Wettbewerber warten nur auf Fehler. Wenn denen sonst nichts einfällt, dreschen die auf uns ein.«

Marion hob die linke Hand, den warnenden Zeigefinger.

»Marion, du hast eine Frage? Was willst du wissen?« Marion Remington reckte sich aus ihrem Sessel hervor und wies auf den 160 Zoll-, den schmalen 32 zu 9 Bildschirm in der Wand, die Folie mit der Vorstellung des DYNO3000 mit Quantenprozessor. Sie war dafür bekannt, dass sie je nach Laune, ihre männlichen Kollegen auf offener Bühne "zerlegte". Wen wunderte es da, dass ihre erste Ehe nur vier Monate dauerte?

»Rudi, was kann man damit anfangen? Du hast was erzählt von Medikamenten-Tests, von Schnelltests an neuen Substanzen. Die Tests, welche die Wirkung auf die DNA zeigen. Kannst du damit auch unsere Kosmetika-Wirkstoffe analysieren oder verbessern?« Steiger ist vorbereitet auf diese Frage. Es scheint abgesprochen, die Frage hatte Doktor Steiger erwartet.

»Richtig, Marion. Wir können damit genau die Wirkmechanismen von Stoffen an der DNA analysieren. Natürlich auch an unseren Substanzen in unserer Kosmetika-Reihe.«

Der Aufsichtsratsvorsitzende Elton Stone hob mutig die linke Hand und schaute Marion an. Er sprach nicht sehr laut. Der

Vorsitzende kam von der amerikanischen Konkurrenz. Die Neuaktionäre aus dem angelsächsischen Raum hatten in der letzten Hauptversammlung vor dem Rausschmiss von Doktor Krüger darauf gedrungen, einen erfahrenen Fachmann an die Spitze des Aufsichtsrats zu wählen. Er hatte angeblich HANSON&HANSON zu dem gemacht, was es ist. Den Umsatz in wenigen Jahren verfünffacht. Nach seinem Ausscheiden aus dem aktiven Management versuchte er sich dort im Aufsichtsrat. Wurde aber entfernt, bevor es steil Berg ab ging, mit dem dortigen Generika Geschäft. Der starken Konkurrenz aus Fernost hatte man nichts entgegenzusetzen. Der Amerikaner, Anfang siebzig war froh mit dem Debakel, was bei HANSON passierte, nicht mehr in Verbindung gebracht zu werden. Grauhaariger Haaransatz rund um die Halbglatze, groß, schlank und fit präsentierte er sich. Er hatte die Marion Remington im Schlepptau.

Und das war so. Wer den "Erfolgsgaranten" Stone wollte, musste die Remington, so zu sagen, als "Beifang" mit an Bord nehmen. Später stellte sich heraus, dass es genau umgekehrt war. Stone war der "Beifang" und die Remington der Fang. Und der große Macher bei HANSON war er schon gar nicht. Er hatte Glück gehabt, die richtigen Manager an Bord zu haben, die den Handel mit Medikamenten, deren Patente abgelaufen- und damit billig nachzubauen waren, erkannt hatten. Billig war damals wichtig. In den Staatspleiten der ausgehenden Zwanziger waren auch die Krankenversicherungen von der Pleite bedroht. Da kamen billige Medikamente gut an. Und die haben das damals boomende Generika Geschäft angekurbelt.

Stone hatte sich eher auf die Pension gefreut und den Job bei MESINA so als Zeitvertreib angesehen. Gerüchte kamen auf, dass beide nicht nur ihre gute Zusammenarbeit in Sachen Pillenproduktion verbanden. Stone sah MESINA mehr als Hobby und

Freizeitgestaltung. Ließ sich praktisch nie in der Produktion sehen, kam immer in seinen bunten Freizeitklamotten daher. Braungebrannt wie vom Urlaub in seinem Domizil in Florida. Hände in den Taschen. Schlecht vorbereitet. Er war es nicht, was der Name verhieß – eine Aufsicht, ein Rat war der nicht.

»Frau Remington, liebe Marion. Ich sehe, du verwendest unsere DIAMANTSILK-Reihe, die Hautpflegeserie – so gut wie du ausschaust?«

Marion Remington ist Anfang fünfzig. Sie war BWL- Stipendiat der Berkeley University von Kalifornien, war 2006 zur Schönheitskönigin der Universität gewählt worden. Die gewitzte, schlanke Blondine hatte seinerzeit einen reichen Pharmaboss geehelicht und war nach ihrer Scheidung und einem kurzen Intermezzo bei HANSON & HANSON wieder zurück nach Deutschland gekommen. Sie hatte trotz ihrer zahlreichen Lenze noch eine tolle Figur und Anti-Aging schien bei ihr Früchte zu tragen.

Mit gequältem Lächeln und dem strengen Blick – dem einzigartigen Blau ihrer Augen wandte sich Marion direkt dem Aufsichtsratsvorsitzenden zu. Vermutlich trug sie gefärbte Kontaktlinsen? Aber sie war sehr dezent, modisch gekleidet. Danach zu urteilen, mochte sie die ideale Zielgruppe für die teure Pariser Haute Couture sein. Die Antwort, die jetzt folgte, überraschte. Marion schien gar nicht geschmeichelt. Im Gegenteil.

»Elton, danke für die Blumen. Das Zeug ist genauso schlecht, wie das vom Wettbewerb. Hilft überhaupt nix. Ich hoffe mal lieber Rudi, dass mit dem DYNO3000 bald was Besseres an Wirkstoffen kommt. Mit dem Zeug kannst du im PICIT Self Service Supermarket am Wühltisch punkten, aber nicht im hochpreisigen Kosmetika Segment. Unter uns, ein totaler Müll. Wenn das rauskommt, was sich die Leute damit ins Gesicht schmieren, Gnade uns. Und was erzählst du da? Du sagst:

»Unser Wirkstoff DARAZERON im DARAZYTAN hat sich nur bei Vorstufen von Leukämie bewährt. Die Wirksamkeit in der Krebstherapie konnte noch nicht dauerhaft nachgewiesen werden.«

»Heißt das, dass auch das Zeug nichts taugt? Rudi, du hast mit deiner Show die Analysten weltweit verzückt. Nur ich sage dir eines. Wenn sich herumspricht, dass das Zeug vollkommen wirkungslos ist? Das klang letztes Frühjahr noch ganz anders? Dann sind deine Verheißungen nichts weiter als ein Soufflé, das beim kleinsten, kalten Hauch in sich zusammenfällt? Dann ist es aus, sage ich dir Rudi! Du bist jetzt seit gut einem Jahr Vorstandsvorsitzender. Du hast den Kurs unserer Aktie in schwindelnde Höhen gejagt, mit deiner Marketingmasche. Jetzt muss endlich mal die Pipeline zeigen, ob aus deinem Soufflé ein vollständiges Menü wird. Ansonsten bist du genauso schnell Geschichte, wie dein Vorgänger Krüger, diese Flasche!«

Die deutliche Ansage der Remington schien Rudolf Steiger den Wind unter den Flügeln zu rauben. Sein Ass im Ärmel, die neue Analysetechnik DYNO3000, blieb unbeachtet. Die Remington hatte ihm die Stimmung versaut.

Die männlichen Kollegen im Aufsichtsrat waren für ihn eher Zählkandidaten bei Abstimmungen. Leicht manipulierbar, wankelmütig, feige. Blanke Opportunisten. Die hatte er im Griff. Aber diese Frau konnte ihm gefährlich werden. Wenn die sich auf ihn "eingeschossen" hatte, war es vorbei mit seiner Karriere bei MESINA. Er würde mit Elton Stone das Gespräch suchen. Musste sie irgendwie unauffällig loswerden. Leichen im Keller hatte sie. Ihre Beziehungen in der Zulassungsbehörde FDA in den Staaten.

Leute, die sie kannte. Vermutlich intimer? Bloß geholfen hatte das nichts. Da war die Abkündigung des Histaminblockers, ALPHASTAMIN. Sie hatte eine unrühmliche Rolle gespielt, damals. Das Mittel war neu und wirkungsvoll. Die paar Nebenwirkungen hätte man im geänderten Beipackzettel abhandeln können und das nur der Behörde erklären müssen. Aber mit ihrer direkten Art, den Männern gegenüber, hatte sie es gleich am Anfang versaut. Fühlten sich vor den Kopf gestoßen. So kann man nicht mit unabhängigen Beamten umgehen. Die Wettbewerber in Übersee hatten danach leichtes Spiel. Alles, was sie darstellte, im Leben hatte sie mit "Arsch und Schnauze" erreicht.

MAINHATTAN

Frankfurt, Kongresscenter FCC, 22. Januar 2035

Das HELITAX stand auf dem Dach des Terminals bereit. Sanft hob der Helikopter ab und glitt über die Abfertigungshallen hinüber in Richtung City. Die neue Generation dieser Hubschrauber konnte dank der HYDROPACC-Technologie bis zu vier Stunden in der Luft bleiben. Für die Mittelstrecke waren sie eine Konkurrenz zum MAGLEV – wenngleich nicht ganz billig.

Die Mainmetropole lag ihnen zu Füssen. Sie schwebten über die neue Hafen City mit den eleganten Penthäusern, deren obere Stockwerke sich über den Fluss, den Main beugten. Der Pilot kontrollierte den Anflug auf den ROOFPORT der neuen Kongresshalle. Eine Menschentraube wartete unter ihnen am Eingang zur Halle. Als sie aus dem Fahrstuhl ausstiegen, wurden sie bereits von einer Hostess der Messegesellschaft erwartet. Das hübsche, langbeinige Model im roten Kostüm wies ihnen mit der bloßen Hand den Weg hinüber zum Bühneneingang.

»Guten Tag, mein Name ist Lindsay Flake. Dabei warf sie ihre langen, schwarzen Haare mit einem eleganten Schwung nach hinten. Folgen Sie mir bitte! Die Halle ist bis zum letzten Platz besetzt, Herr Doktor Steiger«, schnell schritt sie voraus. Trotz ihrer schwarzen High Heels.

»Auf Sie warten warme und kalte Getränke. Einen Kaffee gefällig? Sie können ihre Präsentation mit unserer MIRROFEED Software auf die fünf Bildschirme bringen. Das kann ich auch für Sie erledigen, wenn Sie mögen, Herr Doktor Steiger?«

»Nicht nötig, Frau Flake. Wir nutzen das selbst in der MESINA. Aber Kaffee wäre gut, für Dich auch, Mikel?«

Presse, Analysten, Blitzlichtgewitter und Applaus empfing die beiden, als sie die Bühne betraten. Alle wollten vom Vorstand der MESINA AG erfahren, wie sich der Shootingstar der Biotech-Szene im abgelaufenen Jahr geschlagen hatte und wie der Ausblick für das neue Geschäftsjahr werden würde. Die FINAPP zeigte einen Kurs der Aktie von 36,46 N€.

Die Analystenkonferenz war gut besucht. Fernsehkameras, Mikrofone, Übertragungswagen vor der Halle.

Auf fünf riesigen Bildschirmen lief die Show der MESINA-Marketing-Maschinerie ab. Eine Sensation. MESINA ist in der Lage, innerhalb von einer Stunde die biochemische Reaktion einer beliebigen Substanz auf das Genom zu analysieren. Damit werden in Zukunft Tierversuche praktisch überflüssig. Und das bei deutlich verlässlicheren und besser dokumentierten Ergebnissen. Eine schnelle Analyse von Arzneiinhaltsstoffen, Gefahrstoffen, Kosmetika, – die Wirkung auf Bakterien, Parasiten, Pilze, Viren. Der Aufwand für klinische Studien sinkt damit drastisch und die Forschung wird auf ein neues Level katapultiert. Kaum zeigt der rote Balken der Video-App das Ende an, gibt es Applaus.

Doktor Steiger greift zum Mikrofon in der linken-, den Laserpointer in der rechten Hand.

»Sehr verehrte Vertreter der Presse, der Finanzhäuser, Reporter der Sender und Analysten. Was ich Ihnen heute zeigen werde, ist das Leistungsvermögen eines ungewöhnlichen Unternehmens. MESINA, einige von Ihnen wissen das längst, entwickelt sich zum weltweiten Marktführer neuer medizinischer Wirkstoffe und Therapieverfahren. Wie das funktioniert, kann ich Ihnen heute demonstrieren. Hier haben wir den Test eines neuen

Antibiotikums aufgezeichnet. Dies ist umso wichtiger, als dass die fortschreitende Ausbildung von Resistenzen zu einer zunehmenden Gefahr für die Menschheit wird. Im Film sehen sie, wie gleichzeitig 16 Wirkstoffe getestet werden. Auf einer Anlage. Wir haben 20 davon. Pro Durchgang über 300 Substanzen. Arbeitstäglich im Schnitt mindestens eintausend neue Substanzen. Die Technik, die dahintersteht, ist zum Patent angemeldet. Geheim, zumindest bis die weltweite Patentierung abgeschlossen ist. Die Anwendung und den Profit dieses Verfahrens zeigt ihnen jetzt Herr Doktor Mikel Scott Miller, der Leiter unseres Biotechlabors **G**ENETIC **E**NGINEERING **R**ESEARCH, kurz **GER**.«

Applaus im Saal.

Mikel erhob sich und Steiger reichte ihm Mikrofon und Laserpointer. Der Videoclip auf seinem ARMFONE ist schnell mit einem Wisch auf die große Leinwand hinübergezogen.

»Meine Damen und Herren. Sie sehen hier zwei Mal sechzehn verschiedene Fenster mit Videos parallel. Die ersten sechzehn Filme zeigen den Angriff eines Bakteriums auf die Zelle. Die zweite Sequenz zeigt sechzehn Filme unter Einsatz verschiedener Medikamente, also die Wirkung von sechzehn verschiedenen Substanzen. In der Mitte links erkennen Sie etwas Besonderes. Bitte beachten Sie diese fundamental neue Wirkung. Das Ergebnis ist eine grandiose neue Substanz mit hervorragender Effektivität.« Mikel genießt die Aufmerksamkeit der Zuhörer. Mit jedem Satz wird er selbstsicherer. Stolz erfüllt ihn.

»Meine Damen und Herren. Sie wurden soeben Zeuge der Erfindung eines neuen Breitbandantibiotikums. Es hat die Zulassung Phase drei hinter sich und ist letztes Jahr erfolgreich im Markt eingeführt worden. Dies ist unser ZEROSTILLIN. Eine

Substanz, die die säurestabile Zellmembran des Erregers auflöst und zum Platzen bringt. Hier im Film dargestellt.

Das Ergebnis ohne ZEROSTILLIN und im Gegensatz hierzu nach der Zugabe von ZEROSTILLIN. Besonders wirksam gegen die Gruppe gefährlicher Krankenhauskeime, zu denen unter anderem resistente RSA Stämme gehören. Wir haben unten links von der Mitte auch noch ein Naturheilmittel eingefügt. Das ist ebenfalls in der Lage, die Bakterien eine Weile in Schach zu halten. Aber wie Sie sehen, gewinnen am Ende die Stämme wieder die Oberhand. Aber ZEROSTILLIN ist unübertroffen in Wirksamkeit und in Verträglichkeit. Kein anderes, weltweit verfügbares Breitband Antibiotikum ist so wirksam. Es zählt mittlerweile zu den fünf Reserveantibiotika in der Welt der Medizin. Sie sehen, ohne uns geht nichts.«

Es gibt Applaus im Saal, – die Kameras kamen näher, schwenken nach vorn zum Podium. Die Vertreter der MESINA AG, Doktor Rudolf Steiger und Doktor Mikel Scott Miller, stehen im Rampenlicht. Die Mikrofongalgen wurden in Richtung Tribüne gehalten. Kameras überall. Steiger sonnt sich in Licht des Erfolges.

Der SEQUENZER spürt die Aufmerksamkeit, welche auch ihm entgegengebracht wird:

Er sieht seinen Traum in Erfüllung gehen. Schon als kleiner Bub hat er sich nach Erfolg und Anerkennung gesehnt. Einem Lob, das ihm sein strenger Vater oft verweigert hatte. Mutter war es, die ihn ermunterte. Wenn er hinfiel, hob sie ihn auf, machte ihm Mut. Vater ging alles nicht schnell genug. Ein Miller hatte immer besser zu sein als all die gewöhnlichen Leute da unten. Das war ein Gesetz.

Doktor Rudolf Steiger schaute während Mikels Vortrag auf das Handy und sah in der FINAPP einen Kurs der Aktie von 45,61N€. Eine Pressekonferenz genügte und er war schon wieder einige Hunderttausend N€ reicher.

Nach einer eineinhalbstündigen Vorstellung verlassen die beiden zufrieden die Veranstaltung. Der Fahrstuhl bringt sie zum ROOFTOP hinauf, wo die HELI-Taxis warteten. Beim Besteigen des Fluggerätes erzählte Mikel von dem Vorfall aus dem letzten Jahr.

»Herr Doktor Steiger. Ich wollte Sie informieren über einen merkwürdigen Zwischenfall in der Elisabethstraße in München. Am Abend nach der YEAREND-Party bei uns, bei Anna Maria.«

»Was ist mit Anna Maria?«, Steiger schaute überrascht, während er sich anschnallte.

»Lass mich erst dem Piloten zeigen, wo wir hinwollen. Bitte zum Citytower«, Steiger wies mit der rechten Hand hinüber zur Altstadt von Frankfurt.

»Da ist die "Fressgass" in der Nähe«, unterbrach ihn Mikel.

»Ich glaube, man wollte sie entführen?«, setzte er die Schilderung fort. Der Zhang war ihr gefolgt, konnte das Schlimmste verhindern.«

Jetzt zögerte Steiger und behielt die Kopfhörer in der Hand.

»Wohnt die nicht dort in Schwabing? Was wollte der Zhang bei der Schmidt? Na, so ein Zufall! Der Robi Zhang.«

Mikel holte tief Luft:

»Genau weiß ich das auch nicht. Anna Maria hat nicht näher darüber gesprochen. Sie hat nur gesagt, dass ein Auto ihrem MOBCAR folgte und plötzlich die Türen aufriss. Man hat sie zu Boden geworfen.«

Steiger sah sich bestätigt:

»Wollte sie entführen! Warum gerade die Anna Maria Schmidt?«

Das Pfeifen der Rotoren übertönte das laute Gespräch. Mikel setzte sich die Kopfhörer auf, um mit dem Piloten und Steiger reden zu können:

»Die Schmidt hat das Passwort und die IFD. Jemand hat es auf ihren Zugang zum Archiv abgesehen. Was sonst?«

Jetzt hatte Steiger ebenfalls die Kopfhörer auf und konnte Mikel besser verstehen:

»Ich habe dir gesagt, was ich von dem Zhang halte. Das ist kein Zufall. Der will an die Daten – ein Spion!«

Jetzt musste Mikel in die Details gehen:

»Geht aber nicht ohne das Password von Jeff Dole. Jeff und Robi brauchen jeweils die IFD des anderen.«

»Bei einem Gesicht genügt doch ein Foto, oder?«, der Chef schien es nicht besser zu wissen. Mikel musste es ihm erklären:

»Bei einer schlechten Gesichtserkennung schon. Eine gute IFD macht einen 3-D Scan. Da reicht eine normale Kamera nicht. Anna Maria meinte, die hatten eine 3-D Kamera? Und dann braucht man auch noch die Iris. Oder man schneidet die Augen heraus?«

Auf den Citytower angelangt, genießen sie den Blick auf die Mainmetropole hinüber zum Main. Ein kalter Wind von Westen weht ihnen die Frisur durcheinander. Aber es ist ein klarer, sonniger Tag.

»Passen Sie auf. Herr Doktor Steiger, hier möchte ich Ihnen eine urige, original Frankfurter Kneipe zeigen. Ist noch so, wie vor 150 Jahren – in der "Fressgass". Das ist da unten rechts neben dem Dom in der Altstadt. Da gehen wir jetzt runter. Da essen wir Handkäs mit Musik. Das hat meine Oma immer gemacht. Die war aus Frankfurt, wissen Sie?«

Sie betraten die Kneipe und wurden vom Wirt per Handschlag empfangen. Das ist eher selten. Ein Handschlag war nach der großen Viruspandemie gänzlich aus der Mode gekommen. Das schickte sich nicht mehr. Aber hier in der alten Kneipe gingen die Uhren noch anders. Ohne lang zu zögern, bestellte Rudolf Steiger die "Spezialität" des Hauses.

»Herr Ober! Bitte einmal davon – wie heißt das grad noch mal, Mikel ... Handkäs mit was?« Der Wirt kam brav zu ihnen herüber und half:

»Mit Musik ... ja bitte der Herr! Das ist von Hand geformter Käse aus Hochelheim – mariniert mit traditioneller Marinade aus Kümmel, Zwiebeln, Essig und Öl, Pfeffer und Salz. Das bitte zweimal ... dazu ein Bier vom Fass? Export, Lagerbier oder ein Weißwein aus Rheinhessen? Einen traditionellen Riesling? Kann ich auch empfehlen.«

Rudolf Steiger hatte sich entschieden.

»Ja bitte. Aber mit einem Weißwein. Ein Riesling. Und du auch Mikel, Okay?«

Es wurden zwei kleine Teller gereicht. Frisches Brot, dazu Pfeffer, Salz und eine Schale mit Kümmel. Sie prosteten sich zu. Stumm stillten sie ihren Appetit und die Gläser mit dem Riesling klangen hell.

»Auf eine weiterhin so gute Zusammenarbeit, Herr Doktor Scott Miller!«

Nach einer dreiviertel Stunde war die Flasche vor ihnen geleert.

»Mikel. Was ich noch sagen wollte.« Er blickte ihn freundlich an und schaute hinüber zur Theke.

»Herr Ober. Bitte noch eine von dem da.

Mikel, was ich dir vorschlagen wollte. Wie wäre es mit dem Du? Jetzt sind wir doch schon ein Team und haben noch so manche Herausforderung vor der Brust, das verträgt sich so nicht mehr. Im Vertrauen. Nenn mich Rudi. Prost Mikel!«

»Okay Rudi«, lächelte Mikel zurück und stieß mit ihm auf die neu gewonnene Vertraulichkeit an.

»Du Mikel. Noch eins. Pass auf. Der Klose-Hilger, unser Marketingchef. Der will meinen Job. Den wollte der eigentlich schon, bevor es mich überhaupt gab, in der MESINA AG. Der wollte den alten Vorstand Doktor Krüger beerben. Doktor Stinner und Doktor Roloff waren dagegen. Gott sei Dank. Der Hilger ist gefährlich. Pass auf!«

»Ja ich glaube auch«, zog Mikel ihn ins neu gewonnene Vertrauen.

»Katrin hat das auch gemeint! Der Hilger hatte es auf sie abgesehen – sie meinte, er wollte ihr an die Wäsche. Viel hat nicht gefehlt. Gott sei Dank bist du gerade im rechten Moment Vorstand geworden, Rudi! Die zwei Wochen damals haben ihr gelangt.«

BIG APPLE

New York, 5th Avenue, 30. März 2035

»Es ist noch etwas Zeit. Lass uns was Essen gehen, Miller!«, rief Rudolf Steiger dem Mikel über das Dach des Taxis auf der gegenüberliegenden Fahrzeugseite zu.

»Mikel, du wir machen das wie immer. Ich mit der kurzen Vorstellung der AG, mit meinen Imagevideo und du kommst mit der Präsentation deiner Forschungserfolge und danach zeigst du was wir in der Pipeline haben. Das Zeug für Extern. Genau wie im Januar in Frankfurt. Nur ist das Material speziell für New York angepasst. Mit den Produkten, die hier in Übersee gehandelt werden. Speziell aufbereitet, für die Dummies hier. Die Simone Reiter kennt sich da aus. War jahrelang in der Übersee Dependance von LIPTON hier. Die hat das gemacht. Wer sonst?

Der Hilger hat das nur auf den Server zum Download bereitgestellt. Auch so ein Dummie«, feixte er.

»Mehr bringt der eh nicht fertig. Hat er jedenfalls versprochen. Ich hoffe, dass der wenigstens einmal macht, was ich ihm sage. Und kontrollieren und korrigieren, falls du Fehler entdeckst. Der hat doch keine Ahnung. Macht bloß, was die Anna Maria und die Katrin dem anschafft. Ein Idiot halt. Aber pass auf – ein gefährlicher Idiot. Mikel, bitte gleich heute Abend nachsehen im Intranet. Wenn ich könnte, würde ich den sofort rausschmeißen. Stinner und der Roloff im Aufsichtsrat, du weißt schon, die sind der gleichen Meinung. Aber eine Entlassung käme die Company zu teuer. Abfindung, Optionen und so. Übrigens stimmt es, was die Katrin irgendwie nebulös angedeutet hat? Ihr wollt heiraten?«

Die Überraschung stand ihm ins Gesicht geschrieben. *Woher haben die das jetzt schon wieder?,* dachte Mikel. *Nichts bleibt bei den Tratschtanten geheim.*

Das Listing an der NEST gleicht einem Triumphzug für MESINA. Steiger zieht alle Schubladen seiner Präsentationsmasche. Er hat es drauf. Die Vorstellung kann er auswendig. Ähnlich wie in Frankfurt. Der Blick auf die FINAPP zeigte den Kurs der Aktie bei 62,46 N$.
Mikel referiert, steht im Mittelpunkt. Er allein ist jetzt der Star.

Dem CEO, bleibt nur die Rolle des Moderators:
Oder ist er eher der Statist? Er fühlt sich mehr und mehr in den Schatten gestellt – von ihm. Das ging schon in Frankfurt los. Die Reporter fragten häufiger den SEQUENZER. Dabei war er es, der Mikel Scott Miller zum Star gemacht hatte. Würde er es ihm irgendeinmal danken? Er müsste zu ihm kommen, ihm auf die Schulter klopfen und es zugeben. Anerkennen, dass er das alles nur ihm zu verdanken hatte. »Danke dir Rudi!« Das wäre das Mindeste, was er von ihm erwartete!

Doktor Mikel Scott Miller ergriff selbstsicher lächelnd das Mikrofon. Er gibt seine Vorstellung. Die Bilder gleichen sich. Immer dieselbe Vorstellung wie auf dem Jahrmarkt. Nur es ist nicht mehr Rudolf Steiger. Er ist jetzt der "Marktschreier".

»... eine grandiose neue Substanz mit hervorragender Wirkung. Meine Damen und Herren. Sie wurden soeben Zeuge der Erfindung eines neuen, antiviralen Wirkstoffes mit großer Anwendungsbreite.« Stolz und Selbstsicherheit strahlt der junge Forscher aus. »Das Ergebnis ohne VIROLEXAN und nach der Zugabe von VIROLEXAN. Besonders wirksam gegen die Gruppe der SARS Viren, COVID 21 und Ebola. Es wurde letzte Woche zugelassen. Und es ist in sechs Wochen weltweit in der Therapie verfügbar. VIROLEXAN – Merken Sie sich bitte den Namen!« Wieder Applaus. Mikel wirkte jetzt fast schon etwas hochmütig, wie er die Ovationen des Publikums entgegennahm, sonnte sich im Lichte des Ruhmes, der ihn empfing. Die FINAPP zeigt einen Aktienkurs zu Börsenschluss, der NEXTEC von 78,16N$. Mikel ist zufrieden mit sich selbst. Doktor Steiger schaut skeptisch zu ihm hinüber, muss aber anerkennend mit applaudieren.

DIE MOUNTIES

Toronto, Kanada, Airport, 21. Mai 2035

Landeanflug auf Toronto. Die SONAIR29 war knapp vier Stunden von München nach Toronto unterwegs. Erstaunlich, sie verbrauchte dabei weniger Wasserstoff als ein Airbus 390 der letzten Generation. Die Konstruktion ist der Natur entlehnt. Denn die Tragflächen dieses Typs schauen, vom Boden betrachtet, wie das Blatt der Ulme aus. Damit war der Luftwiderstand nur in etwa ein Drittel eines Fliegers der ausgehenden Zwanziger. Rumpf und Flügel verschmolzen zu einer Einheit. Aus den gewölbten Kabinenfenstern hatten sie einen Blick wie aus einem Tauchboot. Statt bunten Fischen lagen ihnen die bunten Hochhäuser der City von Kanadas Metropole zu Füssen.

Der Flieger war mit einer Stunde Verspätung in München gestartet. Rudolf Steiger und Mikel Scott Miller bestiegen deshalb ein HELITAX auf dem Top Deck des Toronto Pearson International Airport. HELITAX waren hier überall auf den Dächern der Flughäfen, großer Hotels oder Veranstaltungshallen stationiert. Mit dem kanadischen DROPCAR-Taxi wären sie zu spät zum großen Event im **W**estin Harbour **C**astle **C**onference **C**entre, **W3C,** gekommen. Aufregende Zeiten fand Mikel.

Sie rollten mit laufenden Rotoren unter das Vordach des Top Decks. Der Helikopter dockte dabei an die Wasserstofftankstelle an. Zwei Hostessen hielten sich die Hüte. Ihre Kostüme wurden durcheinandergewirbelt. Sie rissen die Türen des HELITAX rechts und links auf.

»Hello Sir! Mr. Steiger, Mr. Scott! Willkommen im Westin Harbour Centre. Es ist alles bereit. Bitte folgen Sie uns hinunter.«

Es ist die große Vorstellung des Programms im neuen Multimediasaal. Vier gewölbte Bildschirme jeweils von der Größe eines Tennisplatzes zwischen Decke und allen vier Wänden, umgaben die Zuschauer. Auf der Pressekonferenz verfolgen die Journalisten die Videoclips. Live kann man beobachten, wie eine Wirksubstanz in die Zelle eintritt und das Bakterium unschädlich macht. Applaus im Publikum.

Ein fürchterliches Gewusel um sie herum. Jeder hielt ihnen ein Mikrofon, ein Handy vor die Nase. Kameras, Kameraleuchten blenden die beiden. Galgen mit Mikrofonen versperren Mikel den Weg. Nicht einmal auf der Toilette ist er allein. Gerade wollte er sich die Hände waschen, als ihm das Mikrofon in das Waschbecken gehalten wird. Der Schaumstoffdämpfer darüber wird mit Seife und Wasser benetzt. *Das stört ihn gar nicht, den Reporter von Blumberg,* dachte Mikel.

Der kleine, dicklich runde Reporter schrie seinen Kommentar in das Mikrofon. Auf dem Hallenbildschirm vor ihnen wirkt Mikel so groß wie King Kong.

Und jetzt wird auch noch das Listing im Blumberg-Kanal live rechts unten im Hallenbildschirm angezeigt. Den Gag hatte die Simone Reiter in die Präsentation eingebaut. Nur gut, dass der Kurs auch tatsächlich im Steigen war.

Mikel mochte sich gar nicht vorstellen, wie es ausgeschaut hätte, wenn der Kurs gerade in diesem Augenblick auf Tauchstation gegangen wäre. Eine Blamage. Überhaupt, Mikel verstand das alles schon lange nicht mehr. Diesen von der Realität völlig losgelösten Hype um seine Company – um die Aktie?

Die Notierung an der CASD gleicht einem Triumphzug für MESINA. Die Aktie schließt auch an der New Yorker NEXTEC auf einem neuen Allzeithoch bei 129,16 N$.

Nach der Vorstellung eilen beide zu einer spontan eingerichteten Pressekonferenz im kleinen Konferenzsaal des Mediencenters. Vom Seiteneingang öffnen sich überraschend die seitlichen Türen. Die Presse wird nach etwa dreißig Minuten herausgebeten. Nicht einmal alle Fragen an die beiden Stars aus Old Germany konnten die Reporter loswerden:

»Damn it, what's the point? We're the press too.«

»Verdammt, was soll das, wir sind auch von der Presse.«

Der Reporter schimpfte und der Kameramann vor ihnen raffte sein Equipment zusammen, als er erfuhr, weshalb sie hinausgejagt wurden. Was war der Grund, warum sich der Saal so schnell geleert hatte? Trotz allem Gezeter, war die Räumung des riesigen Saales diszipliniert und schnell abgelaufen. Vor allem wenn man bedenkt, dass die freie Presse hier in Kanada einen hohen Stellenwert genießt.

Der Grund sollte bald klar werden. Es hatte einen Überraschungsbesuch gegeben. Ein Staatssekretär der kanadischen Regierung zog Steiger zu sich in eine Ecke des Saales.

»Pay Attention. Der kanadische Prime Minister, Justus Trudeau wird erwartet! Er hat mich gebeten, Ihnen ein paar Fragen zu stellen, bitte!«

Die wenigen verbliebenen Reporter und die Regierungsbeamten wichen plötzlich zur Seite, als er den Raum betrat.
Der hübschen, kleinen Frau mit dunklem Haar und bräunlichen Teint im hellbeigen Leinenkostüm folgte der Premier in etwa zehn Schritt Abstand.

»Adsila Peshewa«, baute sich eine Kanadierin vor ihm auf. Sie reichte Mikel die Hand und zog ihn mutig zu diesem, großen, schlanken Mann mit grauem Haar und Halbglatze. Eine Persönlichkeit mit einer gewinnenden väterlichen Art, die Würde und Vertrauen ausstrahlte.

»Darf ich ihnen Herrn Scott Miller vorstellen? Herr Doktor Trudeau«, klang es im unverkennbar indianischen Dialekt.

Steiger stand abseits. Wunderte sich, dass ihn der Regierungschef unbeachtet mit dem Staatssekretär, in einer Ecke am Rande des Raumes stehen ließ. Weitere Gedanken brauchte er sich auch nicht zu machen, denn der junge Mann aus dem Büro von Trudeau im grauen Anzug und viel zu großer dunkel-blauer Fliege auf dem weißen Hemd, verwickelte ihn in ein intensives Gespräch. Steiger konnte nur noch hilflos zusehen, wie der Sequenzer mit dem prominenten Staatschef nach draußen verschwand.

»Hello Mr. Scott Miller. Nice to meet You. Um es kurz zu machen. Für den Fall, dass Sie eine neue Herausforderung suchen! Wir bieten ihm alles, was er braucht. Mittel in praktisch unbegrenzter Höhe. Und eine moderne Forschungslandschaft. Er braucht sich um nichts kümmern. Junge Absolventen unserer Eliteuniversitäten gibt es genug. Ein Budget in unbegrenzter Höhe, Mikel das ist doch was! Nicht wahr?«, verspricht der

Ministerpräsident und zog ihn mit sich hinaus, in einen kleinen Park. Ein Wink und seine Bodyguards halten Abstand.

Die kanadische Frühlingssonne über einer Waldlandschaft, mitten in der City. Der Ministerpräsident ist Mitte 60 und mit Unterbrechungen schon mehr als 20 Jahre in diesem Amt. Trotz seines Alters ist der grauhaarige Vollblutpolitiker der ersten Stunde flott unterwegs. Es stellte sich heraus, dass er erstaunlich gut die Entwicklungen in der MESINA kannte. Und er legte ein ordentliches Tempo vor, wenn es darum ging, seinen Ministeriellen und der Presse zu entkommen. Nur seine Bodyguards konnten da mithalten und folgten in fünf Meter Abstand.

»Mr. Scott Miller. Wie wäre es, wenn Sie über ihre Erfolge berichten? Sie können begeistern. Junge Menschen, Studenten zum Studium der Mikrobiologie bewegen, das meine ich. Ich denke, Sie könnten den Grundstein legen, für eine bessere Welt, ohne Krankheit und Siechtum. Sie haben es gemerkt, die Gefahren sind groß, dass ihr Wissen in falsche Hände gerät. Es gibt böse Mächte, die ebenso, wie wir an Ihrem Know-how interessiert sind. Wir bieten ihnen die finanziellen Mittel, Schutz und Perspektive. Wir legen ihnen keine Fesseln an, in der Forschung! In Good Old Germany gibt es viele Gesetze und Restriktionen.

Wir legen die Gesetze zu ihren Gunsten aus und gewähren Ihnen Gestaltungsspielräume, die Sie in Deutschland nicht haben werden. Wie wäre es mit einer Professur an der University of Toronto. Die Pioniere der Stammzellenforschung, McCulloch und Till haben hier an der University gelehrt.

Mr. Scott Miller! Lassen Sie es sich durch den Kopf gehen. Hier ist meine Karte und Sie können mich jederzeit anrufen! Ich habe meinen Staatssekretär informiert. Der ist gerade mit ihrem CEO unterwegs. Ist auch besser so. Dieses Angebot ist auch nur an Sie persönlich gerichtet. Ich denke, Sie verstehen, was ich damit meine?«

»Sure, Mr. Prime Minister«, antwortete Mikel artig und ist jetzt doch etwas aufgeregt.

»Ich darf mich verabschieden. In einer halben Stunde geht mein Flieger nach Vancouver. Übrigens ist es auch sehr schön dort. Da wollen wir ein Labor für Mikrobiologie einrichten. Mit den renommiertesten Wissenschaftlern des Landes. Mit allem, was gut und teuer ist. Das könnte Ihnen gehören, Herr Mikel Scott Miller. Ich wünsche Ihnen einen schönen Tag. Auf Wiedersehen!«, sprach er und verschwand am Parkausgang, wo die Regierungslimousine mit geöffneten Türen bereits abfahrbereit wartete. Mikel fühlte sich geschmeichelt, er ist wer – er ist Mikel Scott Miller, der SEQUENZER.

DAS DENKMAL WANKT

Schanghai 11. Juni 2035, 16:00

Der Flug nach Schanghai bot ihm die Gelegenheit.
Steiger saß am Gang und tippte ihm auf die Schulter.

»Was wollte der Prämier Trudeau von dir?«

Mikel versuchte so glaubwürdig wie nur möglich zu sein, in dem Moment. Er präsentierte ihm eine Story, so wahr wie nur möglich. Diese Geschichte hatte er schon parat, da er schon früher mit dieser Frage rechnete.

»Es ging um Beteiligung des kanadischen Staatsfonds an MESINA und anderen Biotech-Unternehmen. Seine Einschätzung bezüglich der Zukunft der Mikrobiologie.«

»Warum spricht der mit dir darüber?«

Mikel wartete was Steiger zu sagen hatte. Der machte eine Pause und erklärte: »Ist äußerst interessant, einen Staatsfond als Shareholder zu haben. Was glaubst du, wie dann unsere Aktie durch die Decke geht? Das hat man bei HANSON&HANSON gesehen. Als da der norwegische Fond eingestiegen ist, hat sich die Aktie in kürzester Zeit verdoppelt. Außerdem sage ich dir eins. Kanada wäre auch für uns eine Alternative. Ein Standort dort würde uns auf dem nordamerikanischen Markt gewaltig voranbringen. Kannst du mir den Kontakt auf meinen DATASCREEN-Account senden? Vielleicht kann Katrin mal mit ihrem Charme und so ...? Klar Mikel, du bist jetzt ein Star. Ich kann Dich nicht daran hindern, das Beste daraus zu machen. Nur eine Bitte: Denke bei allem, was du tust immer zuerst an die Company. Ich hoffe, dass wir uns da verstehen? Oder?«

»Klar, Rudi. Das bin ich uns schuldig.«

»Mikel, das ist, sagen wir mal, ungewöhnlich, dass der nicht mit mir redet, oder? Gerade wenn es um Assets in so einem Umfang geht. Egal, lass uns noch etwas ruhen, – wird ein harter Tag.«

Merkte Steiger jetzt die verhaltene Reaktion? Vor allem glaubte er das, was ihm aufgetischt wurde? Mikel war inzwischen ein Profi – mit schauspielerischem Talent.

»Rudi. Ist mir auch nicht ganz klar, warum? Aber der ist halt sehr an Technologie interessiert. Will das Beste für sein Land. Nur Einkaufen, was Zukunft hat. Der hat gemeint, dass ich ihm da weiterhelfen kann. Was soll ich sagen? Versuche, an ihn ran zu kommen und du weißt, ob er Interesse hat.«

Mikel glaubte, sich gut aus der Affäre gezogen zu haben, – drehte sich wie beiläufig nach links zum Fenster ins Polster und tat so, als wolle er vor dem anstrengenden Tagesprogramm noch etwas schlafen.

Es war nur die halbe Wahrheit. Am Blick seines Chefs glaubte Mikel zu erkennen, dass dieser spürte, dass er ein Detail verschwieg, dass das nicht die volle Wahrheit sein konnte?

Die internationale Analystenkonferenz im höchst gelegenen Kongresszentrum der Welt, dem PEARLHEAVENS-Sky-Tower im Pudongpark, ist diesmal noch besser besucht als das letzte Mal im Jahr 2033. Kameras sind auf die beiden auf der Bühne im Zentrum gerichtet. Der Saal befindet sich in 200 Metern Höhe, ist zylindrisch wie der gesamte Tower, der sich wie ein Zigarillo 860 m in den Himmel reckt. Die vom Boden bis zur Decke reichende Glasfront bietet ein Rundumpanorama über dem Huangpu-Fluss und die Skyline von Schanghai. Die Zuschauer sehen im Zentrum die Referenten Mikel und Steiger, die auf einer

Drehbühne Platz genommen haben. Die Bühne kreist kaum merklich um die Zuhörer – in 20 Minuten einmal um die eigene Achse.

Über ihnen ist ein großer, endlos runder, stationärer Bildschirm angebracht. Das Besondere daran. Fast alle Zuhörer haben ähnliche Sichtverhältnisse auf das Podium, Darsteller und Rund-Bildschirm im Zentrum. Die Grafiken können nahtlos ineinander übergehen. Ein künstlicher Horizont, der im Kreis führt und nie aufhört. Und so nahe kam jeder Zuschauer den beiden Stars nur hier in diesem Saal.

Rudi Steiger begann seine Show mit dem üblichen Imagefilmen und hält seinen Vortrag, den er auswendig kann. Die Marketingabteilung, Katrin und Anna Maria hatten neue Animationen und per Handy-App zuschaltbare Beiträge eingefügt. Ganz nach Bedarf konnten in der Präsentation Buttons betätigt werden, die Videos starteten, in denen Ärzte und Kranke zu Wort kamen. Ein Feuerwerk aus Farben, Formen, animierten Grafiken und Filmchen über die Wunderdrogen. Mittel gegen Krebs, ansteckende Virusinfektionen, Life-Style-Pülverchen und Kosmetika. Rudi Steiger hatte zu jeder Produktgruppe etwas vorbereitet, Fragen und deren Antworten generalstabsmäßig einstudiert. Und warum war die Wirkung so bahnbrechend? Am Höhepunkt des Schauspiels kam die Erklärung für all diese Wunder. Man konnte den Wirkmechanismus live mitverfolgen und so besser verstehen, was in der Zelle vor sich ging. Entwicklung und klinische Studien konnten parallel laufen. Das sparte enorm Zeit und Geld.

Man hätte den Eindruck haben können, als hinge Gesundheit und Wohlergehen der Menschheit ausschließlich an der MESINA AG.

Er zeigte den aktuellen Chart an der NEWCOMP Schanghai. Die MESINA AG überspringt in diesem Moment die Marke von 190 N$.

Der Journalist Richard Celler von der Los Angeles Times wandte sich mit seiner Frage direkt an Mikel und wollte wissen.

»Mr. Scott Miller. Was halten Sie von den Wirkstoffen der Wettbewerber? Was sagen Sie zu den neuen Krebstherapien ZYTOGENTAL von ABERDEEN Pharmaka und ZYTOGEN von LIPTON Health Care?«

»Nach unserer Testmethode zeigen diese Zytostatika keine therapeutischen Auffälligkeiten.«, antwortete Mikel schnell – zu schnell – er legte instinktiv den Zeigefinger an die Lippen, als könne er das gerade eben Gesagte zurückschieben, dahin wo es herkam.

Richard Celler lässt nicht locker.

»Keine therapeutischen Auffälligkeiten – also wirkungslos, oder?«

Raunen im Saal. Mehrere Journalisten erheben sich, – einer davon ruft ihm zu.

»Aber ist nicht die Wirksubstanz in ZYTOGENTAL und ZYTOGEN aus dem Hause MESINA selbst?

Heißt das, die wichtigsten Krebsmedikamente aus ihrem Hause sind völlig wirkungslos?«

Ein anderer, der Reporter Simon Harvest von Blumberg, springt dem Kollegen zur Seite und schreit in Richtung Bühne.

»Stimmt es, dass die Anti-Aging-Präparate GENICAGE in der DIAMANTSILK-Kosmetika giftige Konservierungsstoffe enthalten, die Formel unwirksam ist, die Hautalterung beschleunigen, statt sie zu verlangsamen?«

Mikel zuckte zusammen.

Die Leichen im Keller von MESINA. Damit hatte er nicht gerechnet. Und er wusste, sie hatten recht.

Er war aus der Bahn geworfen. Wie ein Stern, der seine Umlaufbahn verlassen hatte. Die Antwort machte es noch schlimmer.

»Es ist ... es ist nicht so, wie sie es darstellen.«

Da war ein Zögern. Die plötzliche Hilflosigkeit. Er suchte den Blickkontakt mit seinem Boss. Der sah ihn völlig entsetzt an.

Was war das jetzt? dachte der sich:

»Mensch Mikel, Versprecher, was hast du da gesagt? Bist du völlig bescheuert?«, flüsterte er herüber, um dann sofort aufzustehen und hastig vom Podium hinunter zu steigen, ihm von unten im Gehen nachzurufen.

»Du für Sydney brauchen wir schnellstens eine Erklärung. Ich muss telefonieren, bis gleich.« Und schon war er runter vom Podium zum Seitenausgang hinaus. Im Publikum rumorte es. Vereinzelt erhoben sich jetzt schon die Leute von ihren Plätzen und eilten hastig hinaus. Die Hektik schien anzustecken. Kameras und Blitzlichter sorgten für neue Unruhe. Mikel drehte sich jetzt allein auf dem Podium um die eigene Achse, da oben. Fand sich in einem seiner Albträume wieder:

Verlassen ist er! Plötzlich stand er allein vor der Klasse. Man fragt ihn, – er weiß die Antwort nicht. So wie damals in der High-School, als er vor dem Lehrer am Whiteboard stand und die

Aufgabe nicht lösen konnte, die der Lehrer seinem Musterschüler stellte. Versagensängste und Stille umgaben ihn.

Aber es war kein Traum. Er war im Hier und Jetzt. Er saß dort oben allein, schaute sich links und rechts ratlos um. Es mochten einige Sekunden der Schockstarre gewesen sein. Man musste es bemerkt haben. Er raffte sich auf, fand zu seiner eigenen Professionalität zurück und die ließ ihn wie ein Sprachprogramm antworten. Wie diese hoch entwickelten KI-Sprachprogramme, welche ganze Sätze automatisch formulieren- und welche die üblichen Fragen selbstständig beantworten konnten. Mikel begriff, dass die REACTOR-KI-App auf seinem ARMFONE eine bedeutend bessere Antwort parat gehabt hätte. Die bei einer Antwort auf eine Frage sofort die mögliche Gegenfrage darauf ermitteln konnte. Rede, Gegenrede, Rede usw. bis in die dritte Ebene. Zwei Computer waren in der Lage, sich stundenlang miteinander zu unterhalten. Politiker benutzten Ende der Zwanziger diese Programme, um sich auf Interviews vorzubereiten, ihre Schlagfertigkeit und Taktik besser einzustudieren.

Mikel hatte heute keine REACTOR-KI-App aktiv. Er antwortete so, wie ihm der Schnabel gewachsen war. Und das war unpassend, klang nach Phrase:

»Ich darf Ihnen verraten, dass wir die eigenen Wirkstoffe ständig weiterentwickeln. Und unsere Zytostatika sind auf dem neuesten Stand der Wissenschaft. Ich kann Ihnen die Wirksamkeit unseres neuen Wirkstoffes gegen Lungenkrebs in einem kleinen Video demonstrieren ...«

Aber die Unruhe wollte nicht abebben. In der Mitte, vorne an den Seiten leerte sich der Saal schnell. Smartphones wurden gezückt. *Wo war Steiger?* Mikel sah sich nach rechts und links und den Ausgängen um. Er blieb verschwunden.

Aber Rudolf Steiger war auf seinem Zimmer. Er hatte den Händler dran. An der NEWCOMP Schanghai. Der kaute am anderen Ende der Leitung sein Curry Hühnchen ins Handy.

»Du Justin Rabbit. Alle MESINA-Optionen sofort abstoßen – an der NEWCOMP! Und die Aktien von MESINA, den ganzen Rest danach hinterher! So schnell wie möglich! Aktien und Optionen – alles weg! Verstehst du Rabbit?«

»Aber das geht nicht. Du bist der Vorstand von dem Laden?«

»Das weiß ich selbst. Justin, tu was ich dir sage! Alles sofort raus, raus! Egal zu welchem Preis! Hast du das verstanden? Sobald das Geld da ist, kaufst du INCA Pound I£ davon, überweißt die auf das Konto und löst das Depot auf. Das Konto, das ich im geschlossenen Kuvert für den Notfall notiert habe, das Kuvert vom letzten Dezember! Du weißt. Korrespondenz, E-Mails, Telefonprotokolle, – alles löschen. Verstehst du? Alles vernichten! Okay?«

»Rudi hängt das mit Schanghai zusammen, die Analystenkonferenz?«

»Justin, Noch mal. Stell jetzt bloß keine Fragen, sonst vergesse ich mich! Wir kennen uns jetzt schon so lange. Schon so manches Ding haben wir gedreht. Weg mit MESINA und dem ganzen anderen Zeug! Alles raus! Habe ich mich klar genug ausgedrückt? Die anderen Papiere auch. Alles weg! Auflösen, das Konto! Keine Spuren, hörst du, spurlos auflösen – alles!

Lass die TOGSHREDDER App drüber laufen! Die vernichtet alle Spuren. Darf nichts zurück verfolgbar sein, verstehst du? Ich melde mich in drei Stunden wieder. Dann ist alles erledigt. Sonst hetze ich den ICND, die Chinesen auf Dich. Hast du verstanden?«

Sie hatten umgebucht. Gleich den nächsten verfügbaren Flieger. Steiger wollte einfach nur weg. Es schien so, als wolle er den Ort der Katastrophe so schnell wie möglich hinter sich lassen. Er war schon bei der Abfertigung am Counter stumm und reserviert ihm gegenüber. Er hatte ihn nicht einmal angesehen. Nur diese merkwürdige Sprachlosigkeit. Das hatte er noch nie so bei ihm erlebt. Sprachlos blieb es. Er war während des gesamten Fluges stumm neben ihm in der Businessclass der A390 gesessen. Mikel hatte das Gefühl, dass er jetzt jemanden brauchte, mit dem er reden konnte. Dem er erklären konnte, was er selbst nicht einmal verstand. Mikel versuchte seinen Fauxpas in Worte zu fassen. So wie ein Bub, der sich dafür schämte, ins Bett gemacht zu haben, bei seiner Mama Trost sucht.

»Meinst du wirklich? Mein Versprecher? Der Kursrutsch, heute...?«

Ohne Mikel auch nur eine Sekunde anzusehen, antwortete er:

»Mikel, was heißt schlimm? Du hast gerade mal eben damit die MESINA Aktie versenkt. Das hat Folgen. Folgen für uns alle. ZYTOGENTAL, ZYTOGEN von unseren wichtigsten Kunden ABERDEEN und LIPTON sind damit tot. Und du weißt es doch am besten. Unser Nachfolger Wirkstoff DARAZYTAN ist nichts anderes wie ein neues Marketing. Das spricht sich herum, wir sind tot. Und dann noch die Frage nach unseren Kosmetika. Deine Antwort ist alles andere als souverän gewesen. Das dürfte GENICAGE in der DIAMANTSILK Reihe den Garaus gemacht haben. Klasse Mikel.

Mensch Mikel, was hast du dir dabei gedacht? Bist du übernächtigt?«

Mikel sah ihm hinterher, als er den Gurt öffnete und in Richtung Bordtoilette verschwand. Er telefonierte. Mikel verstand nur. »Rabbit! Alles klar? ...«

PANIK

Martinsried 12. Juni 2035, 12:00

In Martinsried herrschte am Mittag helle Aufregung. Der Chef der Marketingabteilung, Martin Klose-Hilger, schrie ins Telefon, sprach mit Fernost:

»Ja, was soll ich denn machen? Was soll ich sagen. Unsere Blockbuster sind tot. Unsere umsatzstärksten Wirkstoffe versenkt – mit ein paar Sätzen versenkt. Von unserem *Genie.* Ich habe gleich gesagt, das wird nichts mit dem!«

Knallend landete die Brille auf der Schreibtischplatte. Er rieb sich die übernächtigten Augen.

Am anderen Ende der Leitung saß der Marketingchef Süd-Ost-Asien in Schanghai, Laton Lang.

»Und was stellst du dir vor? Was soll ich der Presse erzählen? Unser oberster Forscher hat aus Versehen die Wahrheit gesagt. Einfach nur mal so die Wahrheit. Unsere wichtigsten Wirkstoffe wirkungslos und vermutlich der Rest genauso. Einfach wirkungslos. Placebo. Nichts als frische Luft, nur nicht so gesund«, klang es wie Hohn. »Martin, das ist das Ende. Aus und vorbei. MESINA ist platt! Vom Handel ausgesetzt. Wenn die Börse morgen aufmacht, ist die Aktie praktisch wertlos. Ich selbst habe Optionen ...«

Klose-Hilger versuchte, ihn zu beruhigen. Aber er selbst fuhr sich nervös durch das wenige Haupthaar.

»Laton, pass auf. Du musst das sagen, was der Miller auch wörtlich gesagt hat. Das Genie hat sich nach dem Patzer selbst korrigiert. Ich habe mir das angesehen, heute Morgen. Hat zwar peinlich lange dafür gebraucht, aber immerhin. Der hat in Schanghai gesagt:»...Ich *darf Ihnen verraten, dass wir die eigenen Wirkstoffe ständig weiterentwickeln. Und unsere Zytostatika sind auf dem neuesten Stand der Wissenschaft ...« So,* oder so ähnlich. Pass auf, ich bereite eine Stellungnahme vor. Die hast du bis 19:00 Ortszeit. Kurz bevor die Börsen bei Euch schließen. Das haust du so ungekürzt raus. Das werden die uns hoffentlich glauben. In etwa ...» *Wir entwickeln ständig neue Wirkstoffe. Unser DARAZYTAN ist völlig anders, ganz neu entwickelt«,* und so – bis die merken, dass das derselbe Dreck ist, wie das Zeug der Konkurrenz, ist die Scharte längst wieder ausgewetzt. Die hocken doch alle auf unseren Papieren. Meinst du, die wollen alle wieder arm sein?«

»Okay, Martin. Her mit deiner Stellungnahme. Ich schicke das sofort an alle Nachrichtenportale und Sender. Am besten, du erwähnst den Fauxpas von Scott Miller gar nicht. Keine, wie sagt Ihr in Germany. *Keine schlafenden Hunde wecken*!«

»Laton, du hast recht. Einfach totschweigen! Und Werbung für die Pipeline, die neuen Stoffe einflechten. Werbung auf allen Kanälen. Bombardieren mit Erfolgsmeldungen. Und wir müssen raus mit dem DYNO3000 mit Quantenprozessor. Du kennst den DYNO3000?

»Du meinst das neue Live-Genomanalyse-Verfahren und dem Quantencomputer?«, fragte Lang.

»Genau! Damit wollten wir erst im Herbst rauskommen. Ist noch nicht ganz ausgereift. Aber jetzt muss ich raus mit unserem Bonbon. Ich wollte von Rudolf Steiger das "Okay". Ist aber nicht erreichbar. Das mach ich allein. Das Bonbon ist gelutscht. Wenn der mit unserem süßen Geheimnis, dem Rausbringen von DYNO nicht einverstanden ist, bin ich den Job los. Wenn ich nichts Neues habe, ist die Firma bankrott. Und mein Job ist auch weg. Die Wahl zwischen Scheiterhaufen oder Guillotine. Ich wähle den Scheiterhaufen. Ist wenigsten schön warm! Also Laton, wir reden nachher 20:00 Uhr Schanghai Ortszeit, Okay«, versuchte dabei locker, humorvoll rüber zu kommen.

Er wollte immer den Job des CEO. Jetzt hatte er ihn. Ausgerechnet heute, wo die Firma am Ende ist. Aber mit Anfang fünfzig noch einmal von vorn anfangen. Was, wenn das hier schief ging? Und alles sprach dafür, dass seine ersten Tage als CEO auch seine Letzten sein würden. Er brauchte für den Fall was Neues. Wenn die Ratten das sinkende Schiff verlassen, ist es Zeit, einen Rettungsring zur Hand zu haben. Wie war das mit dem Angebot damals von ABERDEEN? Shelton Robe hatte was für ihn. Aber jetzt, wo wir denen das Ei ins Nest gelegt haben, braucht er sich da nicht mehr blicken lassen. Scheiße! Jetzt konnte er nur noch beten, er war jetzt der CEO.

Aber Fernost war noch dran:

»Martin! Ich hoffe, du machst das Beste draus! Nur sag` niemanden, ich hätte mein Okay zum DYNO-Bonbon gegeben. Ich mach` nur was du sagst! Okay?«

»Gut, Laton, bis nachher!«

Als Anna Maria sich im Morgenmantel vor dem Spiegel rekelte, war für sie die Welt noch in Ordnung. Mit dem Kaffee in der linken Hand, Fernbedienung in der rechten-, schaltete sie den Fernseher in der Weißlack-Mediawand ein.

Der Börsenkanal Blumberg brachte die Breaking News:

MESINA STÜRZT AB / NACH SKANDAL / SCHANGHAI NEWS AM MORGEN.

In der Laufschrift erschien:

MESINA ALLES NUR PLACEBO / BETRUGSVERDACHT VORSTAND VERSCHWUNDEN / PEKING NEWS ...

Wie gelähmt lässt sie sich auf das Futonsofa fallen. Der Kaffee schwappt über und tropft auf den hellblauen Velourboden. Der Morgenmantel steht offen. Man sieht ihren nackten Körper.

Gerade nach einer so wunderbaren Nacht. Sie hatte einen schönen Traum. Einen wunderbaren Traum. Sie lief mit Mikel über einen einsamen Strand. Vielleicht die Malediven? Ein Paradies aus Palmen, Meer und weißem Sand. Und nackt allein, – sie hatten sich geliebt.

Die Meldungen waren für sie ein Schlag in die Magengrube. Alles drehte sich um sie herum. Beinahe wurde sie ohnmächtig, als die Nachrichtensprecher die aufgeregten Stellungnahmen der Analysten vor Ort einspielten. Eine NEWS-Schalte nach der anderen – die Meldungen jagten über den Ticker. Das war eine Katastrophe.

Was war geschehen? Mikel hatte doch seinen großen Auftritt? Und sie hatte ihm die Präsentation überarbeitet. Mit großartigen "Spezial-Effekts". Hatte sie etwas übersehen? Falsche Zahlen?

Falsche Folien eingebaut? Die MESINA AG war der "Star". Mikel war der "Star". Eine Sternschnuppe stürzt auf den harten Boden der Realität.

Sie griff zum ARMFONE. Das hing noch im Ladehalter in der Steckdose. Der Start dauerte heute länger, kam es ihr vor. Das ARMFONE sang ihren Lieblingshit. "Sunshinebeach" von den "SUN ROCKET ". Sie las Mikels Nummer, die achtzehnte von oben in der langen Anrufliste. Sie drückte auf die von Mikel. Nichts tat sich. Da fällt ihr ein, es ist Nacht. Ob er schläft? Nein, er schläft nicht. Sie hört den "Besetzt-Ton".

SYDNEY

Sydney, 14. Juni 2035

Die Cathy Pacific bereitete die Landung vor. Rudi Steiger schaute wortlos aus dem Fenster der A390 hinaus. Schweigend saß er neben ihm. Gedanken jagten ihm durch den Kopf.

Er spürte, er würde nun allein damit fertig werden müssen. Der CEO war seit seinem Versprecher seltsam ruhig und gelassen. Er wirkte wie abwesend. Das konnte nichts Gutes bedeuten. Er spürte es. Warum hatte er ihn in seiner schlimmsten Stunde allein gelassen? Die Konferenz mit Hunderten von Journalisten und Analysten aus ganz Süd-Ost-Asien, nein der ganzen fernöstlichen Hemisphäre?

Mikel hatte eine Schimpftirade erwartet. So wie Steiger das immer tat, wenn Termine verstrichen- und Studien daneben gingen. Damals das Wundermittel, der Histamin Blocker, ALPHASTAMIN. In Phase eins war es eine Sensation, in Phase zwei ebenso. Alle Welt wollte den Wirkstoff. Dann Phase drei – klinische Studien. Ein totaler Reinfall. Viele Probanden in Übersee hatten es nicht vertragen. Erst versuchte man, die Situation mit einem geänderten Beipackzettel zu retten. Dann der Rückruf in den USA. Steiger hatte getobt. Er sprach von Vertrauensmissbrauch, nannte ihn einen Blender. ALPHASTAMIN wurde abgekündigt. War schnell vergessen. Der Markt, die Aktie, hatte kaum Notiz davon genommen. Aber diese Konferenz in Schanghai. Er hatte ihn enttäuscht mit einem einzigen unüberlegten, schlecht übersetzten Satz. Damit hatte er die MESINA auf dem Gewissen. Und dennoch war Steiger völlig ruhig geblieben. Warum nur? Verschwunden war er danach. Was hatte Steiger vor. Warum redete er nicht mehr mit ihm?

In der Ankunftshalle schaute er sich um. Das Flugzeug hatten sie noch beide miteinander verlassen.
Jetzt tauchte er am Band auf. Auf der gegenüberliegenden Seite.

Kein Blick hinüber zu ihm. Er schien ihn nicht einmal zu sehen? Ihn nicht sehen zu wollen. War er eine solche Enttäuschung, dass er Abstand brauchte?

Jetzt hatte er sein Gepäck, den schwarzen, lederbezogenen Trolley vom Band heruntergehoben, nahm ihn, drehte sich in Richtung Ausgang und verschwand durch den Zoll, ohne sich noch einmal zu Mikel herumzudrehen.

Warum wartet er nicht auf mich? Dachte er. Zeit blieb ihm nicht, denn das ARMFONE klingelte, Anna Maria rief an. Er drückte ABLEHNEN, würde sie später zurückrufen.

Den Koffer und nichts wie hinterher, er muss an ihm dranbleiben. Es gab viel zu besprechen. Schließlich wartet morgen eine Horde hungriger Wölfe auf die beiden. Analysten aus aller Welt. Ein Haifischbecken, indem sie mitschwimmen mussten. Gefressen werden oder mitschwimmen. Was hat Steiger vor? Wo steckt der jetzt?

GEFEUERT

Sydney, 15. Juni 2035

Mikel wartete im Hotel SYDNEY TARPAIAN GARDEN. Kurz nach Sonnenuntergang. Er schaute vom obersten Stockwerk des Hotels auf Oper und Harbour Bridge. Ein schönes Panorama mit der Skyline und Parramatta River. Wo war Rudolf Steiger? Er hoffte darauf, dass er doch noch auftaucht. Falls nicht, musste er das allein durchstehen. Verlassen – kam er sich vor. Da fiel ihm ein, Anna Maria, sie hatte versucht, ihn zu erreichen? Früher Vormittag in Martinsried.

Er suchte den Eintrag in der Anrufliste. Er fand ANNA MARIA – drückt ANRUF. Wie zum Anfassen nah – er hörte ihre Stimme:

»Anna Maria Schmidt, MESINA AG.«

»Hier ist Mikel. Anna Maria, du bist schon da. Hast du das mitgekriegt?«, fragte er vorsichtig.

»Mikel, du? Du bist es. Gleich in der Früh, die Nachrichten, Fernsehen, Firma. Überall ist die Hölle los. Was treibt Ihr in Schanghai? Wo ist Steiger? Es heißt, er meldet sich nicht. Der Aufsichtsrat tagt, ist in heller Aufregung. Die Aktie ist fast ein Pennystock. Bei 1,09 N€. Eine Katastrophe. 99,5 % Verlust in nur einer Nacht. Da jetzt gerade. Vom Handel ausgesetzt, steht da. Was treibt Ihr eigentlich? Mensch Mikel.« Anna Marias von Tränen erstickte Stimme wird nur durch das Schniefen ihrer tropfenden Nase unterbrochen. Auch ihn erfasste Panik. Es war sein Versagen.

»Du Anna Maria. Ja, es war ein Fehler. Aber ich habe mich korrigiert. Vielleicht nicht schnell genug. Die Presse hat sich gleich auf mich gestürzt. Und der Steiger. Ist danach sofort verschwunden. Hat mich da allein sitzen lassen. Der Meute zum Fraß vorgeworfen. Der Feigling. Das macht man doch nicht, oder? Das hat mich in dem Moment völlig aus dem Konzept gebracht. Die Presse hat mich in die Zange genommen. Von allen Seiten. Regelrecht "gegrillt", verstehst du? Ich bin in Sydney. Steiger auch. Zumindest bei der Abfertigung war der noch bei mir. Ist aber gleich nach dem Zoll verschwunden. Ich sitze hier allein, habe noch keine Ahnung, was ich morgen machen soll? Kein Konzept. Keine Vorgaben von Steiger. Was sagt man bei MESINA?«

Anna Maria klang wie verkatert nach einer durchzechten Nacht.

»Mikel, was glaubst du, was hier los ist? Die Presse. Fotografen überall. Vor der Firma. Fernsehen, Reporter, Blumberg-Korrespondenten, Kameras. So was habe ich noch nie erlebt. Ich bin fast nicht reingekommen. Ich muss gleich zum Martin Klose-Hilger rein.«

»Wieso Klose-Hilger? Was hast du mit Klose-Hilger zu schaffen?«

»Ja der macht das jetzt halt. Hat der Aufsichtsrat letzte Nacht entschieden«, entschuldigte sich Anna Maria.

»Der sitzt jetzt im Vorstandsbüro. Ich glaube, es bahnt sich eine Katastrophe an. Alles wird gut, Mikel. Wenn wir jetzt zusammenhalten. Ich melde mich, wenn ich mehr weiß!«

Er blickte in Richtung Oper und Parramatta River.

Die nächtliche Silhouette von Sydney. Dabei dachte er an Katrin. Wenn die das hätte sehen können. Aber es ist heute ganz anders. Ihm ist nicht nach Träumen zu Mute. Die Realität, der Gedanke, jetzt alles zu verlieren, riss ihn schlagartig heraus aus der schönen Welt aus Lichtern und Reflexen über der Skyline und auf dem Wasser. Er hat ein Statement vorbereitet. In Erwartung, der Steiger leistet seinen Beitrag oder gibt zumindest ein Feedback, hilft ihm, eine Antwort zu finden. Auf die Frage, die sich jetzt alle stellten: War das der Bankrott? Und war er der Auslöser?

Er sah in der FINAPP, der Aktienbörse auf seinem ARMFONE: Der Kurs der MESINA-Aktie schwankte jetzt zwischen 1,209 und 1,203. Gestern noch bei 182,57 N€ – Verlust 99,4 %. Zeitweise vom Handel ausgesetzt. Tiefrot die Anzeige.

Was sollte er tun? Der Steiger ist verschwunden. Der »Seiteneinsteiger Steiger«, so nannten ihn Spötter, war in der MESINA AG höchst umstritten. Das war vorher schon klar. Warum nur ist er gestern so plötzlich verschwunden? Er muss mit jemanden darüber reden.

Nervös streifte er über das ARMFONE, wählte das Vorstandsbüro Katrin Geis. Ein Knacken. Die hatte gerade aufgelegt. Ihre Panik war zu spüren. Auch ohne, dass sie ein Wort mit ihm geredet hatte. Schon die Begrüßungsformel.

»Katrin Geis, MESINA AG, was kann...?«, weiter kam sie nicht.

»Katrin ...«, er war außer Atem, wie nach einem 100 Meter Lauf. Sie erkannte die Stimme.

»Mensch Mikel, wo steckt Ihr? Wo ist der Rudi. Hier ist der Teufel los! Der Aufsichtsrat berät in Steigers Büro. Schon seit einer Stunde. Da sitze ich seit Neuesten mit dem Klose-Hilger. Das allein ist schon schlimm genug! Der Rudi? Wo ist er?«

»Katrin. Wer hat den Vorsitz. Wo ist der Elton Stone?«

»Pass auf Mikel! Ich platze da jetzt mitten rein. Ist eh schon egal. Ich gebe ihn dir. Pass auf Dich auf.« Die Tür zum Vorstandsbüro wird aufgerissen. Marion Remington kam heraus und rief ihr zu: »Frau Geis, machen Sie uns eine Verbindung mit Mikel Scott Miller, der Steiger, der geht nicht dran, bitte.«

»Frau Remington, kaum zu glauben, den Mikel Scott habe ich jetzt zufällig gerade dran. Hier bitte!«

Sie reichte den Hörer an die Dame im Aufsichtsrat weiter.

»Hallo Mikel Scott Miller. Du bist doch beim Steiger. Geb mir den Steiger!«, sagte sie, während sie im Gehen die Tür des Vorstandsbüros mit dem linken Fuß zudrückte und darin verschwand. Eine Strähne ihrer Hochsteckfrisur fiel ihr ins Auge. Sie bläst sie beiseite.

»Hier Elton! Hab den Mikel Scott Miller dran. Nimm das Gespräch! Nimm das Handy hier bitte! Frag ihn, wo der Steiger ist, die feige Sau! Soll sich rühren da unten! Oder ich reiß ihm die Eier raus!«

Der schaute Marion fragend an. Elton Stone blickte durch die Runde, schien überrascht, nimmt das Handy an sich.

»Wer was? Was will ich mit dem, will den Steiger? Den CEO!«

»Nimm! Ist der Scott Miller. Steiger ist verschwunden«, drückt die resolute Dame den Hörer von sich fort.

»Na dann. Gebt ihm mir halt!«, tönt ein überforderter Aufsichtsratsvorsitzender.

»Hallo Scott Miller. Wo sind Sie? Wo ist er?« Auf der anderen Seite des Globus hört er eine klare Stimme, als käme die von nebenan.

»Hallo Herr Stone. Ich bin mit dem Steiger in Sydney.«

»Hör zu Miller! Geb mir sofort den Steiger! Mensch seid Ihr von allen guten Geistern verlassen? Da schickt man Euch auf Werbetour und was macht Ihr? Ihr versenkt die Company! Das hat ein Nachspiel. So jetzt her mit dem Rudolf Steiger!«

Elton Stone ist nicht der überragende Macher, für den ihn alle hielten. Die beste Zeit in seiner Karriere hatte er bei HANSON&HANSON. Als es dort steil nach oben ging. Das Geschäft mit Generika hatten andere schon eingefädelt. Geschickte Zukäufe rund um den Globus. Keine Kosten. Riesiger Umsatz. Nur Gewinne einsacken. Das konnte jeder. Bis der Wettbewerb mit noch billigeren Generika und neue, bessere Medikamente kamen. Da ging es bergab. Rechtzeitig abgesprungen war er. Das konnte er. Wenn es brenzlich wird, sich aus dem Staub machen. Marion war noch so was wie ein einäugiger unter den Blinden. Aggressiv, konfrontativ aber traf den Nagel auf den Kopf. So was war jetzt gefragt.

»Herr Doktor Stone. Der Steiger ist seit unserer Ankunft in Sydney verschwunden. Ich sitze hier und warte. Wir wollten heute die Zeit nutzen, um uns auf die Analysten-Konferenz vorzubereiten. Eine Strategie wissen Sie. Ich habe mir einen kleinen Versprecher erlaubt. Aber alles gleich wieder relativiert. Alles gut, denke ich?«

Er wusste, dass das naiv klang – unprofessionell empfand er selbst.

»Was? Alles gut! Alle unsere Wirkstoffe? Medikamente? Alles wirkungslos, Placebo? Wie bei der Konkurrenz? Das nennst du gut? Sage mal, haben sie dir ins Hirn geschissen? Die Aktie ist fast bei null! Scott Miller, Sie sind gefeuert und der Rudi Steiger auch! Alle beide!« Mikel hörte wie sich die Stimme entfernte. Dann leise im Hintergrund:

»Da Katrin, ich gebe dir den Verrückten. Lass uns bitte allein…« Katrin Geis verlässt das Vorstandsbüro und hat Mikel weiter in der Leitung.

»Mikel, siehst du, was Ihr angerichtet habt? Das schaut nicht gut aus für uns. Sage dem Steiger, wenn er auftaucht, er soll den Aufsichtsrat zurückrufen! Sonst weiß ich auch nicht mehr? Hörst Du? Ich weiß auch...«.

»Liebe Kati! Du bist jetzt meine einzige Stütze. Wenn ich nur wüsste, was ich tun soll? Was will der Aufsichtsrat? Was, wenn der Steiger mich hier sitzen lässt? Ich glaube, ich sage die Präsentation hier ab. Du weißt du was? Ich cancele das Ganze. Ja, das mach` ich. Die können mich mal! Ich fliege gleich morgen mit der nächsten Maschine zurück!«

»Mikel, du musst wissen, was du tust!«, kam geschäftsmäßig, nüchtern die Antwort. Es war aber nicht die Katrin, die Mikel jetzt erwartet hatte, die ihm half, die er brauchte.

DAHEIM?

Martinsried 18. Juni 2035

Das MOBCAR brachte ihn von der MAGLEV-Station direkt zum Santo-Merani-Hochhaus, dem MESINA-Headquarter. Dort lauerte eine Meute von Reportern mit Mikrofonen, Kameraleuten und Übertragungswagen. Mikel versuchte sich nach dem Aussteigen aus dem Ruf-Taxi hinüber zu schleichen, zum Haupteingang. Ein Mikrofongalgen traf ihn an der Stirn. Gerade wollte er in der Drehtür verschwinden, als ein Reporter mit einem Mikro hinter ihm hineindrängte. Der schien ihn zu erkennen.

Und da war plötzlich noch der blond gelockte Kleiderschrank mit mindestens zwei Metern. Der war ihnen gefolgt und quoll jetzt ebenfalls aus der Drehtür hervor und baute sich neben dem Reporter in der MESINA-Empfangshalle auf.

»Hey, Miller. Ich bin von ABERDEEN Pharmaka. Ich muss Sie sprechen!«, stand er bedrohlich vor ihm. Das Weiße in seinem Augapfel drang zornig hervor. Hob sich vom dunklen Höhensonnenteint eines Bodybuilders im viel zu engen weißen Leibchen und der aufgeblasen wirkenden beigen Leinenhose ab.

Oh je, Mikel hatte es geahnt. Die ABERDEEN-Aktie war vom Handel ausgesetzt, hatte er in der FINAPP gesehen. Der ABERDEEN-Blockbuster. ZYTOGENTAL von ABERDEEN hatte er im Perlfluss von Schanghai versenkt, mit seinem blöden Geschwafel. Was bedeutet das? Was wollten die von ihm. Jetzt grinste der auch noch frech:

»Mikel Scott Miller? Sie sind Mr. Miller. Ich bin Simon Harvest von Blumberg. Sie kennen mich noch? Aus Schanghai? Was wird jetzt aus Ihnen?«

Ja, das wusste Mikel jetzt am allerwenigsten. Der von Blumberg, ja, der war es. Derselbe, der ihn in Schanghai in die Zange genommen hatte. Der war auch noch da, als er am Empfang vorbei in Richtung Fahrstuhl rannte. Die Empfangsdame öffnete den Mund, als sie Mikel erkannte. So überrascht schien sie. Sagen konnte sie nichts mehr, denn Mikel schlüpfte schnell durch die sich schließende Fahrstuhltür und stieß den Reporter von sich. Bis der so überraschte wieder Anlauf nahm, hatte sich die Tür schon vor seiner Nase geschlossen. Im oberen Stockwerk angelangt, ging er zielstrebig an den Büros vorbei. Er bemerkte die ausweichenden Blicke der Kollegen. Die Sekretärin von Martin Klose-Hilger, die Simone Reiter, schaute ihn erst gar nicht an. Sie tat, als würde sie ihn nicht kennen und vertiefte sich in die Papiere im Kopierraum, als sie ihn sah. Vor ihm lag das Vorstandsbüro. Anspannung und Angst vor dem, was jetzt kommen würde – sein kurzes Klopfen. Sonst war es still um ihn herum.

»Herein!«, klang stockend, leise die Stimme der Katrin Geis. Er trat herein, stand vor ihrem Schreibtisch. Sie erhob sich aus ihrem Sessel, küsste ihn auf die Wange.

»Mikel, du bist zurück. Schrecklich, das alles. Aber egal, ich halte zu dir. Die sind drin. Geh besser nicht rein. Mikel, ich muss dir was sagen. Setz Dich!« Der Klang ihrer sonoren Vorstandssekretärinnen Stimme war anders als sonst. Sie war angespannt. Schien schlecht geschlafen zu haben.

Stumm zog Mikel das Edelstahlsitzmöbel unter ihrem Besprechungstisch hervor und schob es vor ihren Schreibtisch. Gerade will er sich setzen, als Katrin ihm die Botschaft übermittelte, die nicht neu war, die ihm Stone schon offenbart hatte.

»Mikel, du bist gefeuert. Dir ist der Zutritt zum Labor verwehrt. Pascall hat den Code ändern müssen. Du sollst gleich zum

Personalbüro. Hat man mir ausrichten lassen. Deine Sachen holen. Die Security wird mitkommen. Warte kurz! Ich gebe der Personalchefin Bescheid. Wir besprechen das morgen Abend in Ruhe. Hier ist die Hölle. Ich muss jede Menge Unterlagen raussuchen. Hilger will alles wissen. Es wird wieder spät heute. Wir telefonieren am Abend. Bis nachher! Wenn du mich brauchst? Kopf hoch! Viel Glück!«

Mikel traf es hart.

»Wenn du mich brauchst?« Was soll die Frage? Klar brauchte er sie. Gerade jetzt, in der schwierigsten Stunde seiner kurzen Karriere. Es ging hinunter in den zweiten Stock – in die Personalabteilung. Und es ging hinunter auf der Karriereleiter.

Mikel klopfte an die helle Pinienholztür. Rechts daneben hing ein Plexiglasschild:

Human Resources Department Karmen Rieger.

»Ah, grüß Sie, Herr Scott Miller! Na, das ist sicher nicht leicht für Sie?«
Mikel dachte sich nur:

Du hast gut reden. Du verlierst nicht deinen Job. Aber am meisten irritiert mich Katrin. Nicht einmal einen richtigen Kuss. Und Zeit hat sie erst am Abend für ihn. Ist das seine Katrin gewesen?

Der Mitarbeiter der Security stand artig neben dem Schreibtisch der Rieger. Er verzog keine Miene, sprach kein Wort.

»Herr Miller. Herr Adam Aumann von der Security hilft ihnen. Wir haben hier alles vorbereitet. Den Aufhebungsvertrag, die Abfindung und die Geheimhaltungsvereinbarung sowie die Liste Ihrer Patent- und Lizenzverträge.

Die Patente der SEQUENZER DYNO3000 sind hier aufgelistet. Die der Biochemie auf Blatt 2.

Fangen wir an mit dem Aufhebungsvertrag. Sie haben ein Recht auf 12.000 Optionen der MESINA AG zum Durchschnittswert der letzten drei Monate von 151,356 N€. Die AG ist verpflichtet, zu diesem Kurs abzufinden. Das sind 1.816.272 N€ glatt.« Zusammen mit Ihrem Gehalt bis Herbst dieses Jahrs macht das noch mal 151.500 N€, also Summa Summarium 1.967.772 N€!

Mikel hatte viel Zeit im Flieger damit verbracht, sich für den Fall der Fälle Gedanken zu machen.

Er spürte, dass es Zeit ist zu gehen. Wenn die ihn nicht mehr wollten, na dann bitte. Aber bluten sollten sie.

»Verehrte Frau Rieger. Wollen wir einen Deal machen? Ich könnte ihnen einen Teil der Laboreinrichtung abnehmen? Den älteren Teil im Nordtrakt im 10. Stockwerk. Ist eh nicht mehr im Gebrauch. Ich schätze den Zeitwert auf 750.000 N€. Wenn MESINA mir das für 500.000 lassen würde, können Sie die Summe um diesen Betrag kürzen!«

»Herr Scott Miller. Das muss ich erst mit dem Vorstand, dem Herrn Klose-Hilger besprechen. Aber ich gebe Ihnen im Laufe dieser Woche noch Bescheid. Alles Gute für Ihre Zukunft!«

»Okay, Frau Rieger. Und für Sie gilt dasselbe. Falls Sie mal einen Job brauchen. »Meine Nummer haben Sie ja«, quälte Mikel ein überlegenes Lächeln hervor. Nicht besonders überzeugend, wie er im Nachhinein fand. Denn die gewohnte Selbstsicherheit war erst einmal dahin.

Nun war Mikel draußen. Er schaute noch einmal der Glasfassade des Bürohochhauses hinauf. Im zweiten Stockwerk blickte die Rieger zu ihm hinunter, winkte ihm überflüssiger Weise hinterher. Er war gefallen. Wie eine Sternschnuppe, die vom Himmel fällt.

Und dann das auch noch. Da stand er plötzlich wieder. Der Kleiderschrank mit den knappen, blonden Locken und den abstehenden Ohren. Aufgedunsene Anabolikabacken, unberechenbar und Muskeln wie Stahl quollen aus kurzen Hemdsärmeln hervor.

Allein wenn er sich auf ihn werfen würde, dieser Koloss von zwei Metern. Musste weit über 150 kg wiegen.

»Hey Miller! Ich bin`s, Eric Storm von ABERDEEN Pharmaka. Mitkommen! Man will Sie sprechen! Los steig ein, in den blauen RAMBIRD dort drüben!« Mikel hatte noch nicht einmal die Tiefschläge von vorhin verkraftet.

»Was wollen Sie von mir? Ich kenn` Sie nicht. Auch mit ABERDEEN habe ich nichts zu schaffen. Also lassen Sie mich in Ruhe! Sonst renne ich rüber ins Headquarter, rufe die Security!«

»Werden Sie nicht tun, wetten? Soviel ich weiß haben die Sie gerade gefeuert. Und rein kommen Sie auch nicht mehr, ohne Chipkarte. Also mach keinen Ärger und komm – steig ein – da vorn ist der Wagen! Wir wollen nur mit dir reden. Mein Chef will mit dir reden«, feixend dirigierte er ihn mit "etwas", was unter seiner Jacke verborgen war, zum Wagen.

Auf der anderen Straßenseite steht er auf einmal. Ein Typ, den er kannte, beobachtete das Geschehen vor dem MESINA-Headquarter. Woher überlegte er? Jetzt schreien? Um Hilfe bitten? Er hatte ihn letztes Jahr im MAGLEV gesehen? Ja, der war das! Der Boxer. Der Mann ohne Hals. Aber jetzt war da noch der Kleiderschrank. Der blonde Schwede – wollte auch was von ihm. Überhaupt, die einen wollten ihn nicht mehr, die anderen umso mehr, verrückt ist das, dachte er.

»Wer ist dein Chef? Was will der von mir?«, quälte Mikel hervor. Ist beunruhigt, abgehetzt, müde.

Der blonde Schwede fasste ihn jetzt energisch am Ellenbogen.

»Bürschchen pass jetzt gut auf. Du steigst sofort da vorne ein!«, zog Mikel mit einem Ruck zu sich heran und drehte ihm dabei den Arm aufs Kreuz. Die Gelenke knackten. Es tat fürchterlich weh. Der massive linke Arm mit der brutalen Faust drückte unter seinem Kinn. Mikel spürte einen stechenden Druck im Rücken.

»Warum, ...warum soll ich mit ihnen gehen?«, wehrte sich Mikel gegen den, hinter ihm drängenden Mann.

»Sonst gibt es ein hässliches Loch im Designergewand. Kapiert?«

Klar, er hatte Argumente von durchschlagendem Kaliber, dachte Mikel. Auf der gegenüberliegenden Straßenseite wartete der RAMBIRD. Der Fahrer hielt die hintere linke Tür auf. Eric Storm drückte ihm den Kopf herunter und schob ihn auf die Rückbank des geräumigen SUVs. Der Schwede bugsierte ihn mit dem ganzen Gewicht seines massigen Körpers hinüber in die Wagenmitte. Dann warf er sich zu ihm auf die Sitze und der Fahrer haute die Tür hinter ihnen zu. Ein Klicken und die Türen waren verriegelt. In diesem Moment stand er wieder da. Vor dem RAMBIRD, auf der rechten Straßenseite. Als wolle er ihm zu Hilfe eilen? Der Boxer, der Mann ohne Hals, beobachtete genau, was da ablief.

Hätte er doch besser um Hilfe geschrien? Mikel sah ihn durch die Seitenscheibe. Ihre Blicke trafen sich gerade... So etwas Brutales hatte er noch nie gesehen. Da war er – wollte er helfen? Hätte er eingreifen können? Aber so? Das Lamm fährt zur Schlachtbank? Er lässt es mit sich geschehen.

Sie rasten durch Martinsried Richtung Innenstadt. Man schien es sehr eilig zu haben. Und die Vororte von München zogen viel zu schnell an Ihnen vorbei. Über die Autobahn Nord erreichten sie Schwabing.

Die Niederlassung der ABERDEEN-Pharmaka in Schwabing war ihr Ziel. Der Zweimetermann sprang links heraus, rannte um den Wagen und riss die Tür gegenüber auf.

»Endstation. Wir sind da«, stand er Spalier, während er unter der Jacke auf der Armbeuge etwas verborgen hielt.

Er schob ihn durch die Empfangshalle. Die großen hinterleuchteten Chromlettern an der Wand tragen das Logo der ABERDEEN Germany. Ein Nicken von Eric im Vorbeigehen signalisierte der hübschen blonden Empfangsdame.

Er ist es. Der gesuchte Mikel Scott Miller ist gefasst.

»Ist er das?«, strahlte sie Mikel an und rief ins Mikrofon.

»Er ist da, Shila. Der Scott ist da, mit Eric! Du kannst ihn haben!«, grinste sie zweideutig in das COMMDATA hinein. Sie wandte sich an Eric und zeigte hinüber.

»Geht hinauf, Mr. Robe erwartet Euch!«

Der Aufzug bringt beide in das Büro im oberen 12.ten Stockwerk mit Blick auf den Englischen Garten.

Im Fahrstuhl sieht Mikel seine zerzauste Frisur. Die Falten in seinem übernächtigten Gesicht.

Oh Gott. Unrasierter drei Tage Bart, Körperpflege? Zähneputzen? Er hatte schon besser ausgesehen. Verraten, verstoßen, verschoben, verwahrlost war er. Wenn Katrin ihn heute so gesehen hatte? Jetzt war es ihm klar. Schlimm! So ein heruntergekommener Loser?

Die junge Mulattin, die Shila Simpson, ist im Bilde, denn sie hielt ihnen die Tür zum Vorstandsbüro auf. Der Kräftige drängte ihn hinein ins Büro und gleich weiter in den Besprechungsraum, in dessen Glastür der Chef wartete.

»Kaffee, Tee. Was darf ich den Herren servieren?«, will das hübsche Model von ihnen wissen.

»Hello! Mr. Miller«, begrüßte ihn der Chef von ABERDEEN, Shelton Robe, und lächelte freundlich. Eric hallo! Setzt euch an den Tisch da drüben«, weist ein gemütlicher Engländer hinüber in einen abgeteilten Besprechungsraum. Shelton Robe ist etwas um die Fünfzig. Füllig rund mit rötlichem Haar, roten Backen und keltischen Sommersprossen bis zur Halbglatze hinauf. Würde er jetzt noch eine Schürze um die Hüften tragen, hätte man ihn für den Kellner eines irischen Pubs halten können. Sie finden sich an einem schweren, hochglanzverchromten Tischgestell mit Logo von ABERDEEN in der Mitte der gläsernen Tischplatte ein.

Das ist kitschig. Aber so mögen es die Angelsachsen nun mal, dachte sich Mikel.

»Ich freue mich, dass Sie meiner Einladung Folge geleistet haben.« Das war es dann auch schon mit der Freundlichkeit. Was jetzt kam, war weniger einladend.

»Ich will es kurz machen, Mr. Miller. MESINA hat uns betrogen. Haben uns über den Tisch ziehen lassen von Euch. Wissen noch nicht, wie es ausgeht. Aber wir wissen warum. Sie haben die Lawine losgetreten, in Schanghai. Deshalb wurden Sie gefeuert. Hier sind die Informationen, dass MESINA die Studien allesamt gefälscht hat. Und Sie waren daran beteiligt. Wir haben Beweise. Schauen Sie! Hier sind alle Ergebnisse und Protokolle von ihnen. Sie als Laborchef, Bereich medizinische Studien, haben unterschrieben. Hier *DARAZERON* – mit der Studie dazu. Drei von zehn angelegten Proben zeigen signifikante Wirkmechanismen. Dass ich nicht *lache*. Und hier, schauen Sie! *DARAZYTAN*. Fünf von 16 Patienten. Neue Studien beweisen, dass das nicht stimmen kann. Höchstens bei leichten Vorstufen von Leukämie ist überhaupt ein therapeutischer Nutzen nachweisbar. LIPTON habt Ihr genauso wie uns hereingelegt. Die sind auch am Arsch. Aber jetzt ... jetzt kommt es. Passen Sie auf! Hier in der INNOVATION DAILY. In den USA ist es in mehr als 50 Fällen zum Nierenversagen gekommen. Die Nebenwirkungen sind also gravierend. Auch die Angaben über das Nutzen-Risiko-Verhältnis sind grob gefälscht. Wissen Sie, was das heißt? Wenn wir das dem Bund, dem BfArM melden, sind Sie geliefert. Ich will gar nicht lang drum herumreden. Deshalb haben wir was gut bei ihnen, Mr. Mikel Scott Miller. Sie können uns helfen! Unser Labor in Aberdeen braucht Sie!«

Mikel erinnerte sich an den Druck, den Steiger damals auf ihn und sein Team ausgeübt hatte. Ihm ging es nur um den Aktienkurs, alles andere schien ihm egal. Der hatte gerade ein Vermögen mit seinen garantierten 10.000 MESINA AG Optionen in seinem Depot. Der hätte alles verloren. Und er hatte sich vor dessen Karren spannen lassen. Jetzt bekam er die Quittung für seine Feigheit. Den fehlenden Mut, auch mal auf den Tisch zu hauen und »Nein« zu sagen. Gerade hatte der Histaminblocker in den USA gefloppt. Erfolge mussten her, sonst wäre die MESINA-Aktie in der Rezessionsflaute komplett in den Pennystock Bereich abgeschmiert. Er und seine großartige Mannschaft wären gefeuert worden. Gerade als sich der Erfolg, mit dem DYNO3000 abzeichnete. Das klang jetzt schon wieder mal nach "Zuckerbrot und Peitsche", was Shelton Robe ihm vorschlug:

»Hier der Vertrag. Die Konditionen sind bestens. Nehmen Sie ihn mit nach Hause. Aber ich sage ihnen gleich. Ein mit 500.000 neuen Pfund dotierter Vertrag gegen ein Bett im Knast. Ich würde da nicht eine Sekunde überlegen! Haben wir uns verstanden, Miller? Den Vertrag können Sie mitnehmen. Eine Nacht drüber schlafen. Aber dann sollten Sie uns Ihre Entscheidung mitteilen! Eric kommt gerne noch einmal vorbei, bei Ihnen. Nicht wahr Eric?«, er zwinkerte seinem Bodyguard zu und dieser nickte milde grinsend zurück. Mikel spürte, wie die Tür eines goldenen Käfigs, in den man ihn drängen wollte, sich hinter ihm zu schließen begann.

»Also. Ich glaube, Sie haben mich verstanden. Deshalb lassen Sie mir den Vertrag unterschrieben zukommen. Wünsche einen angenehmen Tag«, klang es zynisch in Mikels Ohren.

Hastig drängte er in den Fahrstuhl, ohne das vollständige Öffnen der Tür abzuwarten.

Nichts wie weg hier, ihm war heiß und kalt zugleich. Er rannte am Empfang vorbei – grußlos hinaus. Die hübsche Blondine mit dem langen blonden Haar lächelte ihm freundlich hinterher. Alle im Hause ABERDEEN schienen ihn zu kennen? Auf der Leopoldstraße, in Freien angekommen, rang er nach Luft. Er dachte nach.

Ich muss mit Katrin reden – Sie treffen. Was ist da überhaupt los? Die Luft brannte, das spürte er. Und wer hatte denen die streng vertraulichen Protokolle durchgesteckt?

Das Kaffee SOUNDSITE in Schwabing war in der Nähe. Gerade tauchte die LEDTAFEL des Cafés hinter der Pappelallee an der Leopoldstraße auf. Er wollte hinüber gehen…

Ein Faustschlag traf sein Schulterblatt. Taumelnd will er sich umdrehen, um zu sehen, wer ihn traktiert hatte. Wird heruntergerissen, mit der Visage voran auf den Boulevard geworfen, kann sich gerade noch die Armbeuge vors Gesicht halten, bevor er aufs Pflaster knallt. Sein Ellenbogengelenk machte sich mit einem Knacken und einem fürchterlichen, stechenden Schmerz bemerkbar. Mit der rechten Gesichtshälfte landete er auf den Betonplatten des Gehweges. Er schaute hinauf. Zwei Typen, von der Art her vom Balkan stammend, ein älterer, kompakter Schläger mit Goldkettchen um den Hals und Sonnenbrille – ein zweiter, schlaksig, schlanker Halbstarker mit Boxerkapuze, drückte ihm brutal das Gesicht auf den Beton. Ein Bodyguard mit seinem Lehrling, dachte Mikel. Der Ältere, der Anführer, drückte ihn mit der Kniebeuge auf dem Oberkörper zu Boden.

»Mikel Miller?«, schrie der Alte.

»Was wollt Ihr?«, quetscht Mikel aus seinen, vom harten Beton oval verformten Lippen. Er sah das Gesicht des Alten. Die Fratze, wie die Stereotype eines Killers. Voller Narben im Gesicht.

» ... von MESINA AG?«, schreit der ihm ins Ohr.

»Die sind ist in der Vorstadt. Ich gehöre nicht mehr dazu!«

Der spitze Lackschuh trifft ihn am Hinterkopf. Er sah Sterne, – fällt in Bewusstlosigkeit. Leute fanden ihn in höchster Gefahr. Alle rannten vorbei. Aber keiner half ihm.

Er erwachte in einem dunklen, fensterlosen Raum. Seine Hand griff zum Hinterkopf dorthin, von wo der Schmerz kam, zieht sie vor die Nase und roch sein eigenes Blut. Draußen hörte er Stimmen, – es war stockfinster.
Es war die Stimme des Burschen.

»...sollen wir machen? Abreibung ...?«

Das Narbengesicht gab ihm die Antwort.

»Ich Armir anrufen ... sagen was soll machen.«

Der junge Gehilfe war unsicher, hatte Angst.

»Meinst du ihm Licht ...Licht aus machen?«

Der Alte bemerkte die fehlende Härte und Abgebrühtheit seines jungen Freundes.

»In Srebrenica General Marković haben gemacht nur mit Hand um Hals! Wir machen Tüte auf Kopf. Kabelbinder und fünf Minuten warten. Licht aus und in Container. Kugel nix gut. Machen Knall. Machen immer Schmutz.«, erklärte ein Verbrecher mit jahrelanger Erfahrung weiter.

»Ich Armir anrufen, jetzt! Der sagen, was soll machen?« Mikel lag mit dem Ohr dicht an der Tür, hörte Gesprächsfetzen. Der Anführer sprach mit seinem Boss.

»Dobra večer Armir!«, hörte er ihn ins Handy sprechen.

»Haben Miller. Was soll machen?«, eine Pause.

»Jetzt schlafen. Haben gemacht kleine Abreibung. Farmaceutska kompanija sagen fertigmachen ... machen fertig, Okay?«, beiläufig klang das, als ginge es um Alltägliches.

»Und, dann machen wir wegschmeißen. Okay, Armir.«

Mikel hatte das Ohr an der Tür, versuchte aufrecht zu sitzen, aber sackte immer wieder in sich zusammen. Den Schmerz am Hinterkopf spürte er nicht mehr. Nur das warme Blut, was ihm langsam in den Kragen lief. Sein fiebriger Kopf sagte ihm:

»Steh auf. Du musst hier raus, sonst bist du tot.

Sein geschundener, ausgezehrter Körper:

»Es ist gut so. Schlaf einfach nur ein, es ist vorbei.«

Beim Versuch aufzustehen, sackte er in sich zusammen. Ihm wurde wieder schwarz vor Augen.

Es war Nacht. Man schleifte ihn aus dem dunklen Kopierer-Raum hinaus. Verletzt war er und stellte sich bewusstlos. Was ihm nicht schwerfiel. Beim Versuch, die Augen vorsichtig zu öffnen, blendete ihn das grelle Neonlicht eines Großraumbüros. Zu zweit zogen und schoben sie seinen scheinbar leblosen Körper in den umgelegten Karton hinein. Vielleicht war es die Verpackung des neuen Kopierers.

»Armir hat Frau Arbeit geben. Putzen Biro bei LIPTON. Gutes Arbeit«, hörte Mikel ihn reden.

Farmaceutska kompanija. LIPTON. Damit konnte nur LIPTON Health Care gemeint sein. Die verwendeten den MESINA Wirkstoff DARAZYTAN in ihrem ZYTOGEN. Wieder ein Opfer seines verpatzten Interviews in Schanghai. Das war also "die Abreibung". Er war nicht in der Lage davon zu rennen – war wie gelähmt. Der Karton wurde senkrecht gestellt – Deckel drauf. Der Held von einst sackte wie ein nasses Lacken in sich zusammen – in dem engen Karton. Er hörte das Rattern von Umreifungsband. Der Deckel über ihm war fest verschlossen. Es war kaum Luft zum Atmen vorhanden. Wieder ist alles stockfinster um ihn herum.

So was wie eine Sackkarre wurde unter den Karton gestoßen. Mikel war zu schwach, um sich befreien zu können. Noch immer blutete die Wunde am Hinterkopf. Er hörte, wie die Karre über den Flur rollte. Über harte Marmorfliesen. Eine Aufzugtür ging auf. Sie fuhren hinunter, – waren unten. Wieder ein Stoß – von der Karre? Die Schiebetüre eines Lieferwagens wurde aufgerissen. Die Typen stöhnten. Ja, leicht war er nicht mit seinen 92 kg. Mit einem harten Schlag gegen die Schulter knallte der Karton auf die Ladefläche. Ahnte er, was mit ihm passierte?

Er musste sich konzentrieren auf die Dinge, die mit ihm passierten. Was machen die mit ihm? Wo bringen die ihn hin?

Der Karton wird gegen die Stirnwand geschoben. Ihm wurde übel. Er würgte das Salzige der Magensäure hinauf, das wenige, was er gegessen hatte. Alles brach aus ihm heraus. Es klebte an seinem Hemd und an der Innenseite des Kartons.

Nach einer halben Stunde Fahrt hörte er wieder die Schiebetüre. Sie stemmten den Karton hinaus. Dann der Stoß. Der Karton platzte auf das Erdreich. Ein Klang von Stein oder Kies. Die Sackkarre wurde unter den Karton gestoßen. Seitlich am oberen Ende hatte sich ein Riss in der Verpackung aufgetan. Er konnte die Typen jetzt erkennen, im finsteren Mondlicht, im Nebel eher schemenhaft. Es waren dieselben. Der Lehrling und sein Lehrmeister in Sachen Gewalt. Ihm wurde wieder schwindlig – schwarz vor Augen. Die Sackkarre rumpelte über den Kies. Sie stoppte. Der Stoß brachte Bewusstsein und die Gewissheit der Lebensgefahr zurück. Ein Poltern, dann freier Fall. Sekundenbruchteile völliger Stille – Todesangst. Umso brutaler war der Schlag der Kartoninnenseite gegen die Stirn. Wie mit einem Vorschlaghammer. Im Karton rollte er hin und her, wie in einer Waschmaschinentrommel im Schleudergang. Dann herrschte völlige Ruhe.

HILFE

Martinsried 21. Juni 2035

Mikel hatte eine Zeit im Delirium hinter sich – eine Lücke, in der die Stopptaste im Video seines Bewusstseins gedrückt war. Einige Stunden ohne Erinnerung. Er hatte nasse Füße. Mit der Hand fühlte er die feuchten Hosenbeine. Es war kalt, – er fror. Er stemmte sich von innen gegen den Deckel. Der war mit schwarzen Umreifungsband fest verschlossen. Da war der Riss im Karton. Durch den handbreiten Spalt sah er auf eine aufgelassene Kiesgrube. Müll einer illegalen Deponie. Im Kopf pochte es. Er fasste sich an die schmerzende Stelle. Mikel zog die Hand vor. Verkrustetes Blut klebte daran. Der Karton lag schräg im Wasser. Glück, dass der nicht einen Meter weiter gerollt war. Dann wäre er jämmerlich ertrunken. Er hatte Mühe, den klaffenden Spalt im Karton auseinander zu drängen, konnte sich herauspressen und sog die frische Morgenluft in sich hinein. Am Hang sitzend, goss er das Wasser aus den Schuhen und wrang die nassen Socken aus. Auf allen vieren kroch er hinauf und sah die Maisfelder, hörte das Rauschen einer Autobahn in der Ferne. Den Kiesweg entlang erreichte er eine Landstraße. Per Anhalter kam er zurück nach München.

Katrin Geis öffnete die Tür zum Vorstandsbüro. »Herr Klose-Hilger, die Leute von SGI Shenyang, Mr. Sam Feng Yong sind da.

»Soll ich sie rauf bitten, zu Ihnen, oder soll ich die "**drei F**" vorziehen?«

»Nein Frau Geis. Gleich rein mit denen. Danach vielleicht die drei **F** – **F**ilmchen, **F**ührung, **F**lyer. Wir brauchen Geld, sonst gehen hier die Lichter aus. Die kennen die Firma besser als wir, fürchte ich. Rein mit denen! In medias res. Lassen Sie uns das Catering vorziehen. Kaffee, Getränke, die kalte Küche bringen. Wir machen alles diskret hier im Büro. Soll nicht nach Ausverkauf aussehen. Die Leute haben eh Angst um die Jobs.«

Die neuen Shareholder wussten was sie wollten. Jedenfalls machte der CEO, der kleine Sam Feng Yong, keine langen Umschweife, was man von der MESINA Führung verlangte. Der ehemalige General der Volksbefreiungsarme Chinas schritt im Marschtempo seiner achtköpfigen Delegation voran. Flink und die Augen nach vorn gerichtet. Das stolze Lächeln schien wie eingefroren. Die schwarzen Haare passten nicht zum Alter. Eine viel zu starke Tönung konnte dies nicht verbergen.

DIE EIGENE FIRMA

Martinsried 15. August 2035

Was Mikel am meisten freute, war die Tatsache, dass Anna Maria Schmidt und Robi Zhang gleich mit von der Partie waren. Sie unterstützten ihn nach Feierabend bei der Suche nach neuen Büro- und Laborgebäuden. Bei Robi Zhang rannte Mikel offene Türen ein. Der hatte sich nie mit Klose-Hilger verstanden. Mikel konnte sich noch gut erinnern, wie Klose-Hilger Anna Maria gedrängt hatte, eine Beschreibung für den DYNO3000 mit Quantenprozessor zu liefern. Die wollte sofort damit loslegen und Charts mit Fotos und eine Animation erstellen. Aber Zhang stoppte das Unterfangen sofort. Er wusste von der Patentanmeldung für den DYNO3000. Vielleicht war Zhang in dieser Hinsicht schizophren. Litt er unter Verfolgungswahn? Aber selbst Mikel war überrascht, was die Auskunftsfreudigkeit von Anna Maria anbelangte. Die Veröffentlichung vorab, die Klose-Hilger verlangte, hätte einen Verlust des Patents bedeutet. Damit wäre eine bedeutende Innovation aus dem Hause MESINA verloren gewesen.

Das alte Labor vom Nordtrakt passte knapp in die fünf Container. Und ein Büro in der näheren Umgebung am Rudolf Schwaiganger 58, war auch schnell gefunden. Genauso wie ein neuer Firmenname.

SEQUENTUM **B**IOGEN **C**OMPANY, kurz **SBC**.

Ein Listing am **In**novation **St**ock **Ent**repreneurs

INSTENT in Frankfurt war ein Kinderspiel. Dank des international bekannten Namens, des SEQUENZERs Mikel Scott Miller. Statt den gut dotierten Vertrag als leitender Mikrobiologe von ABERDEEN Germany anzunehmen, hatte Mikel es vorgezogen, auf eigene Rechnung zu arbeiten. Warum, das wusste er nicht so genau. Auch Shelton Robe von ABERDEEN Pharmaka ließ sich von den Vorteilen überzeugen, die eine Partnerschaft zwischen beiden Firmen mit sich brachte. Der Vertrag sah vor, dass ABERDEEN gegen Vorschuss auf die Entwicklungskosten eine zweijährige exklusive Belieferung mit neuen Wirkstoffen zugesichert werden konnte.

Es war Feierabend. Man saß noch und unterhielt sich über die News in der Branche. Mikel hatte höchstes Interesse an den Neuigkeiten rund um seinen alten Arbeitgeber.

»Wer hat jetzt Zugang zu den Daten?«

Anna Maria hatte auf dem umgedrehten Bürostuhl leger Platz genommen und stützte entspannt das Kinn auf die Rücklehne.

»Doktor Sharon zusammen mit Jeff Dole.«

ENTDECKUNG

Martinsried bei München, 23. August 2035

Robi Zhang traute seinen Augen nicht:

Die Helix war ein Knäuel. Chaotisch verwunden und undurchdringlicher als je zuvor, dachte er.

Was ist das? Das hört gar nicht mehr auf. Die Enden werden immer länger? Habe ich was vertauscht? Wie ist das passiert. Hab doch nichts verändert am Aufbau des Tests?

»Anna Maria, komm` schau dir das an. Die Telomerkette? Ich habe das Gefühl die ist länger als gestern? Was hast du in die Lösung reingetan?«

»Robi, das, was du mir gesagt hast. "Die Lösung 161 mit der neuen 231 im Verhältnis 25:75 Volumeneinheiten mischen." Genau das habe ich getan.«

»Anna Maria, das kann nicht sein. Zeig` mir die Rezeptur. Da ist doch was anderes dabei. Etwas, was ich noch nicht hatte.«

Maria winkte ihn zu sich herüber.

»Zhang, schau her. Hier in der Tabelle haben wir Co-Enzym CE65 mit 2 ml je 100 Volumeneinheiten in der 231er und zusammen mit der Säure AE8 mit fünf Prozent in der 161er. Mehr nicht, was soll da schon passieren?«

»Anna, ich wiederhole das. Das ist nicht normal. Wo ist Mikel?«

»Robi, du weißt doch. Der hat den Termin mit der Bank. Für die Erweiterung der Labors. Die neue Käfigbatterie.

Der neue Massenspektrometer und die Klimaschränke. Kosten eine Menge! Robi, das Geld wird knapp. Ich glaube, Mikel macht sich Sorgen um unsere Zukunft.« Sie hatte das Gefühl, als

würde ihm Robi nicht zuhören. Er war mit etwas anderem beschäftigt.
»Anna Maria. Wo hast du die Reste aus diesem Reagenzglas von gestern hingetan?«
»Was für Reste, Robi?«, fragte Anna Maria verwundert. Jetzt wurde Robi genauer. Wollte der Sache auf den Grund gehen.
»Da war doch noch von gestern etwas in der Lösung. Lass mich nachsehen. Was kann das sein?«
Zhang zieht sich den NOTEFLAT-Computer von Maria hinüber und redet mit sich selbst weiter.
»Da waren vorher Proteine drin. Die habe ich aber selbst entfernt und sterilisiert. Danach die Telomere. Ja genau. Maria, da waren noch die Telomer-Schnipsel drin, von gestern Nachmittag. Wo sind die jetzt? Und du hast die nicht raus getan? Seltsam?«

Mikel betrat das Labor.
»Hallo, was gibt es? Ich kann euch sagen, das mit den Bankern gestaltet sich schwierig. Sicherheiten, überall nur Sicherheiten. Und der Businessplan. Der passt denen auch nicht. Zu hohe Mieten. Zu hohe Personalkosten. Alles zu hoch. Nur ihre Kreditprovision, die ist ihnen zu niedrig. Ich glaube, ich such mir eine andere Bank? Ein anderes Büro? Andere Mitarbeiter«, der folgende Lacher klang eher nach Verzweifelung.

Robi ging auf Mikel zu und schien ratlos.
»Mikel die neue Lösung von heute früh. Die hat scheinbar die Telomerase beschleunigt. Ich habe das dreimal wiederholt. Zweimal war die Telomerkette länger als zuvor. Das ist doch nicht möglich. Ich wiederhole das mit den anderen Tiefkühlpräparaten aus der Truhe.
»Wie, was Robi? Eine Lösung, die die Telomerase ins Laufen bringt? Hast du dir wieder was in den Tee getan? Doch kein Alkohol, oder? Robi pass auf!«

Mikel kannte ihn. Wenn er einsam war, wie damals, als seine Japanerin verschwand. Oder wenn er wieder seine Albträume hatte, neigte er zur Flasche.

»Spinnst du, Mikel. Ich trink nix mehr an der Arbeit. Aber ich zeige dir, wie wir das bescheuerte Ergebnis bekommen haben. Ich kann das jetzt mittlerweile nachvollziehen.
Anna, Mikel! Das ist ein unglaublicher Zufall. Die 161er mit der 231er – etwas Säure plus Co-Enzym – im genau richtigen Verhältnis und dann die Telomer-Reste. Einfach unglaublich. Zwei Prozent zu viel oder zu wenig vom einen oder anderen und das Zeug ist entweder toxisch oder wirkungslos. Ich kann es nicht fassen.

Mikel war skeptisch.
Er hatte einige böse Überraschungen erlebt. Manche harmlos. Manche katastrophal. So wie der Histaminblocker, ALPHASTAMIN. Alles war wunderbar. Sogar in der klinischen Studie noch fehlerlos. Gefeiert wurde er in der Presse. In MESINA. Dann das Unfassbare. Immer mehr Patienten klagten über Beschwerden.

Fast wäre er damals schon den Job losgeworden. Umso mehr trat er jetzt auf die Euphorie Bremse.

»Und Ihr seid Euch sicher, dass Euch nicht wieder irgendein Verfahrensfehler unterlaufen ist? Beim Auszählen oder so?
Und noch eines. Die Telomerase ist nicht alles. Das war schon damals Blackburn und Epel klar. Die Gefahr, dass sich Fehler einschleichen, sind groß. Wir müssen die gesamte DNA sequenzieren und dokumentieren. Dann ein standardisiertes Verfahren bei verschiedenen Gattungen entwickeln. Wir müssen fehlerfreie DNA aussortieren. Die können wir dann vervielfältigen. Das ist schwierig. Geht nicht ohne den DYNO3000. Es gilt Mutationen herauszufischen. Die bedeuten Krebs. Wir müssen uns Rhesusaffen anschaffen. Den DYNO3000 nachbauen. Das kostet noch mehr Geld. Wir brauchen noch viel mehr Geld. Oh je der Banker. Der ziert sich schon bei den lächerlichen 120.000 N€ für den Spektrometer. Wir könnten jetzt den DYNO3000 brauchen, der bei MESINA sinnlos rumsteht.«
Anna Maria war wie immer konstruktiv dabei und hatte die Idee:

»Wenn wir Jeff mit ins Boot holen. Der kann uns nach Feierabend die Präparate analysieren?«

»Maria, das ist eine Idee. Aber riskant. Wenn`s raus kommt, ist der Jeff Dole gefeuert. Und wenn der irgendwie an die Rezeptur kommt, sind wir unser Patent los. Nein ich muss mir was anderes überlegen. Der DYNO3000 ist sowieso fehlerhaft gewesen. Die Probleme mit der Zählung haben wir nie in den Griff bekommen. Die haben das auch nicht geschafft. Der Israeli, mein Nachfolger, der Sharon, im Labor erst recht nicht. Der ist halt nur Wissenschaftler und kein Mechaniker oder Konstrukteur, so wie Dole oder du Robi. Nee, wir bauen was Besseres. Ohne

Fehler. Was Neues. Und zwar so schnell wie möglich! Wie kommen wir an Geld.
Wir müssten jetzt was haben, was funktioniert und was wir an "Auserwählte" vermarkten können.
Einen Markennamen habe ich auch schon: GENTONICAGE. Was haltet Ihr davon?«

»Aber Mikel, das ist aber nix Fertiges. Zu riskant. Wenn da was schiefläuft?«, meinte Anna Maria.
Ja, deshalb testest du und Robi jetzt Tag und Nacht – zählt mit dem alten GENOMETRIX. Das dauert, das weiß ich. Und bitte sauber arbeiten und nachvollziehbar dokumentieren. Ich mach mich mit Erich Winner an die Arbeit. Wir bauen den DYNO3000 nach. Das Patent gehört schließlich mir. Vielleicht gut, so, dass wir den alten DYNO haben zurücklassen müssen. So sind wir gezwungen, uns was einfallen zu lassen, die Fehler auszumerzen.«

Wir haben noch unsere kleinen flinken Helfer. Alle Käfige mit den Mäusen nacheinander damit belegen. Jetzt wisst Ihr, warum ich den Bauer Stiefelmayer unter Vertrag habe. Der hat dann unsere Muttersäue zu unterhalten – für die Voruntersuchungen an höheren Arten.«

ZELLSTOFF

Martinsried 20. September 2035

»Schau dir das an Mikel«, Anna Maria war aus dem Häuschen.

»Die Mäuse aus der Versuchsreihe von letzter Woche. Die waren alle halb tot. Von den letzten Versuchen mit dem neuen Checkpoint-Hemmer. Ich habe eine seziert. Herzmuskelschwäche. Die anderen waren genauso krank. Die laufen wieder munter herum, – die kleinen Racker.«

»Anna, ja die Rhesusäffchen. Die billigen von LIPTON Health Care. Die hatten alle Gelenkschäden. Von dem neuen Rheumawirkstoff. Die sind nur noch herumgekrochen. Nach der Behandlung mit der GENTONICAGE - Infusion laufen die einen Marathon. Unglaublich.«

Doktor Winner klopfte an die Tür von Mikels Büro. Ein leises Murren, als er eintrat.

»Mikel. Es scheint zu wirken. Alle Spezies, die wir bisher gespritzt haben, schlagen positiv an.«

Mikel hatte gerade ein schwieriges Gespräch mit seinem Hauptinvestor Shelton Robe von ABERDEEN hinter sich und zog die Stirn in Falten.

»Herr Doktor Winner, ich weiß, das kann was werden. Aber wir haben weder Zeit noch Geld. Das dauert alles zu lang. Bis das verwertbar ist, sind wir längst bankrott. Wir sollten weiter auf der Schiene mit den Impfstoffen sein. Laufend neue Krankheiten und Viren. Da ist immer was zu tun. ABERDEEN sitzt mir im Nacken. Die wollen endlich wieder einen Blockbuster, so was wie ZYTOGENTAL. Bis zum Skandal in Schanghai war das der absolute Knaller bei denen. Du weißt, der will Satisfaktion für meinen Fauxpas.«

»Ja klar, Mikel. Alle wissen das. So ist unser Job halt. Immer auf und ab. Mal bist du ganz "oben" und mal bist du in der Gosse. Dazwischen gibt's nix. Aber wir sollten da dranbleiben. Wenn das funktioniert, sind wir dem ewigen Menschheitstraum – dem Jungbrunnen – ganz nahe.«

»Gut, Winner. Lass das jetzt mal nebenherlaufen! Wir brauchen aber die nächsthöheren Spezies. Jetzt nehmen wir die Muttersäue vom Stiefelmayer. Damit nähern wir uns dem eigentlichen Ziel. Mal sehen, wie das ausgeht. Du kennst das Risiko. Lass Anna Maria die Antigenstudie zu SARS 31 fertigmachen. Vielleicht können wir wenigstens die Phase 1 schaffen. Mit diesem Erfolg gehe ich an die Banker, an die Börse – Kapitalerhöhung und so weiter. Also, mein Junge. Schaut, dass Ihr fertig werdet!«

DIE WARNUNG

Martinsried, Sonntag, 23. September 2035

Es war wieder einmal so ein Wochenende, an dem Robi nichts anzufangen wusste mit seiner Zeit. Das Wetter war herbstlich trüb. Seine Albträume und seine Depressionen machten ihm zu schaffen. Wie so oft fuhr er von seinem Schwabinger Apartment mit dem QUADMO nach Martinsried. Wenigstens brachte ihn die Arbeit etwas auf andere Gedanken. Dort saß er dann am Schreibtisch von Anna Maria. Wenigstens hatte er so das Gefühl, ihr nahe zu sein. Obwohl auch er wusste, dass das eine Illusion war. Sie hatte viel für ihn übrig, die Anna Maria. Nur das "Eine" halt nicht.

Er ging hinunter in die Stallungen. Schaute sich die Versuchstiere an. Es roch nach Schweinestall. In den fünf Boxen machten die Muttersäue mit einem munteren Grunzen auf sich aufmerksam. Denen ging es blendend. Nur ihm nicht. Er öffnete das Rolltor, um etwas frische Luft hereinzulassen. Die Stallungen haben eine rückwärtige Toreinfahrt.
Er hatte einen Moment nicht aufgepasst. Denn da stand er plötzlich, der Fremde.

»Ich will warnen Sie! Sie Robert Zhang sein, oder?«

»Wer sind Sie? Was wollen Sie von mir?«

»Mein Name sein Sam. Sam Feng Yong. Ich komme von SGI Group Shenyang. Mr. Zhang, Mr. Klose-Hilger schicken mich. SGI machen Kooperation mit MESINA. Wir Sie wollen zurück in China. Sie großartige Mann, Doktor Zhang. Aber ich Sie warnen müssen. Sie in große Gefahr. Große Gefahr!«, wiederholte er und fuchtelte dabei um sich. Robi hielt das erst für einen Streich von Dr.

Winner, als er den Mann so vor sich sah. Dem ging sein ewiges Gerede von der "chinesischen Gefahr" schon länger auf die Nerven. Diese Witzfigur hier sollte ihm einen Schrecken einjagen. Der kleine, hagere Chinese mit dem braun gebrannten Gesicht und dem schwarz gefärbten Haaren, gestikulierte tanzend vor ihm hin und her. Robi wusste erst nicht, ob er laut loslachen- oder sich fürchten musste.

»Wir Sie beschützen wollen. Kommen zu uns in SGI in Shenyang. Da Sie in Homeland, in China. Sie sicher sein, Herr Doktor Zhang.« Im Gegenteil, Robert Zhang war verunsichert.

Wer war das denn? Mikel war wie immer nicht da, wenn man ihn brauchte. Was hatte das zu bedeuten?

Er ging zurück an seinen Schreibtisch.
Da war noch was? Ja, den Stiefelmayer musste er anrufen.

»Hallo Herr Stiefelmayer. Wir brauchen Muttersäue. Können Sie uns die heute Abend vorbeibringen, ins Labor? Lieferanteneingang Rückgebäude, am Tor bitte«, sprach Robi Zhang in den DATASCREEN.«

»Hallo Herr Doktor Zhang. Tun wir die in die Boxen 6 bis 10? Die anderen sind belegt.«

»Genau, Stiefelmayer. Leider haben wir nur noch die. Bräuchten mehr. Aber das Labor ist längst zu klein. Also dann bis nachher.« Robi beendete das Gespräch mit einem Fingertipp im DATASCREEN.

GEFAHR

Martinsried, Sonntag, 23. September 2035

Der schwarze RAMBIRD fuhr auf den Innenhof am Rudolf Schwaiganger, wo Alois Ferdl seinen Labrador durch die verwaisten Straßen im Forschungsrevier Martinsried führte und bemerkte, wie das Tier unruhig an der Leine riss. Der Rentner öffnete den Karabinerhaken. Der Hund verschwand auf dem dunklen Gelände. SEQUENTUM BIOGEN COMPANY stand auf dem schwach beleuchteten Firmenschild.

Robi wartete auf den Stiefelmayer im Labor, da meldete die Überwachungsanlage ein Fahrzeug. Es war schon 20:45. Der Chinese wartete ungeduldig. Auch er wollte nach Hause. Damit der Bauer mit dem Viehwagen hereinfahren konnte, musste er hinunter gehen.

Das Tor fuhr ratternd nach oben. Robi ließ plötzlich den Drucktaster los und es stoppte auf halber Höhe. Die Beine, da waren aber keine Gummistiefel? Der Bauer trug meistens welche. Anna Maria meinte, der ginge damit auch ins Bett.

»Der Name Stiefelmayer ist bei dem Programm«, scherzte sie immer. Aber das hier musste wer anders sein? Ehe er noch überlegen konnte, wer es ist, krümmte sich ein Mann aus der Dunkelheit unter dem Tor hervor.

Ja, es war nicht der Bauer ...

»Wer sind Sie. Ich kenne Sie?«, Robi erschrak.

Der Fremde starrte ihn an, sagte kein Wort. Blind drückte er mit seiner Handschuh bewährten Hand auf den Taster hinter seinem Rücken, neben dem halb offenen Tor, ohne Robi auch nur eine Sekunde aus den Augen zu verlieren. *Woher kennt der sich so gut aus?,* dachte Robi in diesem Moment. Das Tor fuhr jetzt ratternd wieder nach unten, als plötzlich der Hund seine Schnauze unter den sich schließenden Durchlass steckte. Er drückte sich unter den enger werdenden Spalt des nach unten fahrendem Rolltors, jaulte wie wild und steckte kratzend und kläffend die Pfoten darunter hervor. Aber die Schrill-Pfeife seines Herrn schien er gehört zu haben, denn das Tier rannte sofort zu ihm zurück und wedelte unruhig mit der Rute, – sprang hin und her – wolle ihm etwas zeigen. Etwas Ungeheuerliches ...

»Ja, was hat denn der Sammy? Hat er eine Maus entdeckt? Oder einen Einbrecher? Braver Sammy«, lachte sein Herrchen, zu ihm hinunter gebeugt und tätschelte dem reinrassigen Gefährten mit der flachen Hand über den Hals. Machte aber die Leine mit dem Karabiner wieder am Halsband fest. Noch mal sollte er ihm nicht so einfach davonlaufen. Um seinem treuen Labrador hinterherzurennen, war er zu alt. Schon das Herunterbücken zum Halsband des Tieres, ging ihm ins Kreuz. Seine Bandscheiben machten nicht mehr mit. Jetzt wo gleich Bayern München gegen Dortmund übertragen wurde, wollte der Rentner zeitig zu Hause sein. Alois Ferdl war Hausmeister in der MESINA AG und lebte nun als Witwer in den Reihenhausquartieren nördlich der SIEMENS-Allee.

SEQUE3001

Martinsried, Montag, 24. September 2035

Die neuen Muttersäue fühlten sich wohl. Offensichtlich hatte der Stiefelmayer am Wochenende noch geliefert. Heute begann Doktor Winner mit den Vorbereitungen. Die Betäubungsspritze zeigte Wirkung. Der Deckenkran hievte die Sau auf den Labortisch. So lag das Tier nun friedlich relaxend, alle viere von sich streckend auf dem Bauch. Das sah witzig aus. Erich Winner und Friedrich Frischer führten die Stammzellenentnahme durch und Anna Maria setzte die Aufbereitung des Zellmaterials in Gang.

Mikel arbeitete bis spät in die Nacht an der Konstruktion eines neuen Automaten, der besser war als der DYNO3000. Schon immer war die fehlerhafte Sequenzierung das Problem. Geschwindigkeit hin oder her. Für das, was Mikel vorhatte, hätte das Ding sowieso nicht getaugt. Er trug sich schon lange mit der Idee eines Nachfolgers für den DYNO3000 herum.

Winner und Frischer halfen ihm beim Bau. Aber es gab immer wieder Unterbrechungen. Die Marke "SEQUE" war längst eingetragen. Jetzt musste der SEQUE3001 nur noch gebaut werden. Die Grundidee war verblüffend einfach. Und sie war ihm schon vor zwei Jahren bei MESINA gekommen.

Im Grunde war es nichts anderes als ein Scanner mit einer digitalen HELL-MIKROSKOP-KAMERA. Dabei wird die Zellmembrane so manipuliert, dass man den Zellkern mit hochauflösenden Mikroskopen auslesen kann. Das Knäuel der DNA wird durch Ultraschallwellen bewegt. Durch gleichmäßig oszillierende Schwingungen kann die Zelle millionenfach von allen Seiten abgelichtet werden. Und der Quantenprozessor erlaubt eine rasend schnelle Auswertung. Der war wichtig, weil die Berechnungen nur mit einer neuen Generation einer CPU zu bewältigen sind.

Das gelang vor allem durch Robi`s genialer 3-D Software. Robi ist halt nicht nur Molekularbiologe. Er ist auch ein fantastischer Programmierer. Wenn der wüsste, dachte sich Mikel? *Leicht das Zehnfache könnte der verlangen.*

Mikel ging hinüber in dem Versuchsstall. Da tat sich Erstaunliches. Gleich rannte er zurück ins Büro.

»Kinder. Schaut Euch die Sau an. Die Nummer 5. Die hatte der Stiefelmayer zum Schlachter bringen lassen wollen. So alt war die. Jetzt ist die unruhig. Die ist wieder brünstig. Die will zum Eber. Ich habe den Bauern verständigt. Der holt sie ab. Vielleicht wird die noch einmal trächtig. Unglaublich. Laut Stiefelmayer ist die in etwa 12 Jahre alt. Die ältesten werden 22 Jahre. Das sind Ausnahmen.«

Mikel war komischerweise beunruhigt. Trotz der Erfolge in jüngster Zeit. Warum wusste keiner so genau? Er druckste herum, hüpfte von einem Fuß auf den anderen. Dann rückte er heraus mit der Neuigkeit, legte die Stirn in Sorgenfalten.

»Robi wollte zum Stiefelmayer. Warum ist der noch nicht zurück. Was macht der da so lange? Leute, ich muss euch was fragen. Wie konnten die Ergebnisse an die Öffentlichkeit gelangen? Anna Maria, Erich?«

Frischer war noch im Labor. So blieben nur die zwei, um sie "ins Gebet zu nehmen".

»Ich habe schon wieder in der INNOVATION DAILY darüber gelesen. Wir haben eine undichte Stelle. Ist gut, wenn man über uns spricht. Aber den Rummel brauchen wir nicht. Von überall her bekomme ich Übernahmeangebote. Schaut euch den Aktienkurs unserer SBC-Company an. Heute schon wieder 30 % höher. Am Tief waren wir ein Pennystock. Jetzt ist sie fast 60 N€ wert. Leute passt auf, mit wem ihr redet! Wir brauchen langsam einen IT-Sicherheitsexperten. Sowie bei MESINA. Die haben jetzt den Vane Summers. Anna Maria, du kennst den?«

»Ja, den hat noch der Steiger eingestellt. Kurz bevor ihr beide gefeuert wurdet«, ergänzte Anna Maria.

»Ich habe ihn nur einmal gesehen, Mikel. Ist meistens unterwegs. Ich werde den Stiefelmayer anrufen. Der soll die Sau abholen. Geben wir ihr den zweiten Frühling.« Sie zwinkerte ihm auffordernd zu. Was sie damit wohl gemeint hatte?

EISKALT

Martinsried, Montag, 24. September 2035, 20:00 Uhr

Mikel durchstach das Siegel der Ampulle, zog die Flüssigkeit heraus, hielt die Spritze senkrecht nach oben und drückte den ersten Strahl rechts neben sich in das Becken am Ende der Laborbank. Er band sich den Oberarm ab, zischte durch die Zähne beim Stich in die Vene. Die nackten Labormäuse standen vor ihm auf den Regalen. Es schien, als würden ihn die winzigen, stecknadelkopfgroßen schwarzen Augen beobachten.

Was mag das kleine Geschöpf jetzt denken? Es schaut ihn an, wie wenn es sagen wolle:

»Ja, jetzt bist du der Tierversuch?

Jetzt bist du selbst dran. Du stirbst. Es ist nicht schade um dich.«

Die Einstichstelle brannte. Was ist, wenn er sich irrte? Ein anaphylaktischer Schock? Wer kam ihm dann zu Hilfe? Robi ist heute nicht an der Arbeit erschienen. Er sagte nur, er müsse zum Stiefelmayer. Und nun saß er allein im Labor – beim Selbstversuch. Er war der erste Mensch, an dem es ausprobiert wurde, das GENTONICAGE Anti-Aging Serum. Die Marke für dieses neue Wundermittel ist geschützt. Und dessen Wirkung war phänomenal. Endlich der große Durchbruch. Genau das fehlte seiner jungen Company. Ein Alleinstellungsmerkmal. Eine Weltsensation. Der Kurs seiner Aktie würde durch die Decke gehen, wenn das publik würde.

Aber was war das? Was passierte jetzt mit ihm? An der Einstichstelle bildeten sich gelbe Pusteln. Das hatte er doch schon mal? Die Nacktmäuse im Beutel? Genau die hatten das auch!

Er hatte die toten Tiere immer noch eine Zeit im Kühlraum in den Gefrierschränken aufbewahrt. Gewebeveränderungen,

Geschwulste und Allergien mussten untersucht, verglichen und später lückenlos dokumentiert werden, für eine etwaige Zulassung in Phase 1. Rückschläge gab es immer. Das war Routine. Quasi Alltag. Nur halt nachvollziehen musste man das können. Nicht, dass sich der gleiche Fehler wiederholt.

Er zog die mittlere Schublade des Gefrierschrankes heraus. Reflexartig wich er zurück, wie durch einen elektrischen Schlag getroffen, stolperte rückwärts, fiel zu Boden. Konnte sich dabei noch mit den Händen hinter dem Rücken fangen. *Was war das?*

Es dauerte einen Moment, ehe er einen neuen Versuch wagte. Er schaute über den Rand der Schublade. Mit Raureif wie ein Leichentuch darübergelegt, erkannte er die Kontur eines blutigen Kopfes. Mikel sah dunkle Hautstellen. Kalten Eisschnee wischte er in seinen Händen zusammen, wie wenn man einen Schneeball formte. Er musste die Schublade gegen einen Widerstand weiter herausziehen.

Etwas klemmte im Inneren des Gefrierfaches. War festgefroren, klebte am Kittel des Toten. Mikel zitterte am ganzen Körper, als er die harte, eiskalte Hand soweit zur Seite drücken konnte, dass die Schublade sich ganz herausziehen ließ. Er steckte im Schrank, wie in der Pathologie der Rechtsmedizin. Der weiße Laborkittel ist durchstochen. Steif gefrorenes Blut war aus dem Stich in seiner Brust herausgequollen, hatte den weißen Kittel stellenweise tiefrot durchtränkt. Dunkelbraune Kruste bedeckte den Boden der kalten Schublade. Ein Sarg aus Edelstahl. Das Entsetzen, der letzte Schrei, der Blick der blutunterlaufenen Augen, die letzte Sekunde war eingefroren im Gesicht dieses Toten.

Wer war das? Das Muttermal an der rechten Wange. Ja, das ist er. Das ist Robi, schoss ihm durch den Kopf.

Bewegte sich da gerade etwas? Die blau gefrorenen Lippen eines Robi Zhang wollten ihm zurufen:

»Ich habe euch doch gewarnt. Warum glaubt ihr mir nicht?«

Mikel würgte, senkte den Kopf zu Boden und hielt sich an der Schublade. Musste sich übergeben ...

Erst nach einigen Minuten wurde ihm bewusst, dass seine Hände voller Blut waren und er mit beiden Schuhen in seinem eigenen Erbrochenen stand. Auch an Mikels blonden Strähnen klebte der salzige Mageninhalt. Das ARMPHONE löste einen Alarm aus, zeigte einen Blutdruck 180 zu 110 – Puls 89. Sein Körper war im Panikmodus und ihn plagten Selbstzweifel: *Es schien ihn jemand auf die Probe stellen zu wollen. Testen zu wollen, wie lange es dauern würde, bis zum Wahnsinn?* Er zitterte vor Angst und Abscheu.

Es war schon Viertel nach neun. Er wählte Anna Marias Nummer.

»Anna Maria Schmidt. Guten...«, weiter kommt sie nicht, denn er fiel ihr ins Wort.

»Anna, du musst sofort kommen. Robi!«

»Mikel, was ... was ist mit Robi?«

»Robi ist ... ist tot«, würgte er hervor.

»Mikel. Das ist ... das ... das ist doch nicht war, oder?«

Anna Maria glaubte, ihn weinen zu hören.

»Warum? Was ist passiert?«

»Anna Maria. Robi hatte recht. Hatte immer recht. Die haben es auf uns abgesehen. Immer schon. Umgebracht. Ja umgebracht haben ihn die. Diese Schweine, Verbrecher. Schrecklich.«

»Mikel, ich komme sofort. Hast du schon die Polizei ...?«

»Nein habe ich nicht«, unterbrach er sie.

»Rühr lieber nichts an. Ich komme sofort. Beruhige Dich Mikel! Ich ... ich stehe an deiner Seite. Immer wenn du ..., wenn du willst.«

Anna Maria spürte, dass Mikel am Boden zerstört war. *Jetzt musste sie da sein – die befürchtete Katastrophe? Er brauchte sie. Mikel ist äußerlich groß, ist äußerlich stark. Aber sie wusste es besser. Unter Druck, unter extremer Belastung zeigte er manchmal seine verborgene, feinfühlige, zu Depressionen neigende Seite.*

Sie hatte aufgelegt. Mikel war wieder allein – mit dem Schrecken in der Totenhalle. Es kam ihm vor, als habe man ihn selbst getötet, indem man seinen besten Freund umgebracht hatte. Er strich dem toten Robi noch einmal über das steif gefrorene Haar – wählte die 110.

»Guten Abend! Hier Mikel Scott Miller, Martinsried. Er ist tot. Umgebracht.«

»Polizeiobermeister Stefan Lindner, grüß Gott. Herr Mikel Scott, was bitte?«, will der Beamte wissen.

»Können Sie bitte wiederholen. Und noch mal die Adresse und Handynummer bitte!«

»Scott Miller von Firma SBC, Rudolf Schwaiganger 58, in Martinsried. 0120 54757678.«

»Und Sie sagen tot? Sind Sie sicher?«

»Ja, er ist tot. Mein Mitarbeiter ist tot«, wiederholte er.

»Wegen dem Rettungswagen, Sie verstehen«, ergänzte der Beamte. »Ganz ruhig! Wir sind gleich da. Bleiben Sie, wo Sie sind, und fassen Sie um Gottes willen nichts an! Haben Sie verstanden? Brauchen Sie Hilfe? Ich meine, wie geht es ihnen?«

»Ich bin okay. Aber mein Mitarbeiter.«

»Ganz ruhig! Lassen Sie niemanden rein, verschließen Sie die Außentüren und warten Sie, bis wir da sind!«

Der Beamte hatte aufgelegt. Mikel will das ARMFONE ablegen. *Ihm fällt ein, er darf nichts anfassen. Aufstehen und die Türen verriegeln. Ja, das sollte er jetzt tun. Die Vorfälle der letzten Monate. Er hatte Angst, die Einschläge kommen näher.*

Im Empfang wartete er, als sie hereinstürmte. Ihr MOBCAR war noch vor dem Einsatzwagen da. Mikel hatte stumm vor der Glastür gesessen. Jetzt öffnete er ihr die Tür.

»Mikel, Mikel!«, sie stürzte direkt auf ihn zu. Er nahm sie in den Arm. Sie hatte Tränen in den Augen.

Mikel löste sich von ihr und starrte sie mit weiten, glasigen Augen an:

»Er ist hinten, im Labor.«

Anna Maria rannte hinüber ins Labor. Er folgte ihr. Sie stand vor der geöffneten Schublade. Das Blut, das Durcheinander, das Erbrochene auf dem Boden. Sie geriet ins Wanken. Mikel fing sie auf und zog sie zurück in den Empfang – auf den Sessel. Sie kam zu sich. Hielt sich beide Hände vors Gesicht, schrie und weinte vor Entsetzen.

Zwei Einsatzwagen und ein Krankenwagen mit Blaulicht rasten auf das Gelände hinter dem Gebäude. Noch nahm keiner in unmittelbarer Nachbarschaft Notiz davon. Das ARMFONE an Mikels Unterarm projizierte 21:33 auf den Boden des unbeleuchteten Empfangsraumes. Das Gewerbegebiet in Martinsried ist um diese Uhrzeit immer wie ausgestorben.

Beamte und ein Sanitäter stehen vor dem Eingang. Mikel öffnete die Tür zum Empfang der SBC.

»Herr Kommissar! Kommen Sie rein! Meine Mitarbeiterin ist da.«

»Grüß Gott, Oberländer, Hauptkommissar Oberländer! Und mein Kollege Oberkommissar Lothar Semmler. Hier mein Ausweis. Und das ist Doktor Wolfgang Stoll von der KTU.«

»Wo ist er?«, antwortete der im Vorübergehen.

Wortlos zeigte Mikel hinter sich. Der KTU-Mann stürmte hastig und grußlos an allen vorbei. Ein Sanitäter folgte ihm.

»Achim Auer, BRK. Darf ich? Guten Abend! Wo ist er?«, klinkt die rein rhetorische Frage, denn der drängt hinter dem Stoll her. Inzwischen hat sich Anna Maria soweit erholt, starrt apathisch an die Decke.

»Und Sie sind?«, fragte Lothar Semmler, der sich der beiden annahm.

»Anna Maria Schmidt. Die Mitarbeiterin von Herrn Miller.«

»Brauchen Sie Hilfe? Ich meine, sollen wir das Kriseninterventionsteam verständigen? Was haben Sie mitbekommen?« Anna Maria saß noch immer auf dem Sessel in der Empfangshalle, senkte das Haupt in beide Hände und schluchzte.

»Ich ... ich war schon zu Hause. Herr Doktor Miller hat mich angerufen und mitgeteilt, dass ...«, sie fing jetzt hemmungslos an zu heulen. Semmler legte ihr die Hand auf die Schulter und versuchte, sie zu beruhigen.

Man ließ die beiden allein. Mikel und Kommissar Oberländer gingen hinüber zum Tatort.

»Herr Dr. Stoll, wie weit sind Sie? Dürfen wir eintreten?«, wollte Oberländer wissen.

»Nehmt euch bitte Handschuhe, Anzüge und Überzieher für die Füße, aus meinem Koffer da drüben. Und nach Möglichkeit sonst nichts anlangen, bitte!«

Hier im Büro setzte sich Mikel an seinen Laborschreibtisch. Oberländer griff sich zwei Paar Einweghandschuhe, Überzieher und Overalls aus dem Alukoffer und reichte ihm einen Satz Schutzausrüstung rüber. Den Hocker der Laborbank schob er herüber zum Schreibtisch.

Er ist mehr so der bayrisch-, gemütliche Typ. Eine kräftige Gestalt mittlerer Größe, mit einem kleinen Bierbauch und einer fliehenden Stirn mit angegrautem, blondem Haaransatz. Der Oberländer war ein Kriminalbeamter der freundlichen Sorte. Die Menschen mochten ihn. Er hatte immer ein gewinnendes, freundliches Lächeln, eine joviale Art, sodass bald auch der größte Gauner Vertrauen fassen konnte, sich von ihm verstanden fühlte. Er wirkt wie eine Art Kumpel, mit dem man über alles reden konnte. Von dem man glaubt, dass man nicht hereingelegt wird. So eine Art Inspektor Colombo. Doch das war seine Masche, mit der er so manches leichtfertige Geständnis erhielt. Aber selbst danach ließ er den Überführten nicht im Stich. Bei ihm konnte man auch dann noch auf Verständnis hoffen. Er war in der Lage, sich mit seinem größten Verbrecher zu identifizieren und gab ihm noch die Chance, seine Taten zu rechtfertigen. Es war die menschliche Art gegenüber Opfer und Täter, die ihn so beliebt und erfolgreich machte.

Er trug eine gelbe Hornbrille im runden Gesicht und wandte sich an den, am ganzen Körper zitternden Mikel und sprach im ruhigen Ton. Mikel schaute dabei die Wände an. Er versuchte tief und ruhig durchzuatmen. So, als wäre er in einer Therapie. Jedenfalls kam es dem Oberländer so vor.

»Beruhigen Sie sich bitte! Sollen wir nicht doch ...?«, begann er.

»Okay. Wir machen das jetzt langsam der Reihe nach. Wann haben Sie ihn gefunden, Herr Miller?«, will der Oberländer von ihm wissen. Mikel sah, wie sich der Beamte mit Anzug und Mundschutz über den treuen Freund in der halb geöffneten Schublade beugte. Gefrorene, vom Blut getränkte, Eisklumpen liegen neben dem kalten Edelstahlschrank. Stative mit Leuchten und Kameras umgeben den Leichenfundort. Die KTU hinter dem Absperrband sicherte den Tatort und machte Hunderte von Fotos. Doktor Wolfgang Stoll mit der Atemschutzmaske beugte sich noch etwas weiter vor.

»Mitten ins Herz. Der Stich. Voll auf die 10. Der hatte keine Chance. Sofort tot. Sie haben ihn angefasst! Stimmts Herr Miller? Da sind Spuren?«

Alles kam wieder hoch. Die Bilder von vorhin.

»Ja, Herr Doktor! Bitte gehen wir rüber in mein Büro. Ich kann hier nicht länger ...«, wies ihm Mikel den Weg.

Dort saß Anna Maria am Besprechungstisch und hatte den Kopf auf den gekreuzten Oberarmen abgelegt.

»Nehmen Sie bitte hier Platz. Anna Maria ist auch da«, und schiebt dem diensthabenden Beamten der Kripo München einen Drehstuhl davor.

Der Oberländer saß jetzt in der Mitte des Raumes und schaute abwechselnd Anna, Maria und Mikel an.

»Herr Miller. Haben Sie eine Idee, wer dahinterstecken könnte? Hatte er Feinde? Hatte er Probleme? Private Probleme oder berufliche?«, fragte er und schob sich den Stuhl zurecht.

Mikel versuchte sich zu konzentrieren. Übelkeit, Ohnmacht. Mühsam würgte er die Worte hervor. Er schluckte den salzigen Speichel herunter.

»Was ... was soll ich sagen? Was heißt Probleme. Robert Zhang war mein Freund. Fachmann, einzigartiger Fachmann. Verstehen Sie?«

Dann machte er eine Pause, – kämpfte mit den Tränen.

»Auf ... auf dem Gebiet der Molekularbiologie. Der optischen Bildauswertung. Wie soll ich das jetzt sagen? Ob er noch

Probleme hatte?« Wieder machte er eine Pause. Geduldig hörte Oberländer zu, schwieg. Mikel mühte sich ab:

»Vielleicht seine Ängste, Verfolgungswahn, Paranoia. Seine Eltern mussten mit ihm aus China fliehen. Vor fünfunddreißig Jahren. Er war noch klein. So fünf Jahre, glaube ich. Diese Traumata. Die Angst vor Verfolgung hat er mit der Muttermilch bekommen.«

»War er verheiratet?«

»Ja. Mit seiner Arbeit. Ich habe meinen wichtigsten Mitarbeiter verloren. Einen erstklassigen Molekularbiologen und seine Programmierkunst. Die waren einmalig. Beinahe unersetzlich.« Die Worte kosteten ihm die letzte Energie. Den letzten Mut. Aber er war es ihm schuldig.

»Ich glaube, er hatte mal einen Chat mit einer Japanerin. Schon länger her. Namen kenn ich nicht.«

»Paranoia? Herr Miller! Wie hat sich die ausgewirkt? Ich meine auf die Arbeit, oder gegenüber ihren Mitarbeitern. Frau Schmidt. Die Frage geht auch an Sie!«

»Es war seine panische Angst, er fühlte sich überwacht, verfolgt, oder Mikel? Die Angst vor Betriebsspionage. Vor den Chinesen.«

Mikel hatte still zugehört.

»Ja, so war er, Herr Kommissar. Angst davor, dass jemand unser Know-how klaut. Anna Maria entsinnst du Dich, damals, das mit dem Zugangspasswort?«

»Ja! Der Vorstand wollte, dass wir die Passwörter zu unseren digitalen Archiven herausrücken. Damals noch in der MESINA AG in Martinsried. Die Konten sind mit IFD und Passwort geschützt. **IFD** ist die Abkürzung für **I**ris **F**ace **D**etection. Also Aug- und Gesichtserkennung«, antwortete sie.

»Die haben ihn abgestochen, wie ein Schwein«, ergänzte er und wischte eine Träne ab, klang jetzt zornig.

»Einfach nur, um sein Gesicht besser abscannen zu können. Mit der 3-D Gesichtsform und dem Foto vom Auge, der Iris, können sie eine Zugangsdatei basteln. Einen Zugang zu unserer geheimen Datenbank. Mit dem Passwort wäre das möglich. Das kann nur ein IT- Fachmann. Bei MESINA ist noch ein Mitarbeiter von mir. Das funktioniert dort genauso, wie bei uns. Der Name ist Jeff Dole. Der ist in Gefahr. Vielleicht sind die schon an dem dran. Und vielleicht ist dort das Konto von Zhang noch aktiv. Dann kommen die mit beiden IFD, zusammengefasst in beide Archive. Hier und bei MESINA.«

»Gut, dass Sie das sagen. Dann müssen wir ihn warnen. Haben Sie seine Handynummer?«
Anna Maria zog das ARMFONE aus ihrem Ärmel. Und las die Nummer ab, – schrieb sie auf einen Zettel, den sie aus Mikels Zettelbox nahm.

»Herr Kommissar, hier bitte!«

»Danke Frau Schmidt. Ich werde ihn warnen«, wandte er sich wieder Mikel zu.

»Wer war ihr Chef bei MESINA?«, will er von Mikel wissen.

»Das war damals Doktor Rudolf Steiger. Ach ja, der ist auf einer Dienstreise mit mir gewesen. Dort ist er verschwunden und bis heut nicht wiederaufgetaucht. Das ist mysteriös. Alles hier bei uns, – in dieser Branche ist mysteriös. Wir betreiben hier Grundlagenforschung. Medizinische Grundlagenforschung. Oder wenn ich sagen darf – Spitzenforschung. Da ist theoretisch die ganze Welt interessiert. Also verdächtig, meine ich.«

»Ach ja. Ich erinnere mich, – Doktor Rudolf Steiger. War groß in der Presse. Man vermutete Unterschlagung. Insidergeschäfte – so was. Aber es gibt bis heute keine Spur von ihm.«

Er zögerte, rieb sich über die Unterlippe und schaute nachdenklich an die Decke.

»Dann muss man das eventuell in einem größeren Rahmen sehen. Was meinen Sie Frau Schmidt? Welche Gruppen könnten Interesse an seinem Tod haben?

»Ich denke, es geht um unser Know-how. Die haben es abgesehen auf unser Archiv. Die Verfahren, Maschinen, Rezepturen. Alles geheim. Ein enormes Kapital. Bis zum Crash war MESINA die Nummer eins bei innovativen, medizinischen Wirkstoffen. Da sind theoretisch alle interessiert. Nicht nur die Chinesen, wo vor sich Robi Zhang aber am meisten gefürchtet hatte.«

»Okay! Das war es für heute. Lassen Sie uns den DOORLOGG-Code da! Wenn das möglich ist? Und die Überwachungsanlage. Ich habe gesehen, dass überall Kameras installiert sind. Können wir uns das ansehen? Wir müssen weitere Spuren sichern. Und hier die Röhrchen. Die Speichelprobe, DNA. Das kennen Sie ja? Ist ihr Fachgebiet. Herr Doktor Stoll nimmt ihnen noch die Fingerabdrücke. Sie gelten bis dato nicht als verdächtig. Dient nur der Auswertung. Und wenn Sie wollen, können Sie hernach nach Hause gehen. Aber halten Sie sich bitte zu unserer Verfügung.

Und noch was. Ich muss den BND einschalten. Das ist eventuell staatstragend, länderübergreifend. Das konnte ich nicht ahnen. Bitte keinerlei Informationen an die Presse. Bevor wir nicht den möglichen Täterkreis näher kennen, muss das streng geheim bleiben. Das hier ist kein normales Gewaltverbrechen. Ich denke mal, dass Sie vermutlich auch kein Interesse an negativen Schlagzeilen haben. Gerade, wo ihr Unternehmen noch nicht lang am Markt ist, oder?

»Habe verstanden, Herr Oberländer. Kein Wort. An niemanden. Können sich auf uns verlassen, gell Anna Maria!«, wandte sich Mikel an seine nun wichtigste verbleibende Stütze innerhalb von SBC.

»Klar Mikel. Von mir erfährt niemand etwas. Herr Kommissar. Wir haben noch die Kollegen Doktor Erich Winner und Doktor Friedrich Frischer. Herr Winner hat Humanmedizin und Veterinärmedizin studiert und leitet die Tierversuche. Herr Friedrich Frischer ist Molekularbiologe. Ich werde die Herren morgen früh *briefen*, Herr Kommissar. Gönnen wir ihnen die Ruhe, den Feierabend!«

»Danke Frau Schmidt. Bitten Sie dann die Herren morgen in die Ettstraße, in das Kommissariat! Hier meine Karte. Wenn Sie wollen, können Sie gehen. Wo kann ich Sie erreichen? Ich meine privat.«

Sie nahm sich noch einen Zettel aus der Box.

»Herr Oberländer, hier bitte schreibe ich ihnen meine private- und dienstliche Handynummer auf. Ich bin für Sie jederzeit erreichbar. Ich trage Sie in die Urgent Call Liste ein. Hier bitte sehr die Handynummer.«

»Danke Ihnen. Sie hören noch von mir – morgen! Danke und eine gute Nacht!«, sprach der leitende Beamte und nahm den

Lieferantenausgang durch das Rolltor auf der Rückseite des Gebäudes. Die Einsatzfahrzeuge hatten in der Hofinnenseite geparkt. Aufsehen erregte der Vorfall überraschenderweise nicht.

So kam es, dass der berühmte Mitbegründer der analytischen, rechnergestützten Molekularbiologie, der keine Angehörigen mehr hatte, in aller Stille eingeäschert- und am Nordfriedhof in Milbertshofen beigesetzt wurde. Würde der Name Robert Zhang ein für alle Mal in Vergessenheit geraten?

VERSUCHSKANINCHEN?

Martinsried 20. November 2035

Anna Maria schaute, wie jeden Morgen vor der Arbeit, die Push-Nachrichten mit den News auf ihrem Media Channel. Der Mord war noch nicht in der Presse.

Nach den Andeutungen, die Robert Zhang im Vorfeld gemacht hatte, musste der BND eingeschaltet werden. Die hatten die Kameraaufzeichnungen durchgesehen. Die Aufnahmen vom Sonntag, dem 23. September, fehlten komplett. Eine Panne? Versehentlich überschrieben? Es konnten keinerlei Daten rekonstruiert werden. Doktor Frischer war für die Überwachung zuständig. Bald war klar. Es waren Profis am Werk. So etwas konnte nur ein Fachmann manipulieren. Der kannte sich offensichtlich aus und hatte keinerlei Spuren hinterlassen. Oberländer fühlte sich bestätigt in seiner Einschätzung. Der BND hatte alle Hände voll zu tun.

Die beiden Beamten vom Bundesnachrichtendienst erschienen und ließen alle in Mikels Büro zusammenkommen. Dort wurden sie einzeln einem genauen Prozedere unterzogen. Am Ende musste sich jeder durch Unterschrift verpflichten, keinerlei Informationen an Dritte herauszugeben und alle Erkenntnisse umgehend mit dem zuständigen Mitarbeiter der Behörde zu teilen.

Ein toter Mitarbeiter. Ein drohender Bankrott. Eine Überwachung durch den Geheimdienst. Was konnte noch Schlimmeres kommen?

Doch Mikel versuchte eine Art Neustart. Er sah einen Weg, der größten Krise seines Lebens zu entkommen. Und ein alter Bekannter sollte ihnen dabei helfen.

»Anna Maria. Du hast Dich doch gut mit Jeff verstanden. Mach ihm klar, dass wir ihn hier brauchen. Jeff ist zwar mehr Biogenetiker, aber etwas von der Sequenzing-Modellierung hat er auch draufgehabt.«

»Mikel, ich rede mit ihm. Falls nötig, mach ich ihm schöne Augen. Vorausgesetzt, es stört Dich nicht Mikel, oder?«

»Was soll mich daran stören? Mach Dich an ihn ran. Sag ihm, wie großartig er ist. Das volle Programm. Und das mit dem "voll" meine ich wörtlich, wenn ich deine runden Dinger so sehe. Schau Dich an, Anna Maria!«, grinste Mikel unverschämt.

»Der Robi war auch scharf auf Dich. Das weißt du? Spätestens damals in der Elisabethstraße, als er dir zu Hilfe kam. Streng Dich an, Bella Madonna. Bisher weiß noch niemand von dem Mord. Wenn das erst die Runde macht, bekommt er es mit der Angst zu tun.«

Das hatte Anna Maria nicht erwartet. *Er sollte sich doch wenigstens daran stören, wenn sie einen anderen "anmachte". Wieder war sie sich unsicher, ob Mikel überhaupt Interesse an ihr hatte. War da nicht ein einziger Funken Zuneigung? Und an Jeff Dole ranmachen sollte sie sich. Der war so gar nicht ihr Typ. Wie war sie enttäuscht.*

Dennoch, Anna Maria hatte es geschafft. Nicht nur Robi war seinerzeit scharf auf das Vollweib. So introvertiert Jeff Dole sein mochte, – auch er hatte eine Schwäche für sie. Dazu kam damals noch, – MESINA ging es schlecht. Die Drohung einer Schließung des Entwicklungsbüros taten ihr Übriges. Und kaum zwei Wochen nach einem Drink in einer Schwabinger Bar war Jeff Dole bereit, ihrem Rockzipfel zu folgen.

Mikel hatte in den ersten zwei Wochen nach der Selbstverabreichung des Zellencocktails zunächst außer einem Stechen in der Seite keinerlei Wirkung verspürt. Auch die Pusteln an der Einstichstelle verschwanden schnell. Dann, am Ende der ersten Woche, begann er mit dem Testprotokoll:

Auffälligkeiten – Wirkungen – Veränderungen:

Woche 1: Gelbe Pusteln an der Einstichstelle

Woche 2 bis 4: keine weiteren Beobachtungen

Woche 5: Neurodermitis in Armbeugen und Kniekehlen entwickelt sich zurück.

Woche 6: Eine leichte Parodontose verschwindet. Stellen mit dünnem Haar zeigen neuen, verstärkten Haarwuchs.

Schmerz im Kniegelenk, von Skiverletzung herrührend, mit leichter Arthrose – verschwindet vollständig.

Woche 6: Graue Haare an den Koteletten verschwinden im Haaransatz herauswachsend.

Woche 7 bis 9: Keine weiteren Beobachtungen

Woche 10: Glättung der Hautpartie um die Augen herum.

Woche 11: Keine weiteren Beobachtungen

Woche 12: Ruhepuls durchschnittlich 10 % niedriger und Blutdruck durchschnittlich 12 % niedriger.

Statt 30 km Joggen jetzt 55 km pro Woche. Ohne muskuläre Einschränkungen. Allgemein frischer, jugendlicher Teint. Letzte Falten im Gesicht verschwinden. Hautalter 24 nach SCABBI-Auswertungstabellen (nominal 39)

JUNGBRUNNEN

Martinsried 21. Dezember 2035

»Anna Maria. Wir haben heute einen weiteren Testkandidaten. Oder besser gesagt eine Testkandidatin.«

»Aber Mikel. Wir sind doch noch gar nicht so weit mit dem GENTONICAGE-Serum?«

»Das weiß ich selbst. Die Testkandidatin ist bereit und unterschreibt, dass sie an einem medizinischen Experiment teilnimmt, welches Risiken in sich birgt. Du weißt schon, dass wir Geld brauchen. Wir müssen irgendwas für die Phase 2 haben. Was wir vermarkten können. Wir können nicht ewig nur Mutterschweine verjüngen. Verstehst du? Und schau mich an. Du hast selbst gesagt, ich schaue aus, wie ein 19-jähriger Pennäler. Oder stimmt das etwa nicht?«, lachte er schelmisch.

»Und was sagt unser Justiziar. Für den Fall, dass dein Versuchskaninchen einen Schock erleidet oder ein Karzinom?«, wollte die aufgebrachte Anna Maria von ihm wissen.

»Das habe ich geklärt. Wir haben eine Versicherung für solche Fälle abgeschlossen. Über 50 Millionen N€.

»Mikel, du weißt schon, dass das ethisch und rechtlich höchst bedenklich ist, was du da vorhast, oder?«

Mikel war so von sich überzeugt, dass er die Bedenken von Anna Maria einfach ignorierte.

»Die Frau ist die ehemalige Miss Bayern von 2014. Etwas in die Jahre gekommen. Ihr Mann ist ein großer Bauunternehmer. Hat auch hier in Martinsried die neuen Büroquartiere am Anger hochgezogen. Und noch eins. Die stellen sich heute Abend vor.

Du hast hoffentlich nichts geplant? So für den Abend meine ich. Geht so bis 24:00, denke ich. Inklusiv Essen gehen?«
Das klang nach Überrumplung.

Unverschämt, was der sich herausnimmt. Der rennt sehenden Auges in die Katastrophe, dachte Anna Maria.

Der Abend kam und mit ihm die Überraschungsgäste. Anna Maria war extra nach Hause gefahren, hatte sich frisch gemacht und das hübsche, dunkelrote Seidenkleid angezogen. Das stand ihr besonders gut, befand Mikel. Weil das ihre fraulichen Rundungen noch mehr hervorhob, als es notwendig gewesen wäre. Das hatte sie damals auf der Yearendfeier an. Der selige Robi wurde seinerzeit ganz wuschig.

Nur fand Anna Maria, dass Mikel das mit dem Kostüm rein geschäftsmäßig erwähnt hatte.

Ohne ein Lächeln, ohne Anzeichen ehrlicher Gefühle für sie als Frau oder zumindest als Mensch? Vielleicht war dies der Grund dafür, dass er nicht längst mit Katrin Geis verheiratet war? So ein Gefühlskrüppel wie der SEQUENZER, wer will schon so einen?, dachte sie sich in diesem Moment.

»Grüß Gott, Frau Baier, Herr Doktor Baier! Kommen Sie! Gehen wir hinüber in den Besprechungsraum! Da haben wir eine Präsentation für Sie vorbereitet.

»Herr Scott Miller. Es freut mich, Sie einmal persönlich kennenlernen zu dürfen!«, streckte ihm eine, in einem dunkelblauen Chiffon Kleid gewandete Unternehmergattin, die rechte Hand hin. Die Blondine mit der gefärbten Dauerwelle hatte eine unglaublich liebenswürdige, charmante Art. Anna Maria erfuhr im Nachhinein, dass sie nicht nur sehr hübsch- sondern auch in unternehmerischen Angelegenheiten eine große Stütze für ihren Mann war. Im Laufe der Wochen merkte Sie, dass ihr Mann ihr viel mehr zu verdanken hatte, als man es im ersten Augenblick für möglich gehalten hätte. Ihr Scharfsinn und ihr Einfühlungsvermögen übertrafen die Fähigkeiten ihres Mannes um Längen, meinte Anna Maria.

»Herr Scott Miller. Wie am Telefon besprochen. Wir wollen uns das mal gemeinsam ansehen, was Sie da Erstaunliches zu leisten im Stande sein wollen«, folgte der Dame von Welt ein ebenso elegant gekleideter Unternehmer in der Mitte seiner Fünfziger. Doktor Baier trug einen dunkelblauen Wollanzug mit kleiner Fliege über dem weißen Hemd. Die Geheimratsecken ließen sein wahres Alter leicht erraten.

Die Gattin des Unternehmers war eine Schönheit.

Anna Maria verstand überhaupt nicht, warum die sich dieser Prozedur – dieses Risikos unterziehen sollte. Klar, die jugendliche Frische fehlte etwas. Aber das ist halt der Zahn der Zeit, fand sie.

Mikel war vorangeschritten und hielt dem Ehepaar die Tür auf.

»Ich kann Ihnen versichern, dass wir das ausgiebig getestet haben. Und übrigens auch an mir selbst. Würden sie sagen, ich hätte mich selbst vergiften wollen?

Die MIRRORFEED-Software zog die Präsentation selbstständig vom Server und projizierte sie auf den 120 Zoll, 32 : 9 Bildschirm.

Schauen Sie nur die Doku unserer vielen Testkandidaten!
Die Bilder "Vorher" – "Nachher". Vom Midlife-Kandidaten bis zum Kreis. Hier bitte, der auf dem Foto ist 42 Jahre.
Nach einer Behandlung mit dem exklusiv für den Probanden hergestellten GENTONICAGE -Serum? Die Messungen der Hautoberfläche ergeben ein eindeutiges Bild. Hier derselbe Mann, fast die Werte eines Teenagers.
Dasselbe hier. Die 65-Jährige. Schaut älter aus. Und wieder dieselbe Testkandidatin nach sechs Einheiten. Alle Werte besser. Werte einer 40-Jährigen! Und Sie könnten die Nächste sein. Wie alt sind Sie, Frau Baier?«

Herr Doktor Baier machte sich drauf und dran, die zur Schau gestellte Euphorie etwas zu bremsen.

»Herr Scott Miller. Ich sehe das hier heute Abend erst einmal als Kontaktaufnahme. Aber ich darf Ihnen sagen, dass ich beeindruckt bin. Das schaut unglaublich aus. Können Sie uns den Kontakt mit den Probanden ermöglichen? Ich meine, kann man die mal persönlich kennenlernen? Wenigstens mal telefonieren, sollte doch möglich sein, oder?«

»Werter Herr Doktor Baier. Nach Rücksprache selbstverständlich. Unsere Testkandidaten haben sich alle verpflichtet, für weitere medizinische Tests und das Marketing zur Verfügung zu stehen.«

»Herr Doktor Mikel Scott. Wie läuft das ab? Ich meine, wie gewinnen Sie dieses Elixier?«

»In unserem Labor wird ihnen mit unserem Spezialpunktierwerkzeug, eine Eigenentwicklung, eine kleine Menge Stammzellen aus dem Knochenmark Ihres hinteren Beckenkamms herausgesaugt. Das ist nur eine winzige Bohrung von 0,3 mm. Fast schmerzfrei. Zuerst wie bei einer Masernimpfung. Dann zieht es etwas. Die Zellen daraus befinden sich im Zustand der Pluripotenz, also einen quasi-embryonalen Zustand.

Auf unserer neuen und patentierten SEQUE3001 Anlage untersuchen wir die Zellen auf Mutationen. Das heißt auf die üblichen Fehler in der DNA, soweit sie dokumentiert sind. Wir nehmen nur die besten Zellen. Die refreshen wir und machen unser Serum daraus. Das wird ihnen in sechs bis 12 Sitzungen gespritzt. Dann heißt es abwarten.«

»Du Mikel! Die Frau Baier. So etwas habe ich noch nicht gehabt. Die Zellen. Da sind kaum Verwertbare dabei. Schätzungsweise haben wir ihr 300.000 Zellen entnommen. Ich habe an vielen von den sequenzierten Zellen Entartungen entdeckt. Das ist Leukämie. Früher oder später kommt das heraus. Die Frau ist krank – todkrank. Das musst du ihr sagen!«

»Anna Maria. Das werde ich ihr und ihrem Mann beibringen müssen. Oder vielleicht besser nicht? Oder? Aber was machen wir, wenn die durchdreht? Wenn die sich das Leben nimmt? Eine Katastrophe wäre das? Und dann sind wir den zahlenden Kunden los. Denk dran, wir können sie retten. Wenn was passiert, haben wir immer die Rückstellung der entnommenen Zellen. Da können wir nachweisen, dass sie vorerkrankt war. Ganz einfach. Ich denke, wir können ihr das Leben retten. Nicht nur verjüngen. Auch retten. Wenn wir die intakten Zellen selektieren. Am besten, wir bewahren Stillschweigen. Also an die Arbeit. Mach was aus der Zellsuppe. Ich bitte Dich.«

»Mikel, ich tue, was ich kann. Ich habe Angst.«

»Vor was? Dass du einem Menschen einen Wunschtraum Wirklichkeit werden lässt, dass du ihm mit etwas Glück das Leben rettest? Davor hast du Angst? Mensch Anna Maria. Wir haben doch schon ganz andere Sachen gedreht. Denk doch an die Antibiotika. Ist jetzt eines der drei letzten auf der Welt gegen die Resistenzen. Wir haben vermutlich mehr Menschen das Leben gerettet als Professor Sauerbruch«, witzelte er selbstbewusst.

Mikel fand kein Schlaf. Er wusste, dass das schiefgehen kann. Sollte er den Ehemann ins Vertrauen ziehen? Was wäre, wenn er seiner Frau die Wahrheit sagt? Der will doch nur seine Beautyqueen von vor zwanzig Jahren zurück. Bloß weil er sich das leisten kann. Echte Liebe ist das nicht. Männer mit so viel Geld kaufen sich eine *neue Miss Bayern*. Er wollte Leben retten. Das war es, auf was es ihm ankam. Dafür hatte er studiert. Sein letztes Geld hergegeben. Jetzt war seine Chance. Ein gerettetes Leben. Und dann noch das einer ehemaligen Schönheitskönigin. Mikel entschloss sich, es darauf ankommen zu lassen, Anna Maria von seiner Auffassung zu überzeugen.

... Darüber schlief er endlich ein.

VORHANG AUF

Cannes, 12. Mai 2036, internationale Filmfestspiele

Sternchen und echte Stars betraten den roten Teppich. Die Größen des französischen Autorenkinos genauso wie die amerikanischen und russischen Stars aus dem Streaming Geschäft. CINESTREAM ist auch dabei. Das größte Unternehmen in der neuen ABO-Welt des Sofakinos. Das chinesisch-russische Joint Venture hatte längst die US-amerikanischen Produzenten abgehängt. Als endlich die letzten hundert Hauptdarsteller dieses Giganten in ihren Designerklamotten an den Schaulustigen vorbeimarschierten, traten auch die B-Promis aus der zweiten Reihe ins Rampenlicht. Ehrengäste, Politgrößen, Theaterbesitzer, Kinobetreiber und Unternehmer. Auch aus Deutschland waren Prominente dabei. Der Bauunternehmer hatte seine Miss Bavaria im Schlepptau.

Ein Reporter des Münchner Szenemagazins MUNICSTAR versperrte dem Ehepaar Baier den Weg.

»Herr Doktor Baier. Es ist unglaublich. Seit 20 Jahren fotografiere ich Ihre Frau. Die wird immer jünger. Was nehmen Sie, Frau Baier?«, fragte er frech. Frau Angelika Baier fühlte sich wie ein Star – in diesem Moment. Fühlte sich geschmeichelt und sie verschwand mit ihrem Gatten im Saal. Der Reporter wandte sich an den französischen Kollegen und verriet ihm:

»Das ist die Baier. Die hat sich irgendwie liften lassen. So was Neues. Nach diesem neuen Verfahren. Mit dem SEQUENTUM-Serum. Neues Anti-Aging. Sensationell. Schaut mindestens zehn Jahre jünger aus«

»Was soll das sein? Das ist doch alles Hokuspokus. Glaubst du an so was?«, meinte Pierre Couldin, von der französischen Modezeitschrift MODEFLEURE.

»Wirklich. Habe ich gelesen. Ich bin auch manchmal in der Wissenschaftsredaktion. Das Verfahren ist neu. Gentechnik oder so. Musst du mal nachlesen in der INNOVATION DAILY oder das ADVIP Video von denen.«

Jetzt schimpfte die Security mit den Reportern und schob die Fotografen beiseite.

»Machen Sie bitte Platz! Sie halten den ganzen Betrieb auf. Bitte sehr die Herrschaften. Es geht sofort weiter.«

Hinter dem Ehepaar Baier folgte ein weiteres Paar. Der russische Oligarch und Filmmäzen Doktor Alexander Rostow mit Ehefrau Elena Rostowa. Die hatten das Gespräch zufällig mitbekommen und warteten geduldig.

»Alexander, finde heraus, wer diese Frau ist. Ich habe was von Anti-Aging gehört. So wie SEQUENCE Serum oder so?«

»Mach ich Schatz. Ich rufe gleich bei Professor Boranov an.«

»Danke Schatz. Du bist der Beste!«

GEWITTER ÜBER UNS

Martinsried 01. Juli 2036

Mikel hatte sich in letzter Zeit fast nur noch mit Zahlen und Bilanzen herumgeschlagen. ABERDEEN hatte ihnen wider Erwarten den Vorschuss auf den neuen antiviralen Wirkstoff ACOROVIR verweigert. Aber es kam noch schlimmer.

Das Bild von Susanne Zeidler, seiner neuen Empfangsdame, erschien auf Mikels DATASCREEN.

»Ich bin es, Susanne! Der Baier ist wieder dran. Ich kann ihn nicht abwimmeln. Bitte übernehme ihn! Ich werde sonst noch wahnsinnig. Klingt aggressiv der Typ.«

»Dann mach! Gib ihn mir! Danke.«

»Hallo, Herr Doktor Baier! Wie geht es Ihrer Frau?«

Mikel zitterte am ganzen Körper. Der Bauunternehmer hatte ihm gedroht:

»Meine Frau hat Leukämie. Du bist schuld. Dass das klar ist.«

»Sie wussten, Herr Baier – Sie wussten davon, dass Ihre Frau Leukämie hat. Vorher schon hatte und haben es uns verschwiegen. Das verstößt gegen unsere Leitlinie im Anamnesebogen. Den haben Sie und Ihre Frau selbst ausgefüllt und unterschrieben.«

»Meine Frau war vorher pumperlgesund, du Lump. Ich werde dir helfen. Wenn die stirbt, bist du Geschichte.«

Der Tag fing nicht gut an. Mikel hatte sich von Anna Maria schon einmal die Versicherungspolice heraussuchen lassen. Nur für den Fall, dass die Baier sterben sollte.

Der Tag war noch nicht zu Ende. Am Nachmittag dann das: Susanne Zeidler meldete einen alten Bekannten, den neuen MESINA CEO Klose-Hilger.

»Mikel Scott Miller! Der Sequenzer – Sie Genie!«, sein höhnisches Gelächter machte ihm Angst. »Ihr DARAZERON und DARAZYTAN – die Pharmaverbände laufen Sturm. Die Zulassung ist zu Unrecht erteilt worden. Weißt du, was das heißt? Wir werden Dich in Regress nehmen. Für den Schaden, den du angerichtet hast. ABERDEEN Pharmaka und LIPTON Health Care, die Idioten, die auf dein Zeug gesetzt haben, auf DARAZERON und DARAZYTAN. Die sind bankrott. Ich muss auch schon von Berufswegen von dir Schadenersatz verlangen. Sonst sind wir auch bald pleite. Mikel Scott Miller, du hast ein Riesenmassaker angerichtet. Deinen Gürtel ziert der Skalp von mindestens drei namhaften Firmen. Ich denke, dass deine Kopfhaut auch bald am Hosenträger eines Killers baumelt. Hörst du mich, du Versager?«

Der Entführungsversuch von Anna Maria, der Mord an Robi Zhang. Nicht zuletzt die Angriffe, Drohungen, die Entführung von ihm selbst. Nie wieder wollte er in einem stockfinsteren Raum aufwachen, ohne zu wissen, wo oben und unten ist. Er wusste auf einmal, was er tun musste. Was das Beste für sich, sein junges Unternehmen und seine Mitarbeiter ist. Der Schutz eines liberalen, starken Staates, der aufgeschlossen für die neuen Wissenschaften war.

Mikel versuchte, sich zu konzentrieren. Wog das Für und Wider ab, überdachte seine Lebensplanung. Ein Leben mit Katrin schien fürs Erste in weite Ferne gerückt. Vermutlich war sie ihrerseits von ihm enttäuscht. Hätte er ihr nicht schon viel früher einen Heiratsantrag machen müssen? Selbst Steiger hatte ihn darauf angesprochen. Er musste ihr Anlass zur Hoffnung gegeben haben. Und er kannte den geeigneten Zeitpunkt. Nach der grandiosen Yearendfeier? Oder wenigstens an Heiligabend, als sie mit ihrer Mutter gefeiert hatten? Das wäre die Gelegenheit gewesen, ihr den Verlobungsring über den Ringfinger zu streifen. Ja, genau, da hatte sie auf etwas gewartet? War dann den ganzen Abend stumm neben ihrer Mutter gesessen. Nur er hatte es wieder einmal nicht bemerkt. Er sah zwar kleinste Nanoteilchen. Aber worauf es ankam, sah er nie. Irgendwie blind war er für das Leben. Er hatte sie mental sitzen lassen. Und als er sie am dringendsten brauchte, hatte sie ihn sitzen lassen. Jetzt waren sie quitt. Das wird nichts mehr in diesem Leben, dachte er sich, als er die Nummer in der DATASCREEN antippte.

»Canadian Ministry of State, Mein Name ist Adsila Peshewa!«

»Kann ich den Premierminister sprechen? Mikel Scott Miller von SEQUENTUM BIOGEN COMPANY. Kann ich Herrn Premierminister Doktor Justus Trudeau sprechen?«

Eine leise, sanfte Stimme im englischen Chinook Indianer Dialekt klang freundlich.

»Wie bitte, Mikel Scott Miller, korrekt?« Aufregend fand Mikel. Er erkannte die markante Stimme, – der Bürochefin, – die schien sich zu erinnern.

»Oh Yes, Mr. Miller. Ich verbinde Sie mit dem Büro des Secretary of State. Bleiben Sie dran!«

Wieder dauerte es einige Sekunden, ehe er verbunden war.

»Ilona Flaming. Wen möchten Sie bitte sprechen, Herr Doktor Miller?«

»Wenn es möglich ist, den Premierminister, bitte?«

»Tut mir leid, Herr Doktor Miller, Doktor Trudeau, der Premierminister leitet eine Kabinettssitzung. Ich kann aber Ihr Anliegen kurz notieren.«

»Ich habe Herrn Trudeau in Toronto kennengelernt. Er zeigte sich sehr interessiert an einer Kooperation und er hat mir und meiner Company eine Zusammenarbeit angeboten. Daher habe ich auch den Kontakt, habe seine Karte.«

»Gut Herr Doktor Miller. Wir werden ihn davon unterrichten. Und wir melden uns bei ihnen. Bitte etwas Geduld!«

Es dauerte eine Woche. Er hatte gerade den Testlauf mit der SEQUE3001 gestartet.

»Mikel Scott Miller SEQUENTUM BIOGEN.«

»Hello Mr. Miller. Ich freue mich, von ihnen zu hören. Wie geht es Ihnen in Martinsried?«

»Um ehrlich zu sein, Herr Premierminister, ich sorge mich um meine Mitarbeiter.«

»Warum?«

»Einer meiner Mitarbeiter wurde ermordet. Ist nicht in der Presse. Die ganze Sache ist geheim. Der Bundesnachrichtendienst ermittelt in dieser Angelegenheit. Ich werde verfolgt. Meine Arbeit leitet darunter. Es sind geheime Mächte am Werk, um unsere Arbeitsergebnisse zu stehlen. Verstehen Sie bitte? Es geht nicht nur um mich. Ich brauche Ihre Hilfe. Sie hatten mir eine Kooperation angeboten, im Mai 2035. Sie erinnern sich sicher?«

»Selbstverständlich, Herr Miller! Ich kann mich daran erinnern. Ich hatte ihnen Sicherheit und Beteiligung versprochen. Lassen Sie mich das mit meinem Minister of Science besprechen. Sie nehmen einfach Ihr Labor mit nach Kanada. Herr Miller, ich werde meinem Mitarbeiter den Auftrag erteilen, Sie dort raus zu holen. Okay? Alles Weitere veranlassen wir. Sie brauchen sich um nichts weiter kümmern. Die Sicherheitsüberprüfung für Sie ist schon vorhanden. Die von Ihren Mitarbeitern machen wir noch. Sie hören von uns. Guten Tag.«

KANADA

Vancouver, Haddington Island, 2. August 2036

Haddington Island war nicht einmal einen Kilometer lang, aber völlig abgeschnitten von der Außenwelt. Die kleine Insel ist mit dem Boot oder dem HELITAX, von Vancouver aus, gut erreichbar.

Für den Fall, dass versehentlich tödliche Erreger aus dem Labor entweichen, konnte die kleine Insel schnell dekontaminiert werden, hatte man ihm erklärt.

Da es eine geheime Forschungsstelle der kanadischen Regierung war, galt ein Betretungsverbot. Die kleine Insel war überschaubar und die Küstenwache fuhr ständig Patrouille, um Neugierige, einsame Pärchen oder Spione abzuwehren. Die Eingabe der Landekoordinaten für das HELITAX waren gesperrt, sobald jemand Haddington Island eingab. Nur Mikel Scott hatte den geheimen Code, um diese Geodaten speichern zu können.

Das Labor war voll eingerichtet. Justus Trudeau hatte nicht zu viel versprochen. Mikel brauchte nur vier Container mitzunehmen. Der Rest war vorhanden. Auch ein Stab von Wissenschaftlern stand ihm hier zur freien Verfügung. Der Vertrag sah vor, dass der kanadische Staat zu 50 % an SBC Kanada beteiligt sein würde. Exklusiv der Rechte an seinen Patenten. Die gehörten Mikel als Privatperson. Insbesondere die Rechte an dem Verfahrenspatent in der DYNO3000 und der SEQUE3001 Maschine.

Der kanadische Herbst hatte ein besonderes Flair. Besser jedenfalls als der Sommer hier oben. Wo man von Mücken zerstochen wurde. Das bekam Mikel zu spüren, als er Ende August hier zum ersten Mal zu Gast war.

Anfang Oktober war Jeff Dole dazugestoßen. Mitte des Monats folgte Anna Maria. Ihr Vater war krank und sie konnte ihn erst allein zurücklassen, als dessen Genesung weit genug fortgeschritten war.

Sie saßen bei einem Abendessen auf der oberen Seeterrasse.

»Anna Maria. Wie kommst du voran mit der Suspension?«

»Du meinst das Netzhauttransplantat? Ich habe erst letzte Woche mit der Entnahme der Spenderzellen und der Transplantation begonnen. Aber jetzt hat das Tier wieder volle Sehkraft. Das grenzt fast an ein Wunder. Aber das hatte ich in Martinsried auch schon geschafft. Konnte nur noch nicht dokumentiert werden. Mikel, brauchst du was zum Präsentieren? Ja glaube, wir könnten es wagen? An einem menschlichen Probanden? Wie Jesus? Machen Blinde sehend«, scherzte sie, getragen von Optimismus. »Die Uniklinik Toronto hat bereits einen freiwilligen Kandidaten gefunden. Ich betone freiwillig!«

»Anna Maria, du bist klasse«, befand Mikel.

»Wer hat jetzt das Sagen im MESINA-Labor, Anna Maria?«

»Izak Sharon. Warum willst du das wissen, Mikel?

»Dann hat der jetzt Zugriff auf die Daten? Wer hat den überprüft?«, hakte er nach.

»Schätze mal der BND. Aber woher soll er den Zugriff auf die Daten haben. Ich habe meine IFD mitgenommen. Und du Jeff?«, wandte sich Anna Maria an ihren neuen Mitarbeiter.

»Ich habe nichts verraten«, Jeff schaute verlegen nach unten.

»Und wer könnte noch Zugriff haben?«, Mikel ließ nicht locker.

»Doktor Reinhard Schneeberger, der Nachfolger von Robi Zhang.«, antwortete Jeff Dole.

Wollte er ablenken? Jedenfalls war Mikel auf dem besten Wege, Licht ins Dunkel zu bringen.

»Dieser Vane Summers, der macht doch jetzt die IT? Oder? Versteht mich nicht falsch. Aber ein guter IT-ler bastelt sich die fehlende Zugangsdatei – mit Passwort und guten 3-D Fotos.

Anna Maria klang jetzt nachdenklich. Sie ahnte, auf was Mikel hinauswollte!

»Jeff, ich weiß von Engelhardt, dass du ihm dein Passwort geliefert hast«, warf Sie ihm vor.

Dole schaute ertappt weg. Er hatte gelogen. Das war klar.

»Und zwar auf Anweisung von Hilger«, nahm ihn Anna Maria in Schutz, kam dem armen Kerl damit zu Hilfe.

»Aber damit kommt er noch nicht rein. Er braucht noch die IFD von Robi. Aber Robi hat doch nichts verraten, oder? Was ist mit dieser Freundin. Der Japanerin?«, ließ Mikel nicht locker.

Mikel merkte, wie Jeff in Verlegenheit geriet. Und er wusste, dass nun eh nichts mehr zu machen war. Klar war er etwas wankelmütig, aber kein schlechter Kerl.

»Ist schon gut Jeff. Der Klose-Hilger hat Dich unter Druck gesetzt. Genauso wie uns damals der Steiger unter Druck gesetzt hat. Die sind beide nicht koscher. Und was willst du machen? Immerhin bist du abhängig von Ihnen. Und der MESINA ging es schlecht, Anna Maria. Das darfst du nicht vergessen. Der Hilger kann Euch rausschmeißen. Und Ihr hättet nichts machen können. So ist das leider. Ich verstehe Dich Jeff. Aber Robi würde niemals einem Dritten etwas preisgeben. Weißt du noch das

Theater als Steiger verlangte, wir sollen die Passwörter und IFD an die IT abgeben. Nein, ohne Robi ist das nicht möglich? Ist es möglich, dass der Hilger was mit dem Mord an Robi zu tun hat? Um an die IFD und sein Passwort heranzukommen? Schätze Zhang hat immer recht gehabt. Er hat immer davor gewarnt. Vor den Chinesen. Und wir haben ihm nicht geglaubt. Gut, dass wir da weg sind. Die MESINA gehört jetzt zu 25% den Chinesen – die Sperrminorität halt.

Kinder, morgen ist der große Tag. Ich treffe den Premier Justus Trudeau. Ich nehme ein HELITAX. So und jetzt geh ich schlafen. Gute Nacht, Ihr beiden.«

Es war Mitte Oktober. Das HELITAX landete auf dem Dach des Marine-Drive-Golf-Klub-Hotel am Fraser River. Er erkundigte sich an der Rezeption nach dem Konferenzraum CREEKVALLY im Hotel. Dort war seine zweite Zusammenkunft mit dem Premier geplant. Die hübsche Kanadierin mit dem leicht französischen Akzent verlangte seine Karte. Mikel wartete eine dreiviertel Stunde, als ihn die Dame abholte.

Sie gingen gemeinsam hinüber in den dunklen Konferenzraum, der rundherum in kanadischer Eiche und altem Indianerschmuck vertäfelt war.

Diese Empfangsdame kannte er. Sie hielt ihm die Tür auf und lächelte freundlich, als sie ihn wiedererkannte. Diese markante Stimme mit dem unverwechselbaren "Chinook Englisch" war die kleine, hübsche Frau vom letzten Jahr. Sie gab ihm die Hand und wies ihn leise auf die Tagesordnung hin.

»Wellcome, Mr. Miller. Der Ministerpräsident erwartet Sie bereits. Sie sollten sich kurzfassen! Der Regierungschef hat noch weitere Termine heute. Versuchen Sie nur auf seine Fragen zu antworten! Details bitte mit dem Wissenschaftsminister, Professor Doktor Clemont Francis klären, haben Sie verstanden?«

»Ja Danke, Mrs. Peshewa. Ich bin bereit.« Sie gingen durch den Raum, an dessen Stirnseite der Ministerpräsident inmitten seiner Delegation Platz genommen hatte. Jetzt hatte er Mikel erkannt und erhob sich, kam auf ihn zu.

»Herr Mikel Scott Miller. Freut mich, Sie wiederzusehen. Ich habe Sie heute hergebeten, weil ich ihnen die Vertreter der YAMAMODO Chemical Limited vorstellen möchte. Die sind an einer Zusammenarbeit mit unserem Labor interessiert. Es geht um Ihre Zytostatika Wirkstoffe, um Lizenzen.« Mikel schritt auf die junge Dolmetscherin der japanischen Firma zu und gab ihr die Hand. Sie stellte sich als Susan Tanaka vor und lächelte Mikel freundlich augenzwinkernd an. Eine schöne, schlanke Frau. Ganz so, wie sich Mikel ein japanisches Model vorstellen würde. Die legte die Hände vor der Stirn zusammen und machte eine ehrfürchtige Verbeugung vor Mikel.

So viel Verbeugung hätte es nicht gebraucht, dachte er sich. Die Japanerin schaute freundlich.

»Darf ich bekannt machen. Herr Doktor Yuki Watanabe von YAMAMODO Chemical Limited!«

Yuki Watanabe nickte artig zurück.

»Hello Mr. Miller. Schön Sie kennenzulernen!«

Und der Premier bat seine Gäste, Platz zunehmen.

»Vielen Dank, Herr Premierminister. Mr. Mikel Scott Miller. Wir schon viel gelesen haben in INNOVATION DAILY.

Ja, das glaube ich, dachte Mikel.

Bei den vielen undichten Stellen bei MESINA und bei uns. Kein Wunder. Aber wenigstens war er hier sicher. Einen Premierminister als Aufpasser, wer hatte das schon?

»Herr Premierminister. Herr Watanabe. Ich danke Ihnen für Ihre Einladung. Wir möchten Ihnen einen kleinen Vorgeschmack geben, auf das Leistungsvermögen unserer noch jungen Firma. Dank der wohlwollenden Unterstützung des kanadischen Staates haben wir schon erste Erfolge vorzuweisen. Gerade ist es uns gelungen, das erste Netzhauttransplantat zu züchten, welches sich für das menschliche Auge eignet. Aber der größte Erfolg ist unser Patent auf ein äußerst wirksames Anti-Aging Präparat. Es ist das neue GENTONICAGE. Damit ist es gelungen, die menschlichen Zellen unserer Probanden aufzufrischen. Es genügen sechs- bis zwölf Injektionen und es wirkt grandios. Glauben Sie mir! Im Schnitt sind die Probanten, wenn man objektive Maßstäbe heranzieht, um bis zu zwanzig Jahre jünger. Aber schauen Sie unsere Präsentation bitte.

Es folgte die übliche Präsentation a` la MESINA AG. Das hatte er jetzt dank Anna Maria, auch ohne Rudolf Steiger gut drauf.

Das Dinner am Abend war herausragend. Die ganze Zeit saß ihm Susan Tanaka gegenüber. Die Blicke waren eindeutig.

Mikel begleitete sie auf einem Abendspaziergang an der Promenade des Fraser River. Eine unglaublich schöne Frau. Ein schlankes Model mit einer Wespentaille, wie Mikel es mochte. Das Gesicht war nicht ganz so, wie man sich eine Japanerin vorstellte. Eher wie eine Mischung aus Japaner, Chinese und Westeuropäer. Die Augen nicht so schmal wie bei einer Japanerin. Und die Haut war eher rosafarben, eher nordisch, europäisch.

Und Busen hatte sie auch mehr als eine Japanerin. Das wurde Mikel bald klar, da wo sie ihn scheinbar versehentlich an den Po fasste.

»Entschuldige Mikel. Meine Hand ...«, lächelte sie verlegen – zwinkerte ihm zu. Er legte den Arm um sie und seine Hand landete wie von selbst auf ihrem Busen. Sie trug keinen BH. Und sie war sichtlich erregt. Nach dieser Berührung schmiegte sie sich noch näher an Mikel heran. Dann hielt sie plötzlich inne und schaute ihn mit einer Mischung aus Hingabe und Verlangen an. Sie wog den Kopf nach hinten, ihre dunkelbraunen Haare flogen im Abendwind. Sie schloss die Augen. War das ein Zeichen? Wofür?

»Mikel, du bist so wahnsinnig erotisch. Ich habe noch nie so einen schönen, intelligenten Mann kennengelernt. Noch nie!«

Dann gab sie ihm spontan einen Kuss auf den Mund. Mikel war überrascht und überrumpelt zu gleich. Er musste an Katrin denken.

Sicher, sie hatte sich nach dem Rausschmiss allzu schnell von ihm abgewandt und keine Zeit mehr für ihn. Mikel galt danach als "lame duck", als lahme Ente. Auch viele andere Kollegen hatten ihn gemieden, nach seinem unrühmlichen Abgang aus der Firma. Aber war nicht Katrin immer noch seine große Liebe?

Sie gingen zurück in ihr Hotel. Der Premier hatte seinen Gästen eine Übernachtung im Hotel auf Staatskosten spendiert. Immerhin sollten die Japaner wichtige Devisen ins Land bringen. YAMAMODO Chemical Limited war einer der größten Pharmahersteller in Japan. Man versprach den Kanadiern eine Produktions- und Forschungsniederlassung. Wichtige Arbeitsplätze in der Life-Science-Branche waren die Verheißung schlechthin.

Mikel und Susan standen sich im Aufzug gegenüber. Und er fühlte sich geschmeichelt.

Noch nie hat ihn eine so wunderschöne Frau so viele Komplimente gemacht. Nicht dass er das nötig gehabt hätte. Aber ihr Sex, ihre Intelligenz und ihr aufrichtiges Interesse an seinem Beruf hatten Mikel die Sinne geraubt. Im achtzehnten Stockwerk lagen ihre Zimmer. Genau gegenüber. Susan hatte die DOORLOGG-App betätigt und ihre Zimmertüre stand offen. Da sprang sie hinüber zu ihm, küsste ihn und streichelte ihn über die Wangen, fasste ihn in den Schritt. Die Geste war eindeutig. Mikel verstand sofort. Eine Sekunde lang dachte er dabei an seine Katrin.

Die Katrin, die ihn in seiner schwersten Stunde allein gelassen hatte. In seiner schwersten Nacht nach dem Rausschmiss hatte sie ihn sitzen gelassen.

Er küsste sie innig, griff ihr an den Hintern. Sie überhäufte ihn leidenschaftlich mit Küssen. Susan führte seine Hand in ihr Dekolleté. Die oberen Knöpfe der Bluse waren auf.

Wieso standen die plötzlich offen?, dachte er. Im Aufzug waren sie noch geschlossen. Seine Hand umfasste ihre harten Brüste. Sie riss sie heraus.

»Komm Mikel! Ich will Dich! Komm mit!« Wie ein braver Schoßhund ließ er sich hinüber in ihr offenstehendes Hotelzimmer ziehen. Mit dem rechten Fuß knallte sie die Tür hinter ihnen zu und schob ihn zum Doppelbett. Ein paar Klicks auf dem Handy. Sie wollte nicht gestört werden? Oder warum griff sie ausgerechnet jetzt zum Handy? Mikel war es egal, er war geil und er riss ihr die Bluse herunter. Nachdem Susan das Handy am Nachttisch aufgestellt hatte, öffnete sie Mikel die Hose. Eine hemmungslose Leidenschaft riss die beiden aus einem anstrengenden Tag heraus, hinein in eine wilde Liebesnacht.

Am Morgen erwachte Mikel. Susan war schon wach und küsste ihn auf die Stirn.

»Liebster. Ich will Dich. Ich will Dich ganz für mich. Sie liebten sich noch einmal. Mikel schien plötzlich zu wissen, für wen er auf der Welt war.

Schließlich hatte es Katrin selbst in der Hand gehabt. Sie war es, die ihn verlies, wo er sie am dringendsten gebraucht hätte. Möglich, dass sie sich geschämt hatte. Wollte nicht mehr mit dem Loser Miller gesehen werden. Dem Versager, der MESINA und ihre Arbeitsplätze auf dem Gewissen hatte. Aber den Eid, den sie sich geschworen hatten, der war von ihr gebrochen worden. Er versuchte sich, innerlich für seinen Fehltritt zu rechtfertigen. Und er redete sich ein, dass ihn keine Schuld trifft.

Nach dem Frühstück verabschiedete sich Mikel von der japanischen Delegation. Artig tat Susan Tanaka es ihm gleich, blieb aber im Hintergrund. Es war ein voller Erfolg dieses Treffen. Man bereitete ein Memorandum of Understanding, eine Willenserklärung für eine Zusammenarbeit vor.

Mikel brauchte diesen Erfolg. Und er hatte Erfolg. Der war auch seiner neuen Freundin Susan Tanaka geschuldet.

»Susan. Ich danke dir mein Liebes. Ich möchte dir mehr von mir zeigen, – will dir den kanadischen Westen nahebringen. Ich muss sowieso zurück auf unsere Insel, auf Haddington Island.

»Oh, my Darling. Das ist wunderbar!«

Vom Dach des Marine Drive-Golf-Club-Hotel startete das HELITAX. Die Verliebten schwebten auf "Wolke Sieben", über den herbstlichen Nordwesten Kanadas hinweg. Unter ihnen zog die wunderschöne Landschaft, der Schären Kanadas, viele kleine felsige Inseln vorbei. Das Laub strahlte in wunderbaren Farben. Das Wasser unter ihnen war türkisblau. Einsame Buchten warteten überall auf die Liebenden. Nach knapp zwei Stunden Flug landeten sie auf dem Dach des Laborgebäudes auf Haddington Island.

»Susan, ich zeige dir mein Labor. Du wirst staunen, was wir vorhaben. Was wir sonst noch draufhaben. Willst du nicht bei uns arbeiten? Eine Übersetzerin wie du. Das bräuchten wir dringend. Du sprichst sechs Sprachen? Chinesisch, Deutsch, Französisch, Spanisch, Englisch und nicht zuletzt Japanisch. Das können wir brauchen!«

Sie stiegen vom HELIDECK mit der oberen Terrasse hinunter in den Labortrakt.
Mikel hatte Susan an der Hand und ging mit ihr auf Anna Maria zu. Der Sequenzer schaute verschämt, als er das Gesicht von ihr sah. Die reichte Mikels neuer Freundin zögernd die Hand, lächelte pflichtgemäß und dachte sich:

Vorgestern glaubte ich, ich hätte endlich meine Zukunft gefunden. Nun ist da schon wieder jemand. Alles mache ich für den. Und der nimmt das erst beste Flittchen. Die schaut jedenfalls nicht so aus, als verstünde sie was von unserer Arbeit hier. Nur so wie die ihn ansieht. Das ist alles nur Fassade. Ich möchte ihn warnen. Mit Katrin war es genauso. Eine reine Karrierefrau. Solange er obenauf war, war er der Beste. Aber wehe, wenn Sturm aufkommt, dann sind die Schönwetterbräute weg. Mikel, du Idiot, bist wirklich nur für das Arbeiten gut. Für das Zwischenmenschliche fehlen dir die Gene.

Sie saßen auf der Terrasse des Seehauses. Wein floss in Strömen. Nur Anna Maria hatte sich höflich, aber bestimmt auf ihr Appartement zurückgezogen. Diese willfährige Bewunderung und Beweihräucherung waren nichts für eine Wissenschaftlerin. Wie ein verdorbenes, süßes Müsli, in welches man zu viel Honig getan hatte.

Susan Tanaka kraulte ihrem Mikel den Nacken und lehnte sich an Mikels Schulter. Sie wirkte im Schein der Duftkerze verliebt und glücklich. So viel Glück auf einmal war auch dem Jeff zu viel. Und so saßen die beiden bald allein auf der Terrasse und schauten auf das Meer in Richtung Port Mc Neill. Dort leuchtete das Mondlicht über der silbrig glitzernden Bucht der Johnstone Strait. Es war die Romantik, die Mikel für sich entdeckte. Warum war er da nicht eher draufgekommen?

»Mikel, du musst mitkommen! Nach Tokio. Dort kannst du noch mehr Investoren finden. Du kannst Dich doch eine Woche frei machen, oder? Du bist der Chef! Ich buche uns den Flug.« So klangen die Worte einer Frau, die es ernst mit ihm meinte. Die alles mit ihm teilen würde. Eine Frau von Welt. Mikel wusste, er hatte sie gefunden. Die Frau an seiner Seite. Nie war er so verliebt wie an diesem Abend...

INTRIGE

Hongkong International Airport, 25. Oktober 2036, Arrivals Hall

»Mikel, ich will dir die schönen Seiten von Hongkong zeigen. Warst du schon auf dem Victoria Peak auf Hongkong Island? Da hast du einen großartigen Blick über die Bucht und große Teile der Insel Hongkong. Das ist alles in der Nähe. Wir haben hier mindestens vier Stunden Zeit.«

»Wenn du meinst, Susan? Das halte ich für eine gute Idee!«

»Okay, mein Schatz. Ich rufe ein Taxi. Ich mache mich nur schnell etwas frisch. Dann geht es los!«, lächelte sie und war auch schon im Servicebereich des Terminals verschwunden.

Kaum hatten sie den Ankunftsbereich verlassen, empfing sie der Fahrer des JOBCARs, – wartete schon mit geöffneten Türen auf die beiden. Ein blaues Sammeltaxi, besonders schmal, mit nur sechs Sitzplätzen. Geeignet für die engen Straßen des Inselstaates. Susan hatte wie immer alles perfekt organisiert. So verließen sie die Airportinsel in Richtung Innenstadt. Es war ein wunderbarer, warmer Herbsttag. Das Meer glitzerte silbern, türkis, als man Kap Shui Mun erreichte.
Mikel suchte ihren Blick:

Nie war er so glücklich wie heute. Sie, aber schien irgendwie nachdenklich? Sie hatten doch eine so schöne aufregende Zeit miteinander? Na ja, wenn sie ihre Tage hatte, dachte Mikel und ließ das herrliche Panorama der Inselwelt Hongkongs auf sich wirken. Susan zeigte hinüber zum Victoria Peak.

»Siehst du Mikel, dort drüben ist die Victoriaspitze mit ...« Weiter kam sie nicht, denn mitten auf der Tsing-Ma-Brücke, eine Vollbremsung, Reifen quietschen. Just in dem Moment, wo ihnen ein großer, weißer Van entgegenkam, die Lichthupe, war das ein Signal? Der weiße Bus wendete in einem abenteuerlichen Manöver in der Art eines Filmstands, auf der viel befahrenen Fahrbahn, mitten auf der Brücke. Und stoppte direkt hinter ihnen. Überall stiegen Menschen aus und kamen dazu. Hupen, Geschrei. Der Van hatte jetzt ein LED-Blaulicht eingeschaltet. Die, die eben noch protestiert hatten, waren plötzlich weg, mit dem Einschalten von Blaulicht. War das eine Fahrzeugkontrolle? Die Polizei?

Wortlos stürzen zwei Männer im weißen Leinenanzug heraus. Die hintere Tür ihres blauen Taxis wurde aufgerissen. Blitzschnell griff der Judoka Mikel am Kragen und zerrte ihn hinaus. Der Zweite zog ihm den Arm auf den Rücken.

»Susan. Was ... was machen die mit uns?«, Mikel erschrak und schaute seiner Geliebten hinterher. Er verstand nicht, was das bedeutete.

Susan stieg aus und schien aufgeregt. Mikel konnte ihre Schimpftirade nicht verstehen. Der Taxifahrer tat nichts, blieb einfach ruhig sitzen. Susan folgte den Entführern hinüber zum Van. Dort wurde Mikel durch die geöffnete Tür in den Wagen hineingezogen. Der Nachfolgende schob ihn hinein und warf sich dazu.

Warum nahm Susan jetzt auch noch bereitwillig neben dem Fahrer Platz? Auf dem Beifahrersitz des Vans? Warum schrie sie nicht um Hilfe? Menschen, Autos waren hier genug. Susan sagte etwas zum Fahrer. Sie sprachen etwas. Warum lief Susan nicht weg? Warum protestierte sie nicht?

»Was soll das, Susan sag was!« Mikel war wie gelähmt. Sie drehte sich nur kurz zu ihm herum.

Jetzt war es da! Dieses völlig andere, kalte Lächeln? Ein starrer, gefühlloser Gesichtsausdruck. Mikel verstand nicht, was da mit ihm passierte. Alles dauerte keine 30 Sekunden. Während er Susan ansah, bemerkte er den Stich. Er fasste dorthin an den Oberarm, wo es wehtat. Beide Judoka Kämpfer hielten ihn rechts und links fest. Der Rechte drehte ihm den Arm auf den Rücken, fasste ihm in den Nacken und drückt seine Stirn gegen die Kopfstütze. Mikel will den Kopf hochreißen. Der zweite fasste ihn an der Schulter und schob ihn brutal gegen die Rückenlehne des Vordersitzes und hielt ihn fest. Mikel kann nur sein Gesicht etwas zur Seite drehen. Er versuchte durch die gespreizten Finger des Entführers Luft zu holen, dabei sieht er die Brückenpfeiler an sich vorbeiziehen. Die Wolkenkratzer von Hongkong wischen ihm durch das Gesichtsfeld. Was sollte der Blick? Susan wandte sich jetzt ganz von ihm ab, als wolle sie sagen.

»Es ist alles nur zu deinem Besten. Ich habe alles für dich arrangiert.« Wo ist ihr verliebtes Lächeln? Ist das noch die Susan, die er in Vancouver das erste Mal sah? Dieses liebevolle, leidenschaftliche Wesen, das er so mochte?«

Die Ampelsignale sind grell. Vor seinen Augen verschwimmt die Umgebung, wie bei einem Blick aus dem MAGLEV bei 900 km/h. Der zu seiner Rechten sagt etwas und drückt ihm den Kopf noch fester gegen die Lehne. Mikel beschleicht eine Ahnung. Er war reingelegt worden. Ihm wird übel und Schwindel erfasst ihn, als er nach unten sieht. Ist der Teppichboden schwarz, oder? Nein, es wird dunkel vor seinen Augen. Er sinkt in sich zusammen, dem Bodyguard rechts auf den Schoss. Der stößt ihn von sich.

Sie jagen über ein Flughafengelände und erreichen einen abgesperrten Teil hinter den Frachthallen. Der Militärflughafen Shenzhen, wo die Chengdu J-60 in den unterirdischen Depots abgestellt sind. Sie dirigierte die Entführer, sprach hastig. Ihre kleine Hand gab Anweisungen wie ein Feldherr in der Schlacht.

Das geheime Militärgelände kannte sie gut. Hier waren die neuen Tarnkappenbomber stationiert.

Als Mikel aufwachte, saß er in einer COMAC- C2030 Passagiermaschine. Wie viele Stunden hatte er geschlafen? Links ein Beamter. Wie ein Sumo Ringer. Den rechts neben sich kannte er – der Judoka aus Hongkong. Er hatte Kopfschmerzen wie von KO-Tropfen und Flimmern vor den Augen.

Wo ist Susan?, er erinnerte sich an den Geschmack ihrer rosa Lippen: *Der letzte Kuss von ihr? Genau, im Hongkong-Airport, Arrivals Hall. Wann war das? Jegliches Zeitgefühl war verloren. Jetzt war es Nacht. Filmriss, dachte er. Wieder ein Abschnitt in seinem Leben, der ihm fehlt. Und warum hatte sie ihn verlassen? Sie wollten doch auf den Peak. Das schöne Hongkong Island. Warum war sie nicht mehr da? Sie war so verliebt? Das kann doch nicht alles Theater gewesen sein. Oder? Sie verkehrt doch in höchsten Kreisen. Sie kennt den kanadischen Premier Trudeau. Sie war die Dolmetscherin der japanischen Delegation von YAMAMODO. Sie war Japanerin.*

Was war das? Die Freundin von Robin war auch Japanerin. Die war auf Robin angesetzt. Was wäre, wenn? Der Gedanke. Den verwarf er gleich wieder. Das kann nicht sein. Robis Japanerin und Susan. Abwegig! Nun war Susan weg. War sie ein

Lockvogel? Die warten nicht! Warum auch, – dachte er. *Schließlich hatte sie ihren Auftrag ausgeführt.*

Er merkte, wie schrecklich naiv er wieder einmal war.
Er hatte sich reinlegen lassen. Aber wohin bringen die mich?

Jetzt fiel ihm ein, wovon Robi Zhang immer sprach. *Er dachte dabei an eine Paranoia? Sein krankhaftes Misstrauen allem Fremden gegenüber? Der sprach von gezielten Entführungen von Wissenschaftlern. In geheime Labors in China. Er hatte die ganze Prozedur beim BND über sich ergehen lassen. Alle diese Fragen. Bis hinein ins Intime. Sind sie homosexuell? Sie haben einen Kredit aufgenommen? Wofür ist der? Haben Sie Freunde in der Russischen Föderation, in China? Stets hatte er mit "Nein" geantwortet. Spätestens jetzt hätte er einmal mit "Ja" geantwortet. Es war zu spät. Susan war seine Geliebte. War sie überhaupt eine Japanerin? Oder eine Chinesin?*

Die Militärmaschine landete in Shenyang. Ein Lieferwagen jagte heran. Mikel wurde von seinen Aufpassern eilig durch die geöffnete Schiebetür auf die Ladefläche des Wagens gestoßen. Das tat weh – er hatte sich nicht schnell genug abgefangen und stieß sich Knie und Schulter an. Die Betäubungsspritze wirkte noch nach. Unter Blaulicht jagte man auf dem Autobahnring in Richtung Norden.

VERMISST

Vancouver, Haddington Island 4. November 2036

Angst und Unsicherheit gewannen die Oberhand.
Mit jemanden reden wollte sie. Einem, dem sie ihr Herz ausschütten konnte – dem man von Haus aus vertrauen konnte.
Ihr Vater war es jedenfalls nicht. Der war viel zu krank und von ihm wollte sie jede Belastung fernhalten. Im Sanatorium Falkensee, in Hohenstaufen im Allgäu kümmerte man sich um ihn. Nach seinem Herzinfarkt und der anschließenden Reha hatte sie ihn zunächst dort unterbringen können.

Anna Maria suchte die Karte. Sie fand sie schließlich im Innenfach ihrer alten Lederhandtasche. Die fehlende Vorwahl für Deutschland wurde automatisch eingefügt.

»Oberkommissar Lothar Semmler. Polizeipräsidium München, Ettstraße. Was kann ich für Sie tun?«

»Anna Maria Schmidt. Herrn Hauptkommissar Oberländer bitte!«

»Der spricht gerade auf der anderen Leitung. Moment, ich lege Sie in die Warteschleife.«

»Hauptkommissar Oberländer. Grüß Gott Frau Schmidt!«

»Herr Oberkommissar! Wir sind jetzt in der Nähe von Vancouver, Kanada. Wir mussten Deutschland verlassen. Ich brauche Ihre Hilfe. Ich weiß nicht, an wen ich mich sonst wenden soll? Am 24. Oktober wollte Herr Mikel Scott Miller nach Tokio. Er hatte eine Geschäftsreise mit seiner neuen Freundin geplant. Seither habe ich kein Lebenszeichen mehr von ihm erhalten. Ich bin in Angst. Hier in Kanada habe ich noch nicht wirklich jemanden, dem ich mich anvertrauen kann, ich meine Sie haben bei

Ihren Ermittlungen damals etwas von "staatstragend" oder so gesagt. Jetzt habe ich auch den Verdacht, dass da ausländische Mächte im Spiel sind.«

»Ja, Frau Schmidt, ich hatte den BND damals eingeschaltet. Aber die Ermittlungen sind im Sande verlaufen. Ich werde mich erkundigen, was man tun kann. Es wäre besser, wenn sich Herr Miller in Deutschland – hier bei uns stellen würde. Es liegt eine Anzeige vor. Von einem Herrn Doktor Baier. Können Sie uns etwas dazu sagen?«

»Ich weiß schon. Der hatte ihn bedroht, für den Fall, dass seine Frau stirbt. Die haben wir behandelt. Alle haben ihn bedroht. Herr Miller ist vor seinen Widersachern auf der Flucht gewesen. Deshalb sind wir nach Kanada gegangen. Abgeriegelt auf unserer Insel. Genießen hier den Schutz der Administration. Verstehen Sie?«

»Also Frau Schmidt. Ich werde erst einmal den BND über Ihren Verbleib informieren. Es ist besser, Sie kommen nach München. Es liegt hier eine Ladung zur Zeugenvernehmung für Sie auf meinem Schreibtisch. Ist zurückgekommen. Vermerk: UNBEKANNT VERZOGEN. Ich denke, Sie können Ihrem Freund hier helfen und Sie kommen dann auch mit einem blauen Auge davon, vorausgesetzt Sie kommen bald! Haben ein paar Fragen an Sie, als Zeuge, verstehen Sie?«

LIEBE KOMMT-LIEBE GEHT

Martinsried bei München, 4. November 2036

»Frau Geis. Bitte kommen Sie in mein Büro.«

Klose-Hilger hatte es sich im breiten Ledersessel bequem gemacht. Es musste schnell gehen damals. Der Aufsichtsrat hatte ihn zum neuen CEO der MESINA AG gemacht.

Und er hatte schon immer gewusst, dass das der Platz im Unternehmen war, der ihm zustand. Nicht diesem Emporkömmling, diesem Doktor Rudolf Steiger. Der es nur mit privaten Beziehungen zum Aufsichtsratsmitglied Doktor Ludwig Stinner und Doktor Werner Roloff so schnell soweit geschafft hatte. Und ihm gehörte sie jetzt. Diese Schönheit. Die Katrin Geis. Die vor ihm stand. Unglaublich schön. Gut, er war verheiratet. Glücklich? Das sei dahingestellt. Seine Sigrid Klose war bei Weitem nicht die Frau, mit der "Mann" angeben konnte. Ein Eheweib ja – um ihm den Rücken freizuhalten, gut für seine Kinder, seinen Sohn, seine Tochter. Um Karriere zu machen, mehr nicht. Zum Repräsentieren, da war diese Frau, die ihm jetzt als Assistentin zur Verfügung stand, viel besser geeignet. Die machte was her. Und klug war sie zu allem Überfluss auch noch:

Glaube, sie war das Hirn von Rudolf Steiger. Das ist klar. Die genauen Analysen, die der Steiger nach kurzer Amtszeit dem Aufsichtsrat präsentiert hatte, die konnten unmöglich von ihm sein? Das war klar. Der Steiger konnte sich gut mit fremden Lorbeeren schmücken. Große Klappe, nichts dahinter. Der »Seiteneinsteiger Steiger« – so nannten sie ihn.

Gleich aufgefallen war ihm die Katrin Geis. Beim Doktor Krüger ihm Schlepptau, sozusagen im Gepäck. Ihm war sie jetzt zu Diensten. Nur halt nicht für das, was er sich sonst noch so vorgestellt hatte. Und auch nicht von Dauer. Damals, wie die den Krüger geschasst hatten. Da saß sie für drei Wochen mal bei ihm drüben im Marketing, hatte ihm schon da gefallen. Er wollte sie sich genauer ansehen. Diese Figur. Diese Titten. Ein Abendessen und so? Nur hatte sie leider was vor? War schon damals mit dem Genie zusammen. Der SEQUENZER war schneller damals.

Was will so eine schöne Frau mit einem introvertierten Arschloch wie dem Scott Miller, dachte er? *Der erkennt in seiner Welt voller Gene nicht einmal die Gene der schönsten Frau von München West. Ausgerechnet der Penner schien das Rennen bei ihr zu machen?*

»Herr Klose-Hilger. Was kann ich für Sie tun. Sind die Zahlen komplett, die ich ihnen geliefert habe?«, sprach das Top-Model, Katrin Geis ihn an.«

»Komm rein Katrin! Und eine Bitte! Lass das "Sie" weg. Rudolf Steiger hast du doch auch nicht gesiezt, oder?«

»Herr Klose-Hilger. Ich kann Sie gerne duzen, kein Problem. Aber lassen Sie uns die Unterlagen für die morgige Aufsichtsratssitzung durchgehen. Das wird eine heiße Nummer morgen. Haben Sie, oder besser hast "Du" die neuen Zahlen gesehen? Der Umsatz fürs letzte Quartal ist im freien Fall. Wir müssen uns was einfallen lassen, sonst brauchen wir bald alle einen neuen Job, Martin, oder?«

»Gut so, Katrin! Wir schauen uns das gleich an. Aber vorher habe ich noch was. Schau dir mal den Film hier an!«

Klose-Hilger nahm sein NOTEFLAT hinüber zum Konferenztisch und Katrin folgte ihm langsam vorsichtig, als würde sie etwas von dem ahnen, was sie jetzt zu sehen bekam.

Fremd und verlassen kam sie sich hier vor: *Sie hatte den Hilger von Anfang an nicht gemocht. Er wollte ihr schon damals an die Wäsche. Jedenfalls kam ihr das so vor. Die schlüpfrigen Avancen des kleinen Marketing Chefs fand sie schon damals abstoßend. Kaum hatte Doktor Krüger das Haus verlassen müssen, sah er das Vorstandssekretariat und die Vorstandssekretärin als sein Eigentum an. Rudi kam gerade zur rechten Zeit. Hatte sie gerettet.*

In einer schmierigen, schäbigen Art und Weise öffnete er seinen Mail-Account und startete das Video. Dabei wandte er sich klein kariert "seiner" Katrin zu:

»Ja, Katrin. Schau dir das an!«

Was war das? Was wollte er da zeigen? Diese Sauerei? Einen Porno oder was? Eine Asiatin mit großen Titten, die künstlich aussahen. Vermutlich vom Zuhälter bezahlte Silikon Dinger. Die lässt sich die Kleider vom Leib reißen und zieht ihrem blonden Freier die Hose herunter. Jetzt drehte die sich herum, blickte in die Kamera, kam näher.

Aber die Frau kannte sie. Ja, das war sie! Die hat sie am Empfang bei MESINA gesehen. Noch schlimmer, den Typen kannte sie auch. Widerwärtig, wie diese Nutte sich hemmungslos ihrem Freier hingibt, Katrin weinte.

Zornig und wütend schlug Katrin mit der Faust auf den Konferenztisch und legte dann den Kopf auf den Ellenbogen. Der Freier, er war ihre große Liebe. Ihr Mikel Scott Miller. Ihr Sequenzer.

GEFANGENER

Lager Fenfacun Fujin, Heilongjiang China, 4. November 2036,

Die Kommandozentrale war schlicht gehalten. Ein paar Fotos des neuen Staatspräsidenten, Cai Yuang, hingen an der Stirnseite, hinter ihm an der Wand. Ihr Transport war gerade angekommen. Mikel war übernächtigt und müde. Fast wäre er im Stehen eingeschlafen, aber man wollte etwas von ihm. Alle, die er sah, schauten freundlich. Höflich, wie man es von den Asiaten kannte. Ein Verhalten, was nichts weiter zu bedeuten hatte. Vielleicht empfand der eine oder andere, der ihn, den SEQUENZER kannte, eine Art von Respekt und Anerkennung? Die Herren im Vorzimmer machten jedenfalls eine tiefe Verbeugung vor ihm. Man hatte ihn erwartet. Jeder, den er in diesem Verwaltungsgebäude zu Gesicht bekam, schien ihn zu kennen. Dann stand er ihm gegenüber. General Mr. Sam Feng Yong hatte seinen "Ehrengast" einen würdigen Empfang bereitet.

»Ich mich freue, Sie persönlich lernen kennen, Herr Scott Miller! Schön, dass Sie da sein. Willkommen in SGI, Shenyang Genomics Institute. Hier sein mein Assistent, Doktor Lee Wang. Schade Freund heute nicht dabei sein kann, wie Name sein, Mr. Wang?« Er gab seinem Handlanger, links neben seinem Schreibtisch einen Wink. Der erhob sich kurz, nahm Haltung an und machte die übliche steife Verbeugung.

»Doktor Robert Zhang, Herr General.«

»Dank Mr. Wang!«, fuhr der kleine General fort. »Leider Mr. Zhang nicht teilnehmen kann. Sehr bedauerlich.

Die Nennung von Robis Namen hatte Mikel aufgeschreckt. Er hatte sich vorgenommen, nicht kooperieren zu wollen. Mikel wollte auch nicht antworten und keine Regung zeigen. Aber es gelang ihm nicht. Zu sehr war dieses traumatische Erlebnis in seinem Unterbewusstsein verhaftet. Man musste es bemerkt haben.

»Habe gelesen in INNOVATION DAILY«, fuhr der General mit seiner Begrüßung fort.

»Er hat gemacht gute Arbeit. Schade, dass diese Verbrecher nicht gefasst.«

Woher kennt er Robi?«, dachte sich Mikel.

»Mr. Sam Feng. Das hier ist keine Einladung. Das nennt man überall auf der Welt Kidnapping«, antwortete er trotzig.

»Mr. Miller. Ich habe Ihnen gemacht eine Einladung. Und ich Sie danken, dass Sie gekommen. Wir wollen beschützen Sie«, Mikel ist wütend.

»Das ist Kidnapping, Herr Sam Feng!«

»Excuse me, wir Sie gerettet haben! Sie in große, große Gefahr!«, dabei malte die Geste seiner Hand etwas "Rundes" in die Luft. Wir haben wollen Doktor Zhang auch retten. Sie eine Leak haben – wie sagt man deutsch – eine Data Loch in MESINA.«

»Mag sein. Herr Sam Feng. Aber ich bin nicht mehr bei MESINA, das müssten Sie auch wissen, oder?«

»Nein, Sie jetzt in Sicherheit! Hier Sie können Arbeit machen. Arbeit für Medizin und für Gesundheit von Mensch. Wir ihm helfen. Geben alles, was braucht.«

»Ich brauche Ihre Hilfe nicht!«, antwortete Mikel jetzt trotzig. Angriffslust und Neugier wich der Angst. Mikel war in seiner Jugend auch ein übermütiger Zocker. Das Hacken von Glückspielen war seine Leidenschaft. Nur wenn er völlig allein und voller Ungewissheit über die Zukunft war, neigte er zu Depressionen. Das war damals nach dem Tod von Robi so gewesen. Die Entführung, Bedrohung, Beschattung durch fremde Dienste, wochenlange Todesangst, hatten sein Selbstbewusstsein angegriffen.

»Herr Doktor Lee Wang, wird Sie nun Labor zeigen. Er Ihr Mitarbeiter, die Jahr die Sie unser Gast sein.« Mikel zuckte beim Wort "Jahr" mit den Mundwinkeln.

Das ist ein Gefangenenlager. Das war klar. Was wollten die von ihm? Würde er das Spiel mitmachen, dann wäre er zu wertvoll, um freigelassen zu werden. Wenn er überhaupt nicht kooperierte, was machen die mit ihm? Oder aus Rache für mangelnde Kooperationsbereitschaft umbringen? Ist das hier ein geheimes Umerziehungslager. Damit hatte die Regierung Ende der ausgehenden Zwanziger Abweichler und Sektierer versucht, auf Linie zu bringen, oder mundtot zu machen. Und er war ein Zeuge.

»Aber Herr General Sam Feng. Sie dürfen mich nicht festhalten! Man erwartet mich in Japan.«

»Mr. Mikel Scott Miller. Niemand warten in Japan. Das war Idee von Susan. Susan, sein tolle Mädchen. Hat gelockt in Falle Dich.«, klang das schadenfreudige Gelächter eines überlegenen Strategen.

»Susan ist wie eine Fishermen. Hat geangelt große Fisch«, frotzelte er selbstzufrieden.

Mikel fiel getroffen in sich zusammen: *War er so blöd, wie es schien? Einer Frau so auf den Leim zu gehen, war das wirklich er? Er ärgerte sich. So naiv war das. Jetzt hatte er noch ein Ass im Ärmel. Seinen Verbündeten in Kanada?*

»Ich habe Freunde in der Welt. Ich komme gerade aus Kanada. Der kanadische Ministerpräsident, Mr. Justus Trudeau ist mein Freund. Der wird mich suchen. Er wird mich finden. Man wird Sie bestrafen! Bestrafen für Kidnapping.«

»Niemand wird suchen. Niemand wird finden. Niemand bestrafen mich. Ich bin Regierung hier. Sie verstehen? Mr. Miller, Sie unser Gast. Wenn Sie haben eine Wunsch? Wir machen Wunsch Wirklichkeit. Wenn deutsches Essen? Wir holen deutsche Koch. Wenn deutsche Frau wollen? Wir bringen deutsche Frau – junge, deutsche Frau. Wenn wollen junge Chinesin? Wir bringen Chinesin. Wenn wollen mehr Frau? Bringen mehr Frau.« Jedem Satz folgte ein erhobener Zeigefinger – das klang nach Triumpf.

»Ich habe nur einen Wunsch! Ich will meine Freiheit, Herr General!«, flehte er resignierend und verzweifelt.

Der General erhob sich und machte eine respektvolle Verbeugung.

War Schluss für ihn für heute? Sam Feng senkte den Kopf.

Doktor Lee Wang hielt ihm die Tür auf und wies ihm den Weg.

»Kommen Sie Herr Mikel Miller. Ich ihnen zeigen Ihre Arbeitsplatz, bitte!« Mikel folgte zögerlich und wollte die Tür hinter sich schließen. Im Gehen hörte Mikel noch die Worte des Generals, wie er gerade ein Gespräch entgegennahm. Wang hatte ihm die Tür aufgehalten. Sam Feng sprach leise und drehte sich zur Seite – wollte wohl nicht, dass man etwas mitbekam vom Inhalt des Gesprächs, konnte aber nicht verhindern, dass Mikel doch noch den einen Gesprächsfetzen mithörte:

»... ja wir Vogel gefangen ...«

Mit Vogel. Damit bin ich gemeint? dachte er.
Das Gespräch? Wer war das? Das kann doch nicht sein, oder? Er war Zeuge? Es ging um ihn? Da war es! Das Leak! So ein Zufall? Die Lücke im System? Nur zu gern hätte er dem weiteren Gespräch gelauscht. Aber Wang drängte ihn hinaus.

Sie verließen den Bungalow des Führerquartiers über einen großen Exerzierplatz und erreichten an dessen Ende den ersten Hallenkomplex.

Voller stolz zeigte Doktor Wang seine Versuchsanstalt. Hier befanden sich unzählige Gewächshäuser mit allen Arten von Pflanzen, Nutzpflanzen. Getreide, Reis, Kohl bis hin zu Obstbäumen, Blumen, Kräutern aller Art. Doktor Wang zeigte die Halle für die Veredelung von Arzneipflanzen der TCM, der Traditionellen chinesischen Medizin. Mikel kam es vor, wie der Besuch des botanischen Gartens.

Dem United States Botanic Garden in Washington. Dort hatte ihn sein Vater oft mitgenommen. Er war Botschafter in Washington. Vor allem als Vertreter und Lobbyist war er in die USA gesandt worden. Die unbarmherzige Strenge und sein Ehrgeiz lasteten seither auf Mikels Gemüt. Vater meinte, eine gesunde Härte hätte noch keinem geschadet. Nie hatte er es ihm recht machen können. Egal, wie er sich abmühte. Er war ein Teil der Miller Dynastie. Dies allein war schon eine große Bürde. In der Schule war er der Streber. Zu Hause hieß man ihn faul und wenig ambitioniert. Aber dennoch. Er hatte sich angestrengt, hatte seinen Master gemacht. Den Job im Life-Sciences-Business bekommen – machte sein Hobby zum Beruf. Das Basteln von elektronischen Mikroskopen. Die Programmierung von Bilderkennungssoftware. Kleine Versuchsaufbauten für die Nanotechnik. Er baute in Vaters Garage eine Anlage zur Veredelung von Rasen. Eine gentechnische Variante eines Grassamens aus der Steppe. Die kam monatelang ohne Bewässerung aus. Auch schon ein finanzieller Erfolg. Das Patent für dieses Genom brachte ihm schon die erste Million Dollar in seinem Leben ein. Denn die Klimaveränderung verlangte nach einem Rasen, der auch ohne Wasser die Sommermonate überstand. Schließlich verboten die südlichen Staaten der USA die Verwendung von Trinkwasser für die Bewässerung privater Rasenflächen. Dafür bekam der junge Absolvent die LIFE-SCIENCE-Medaille des Staates Washington. Und er hatte sich darüber hinaus einen Namen gemacht. Auf dem Totenbett seines Vaters – dann die erlösenden Worte, auf die er seit seiner frühen Jugend gewartet hatte.

»Mikel, ich bin stolz auf dich«, waren so in etwa das Letzte, was er aus dem Munde seines sterbenden Vaters hörte. Der frühe Krebstod seines, doch irgendwie, geliebten Vaters war dann auch der Auslöser, sich dem Schicksal, welches diese größtenteils unheilbare Krankheit verursachte, entgegenzustellen. Dem etwas entgegenzusetzen durch seine wissenschaftliche Arbeit.

Die Wut und die Mutlosigkeit wichen dem Pragmatismus. Mikel kam aus dem Staunen nicht mehr heraus. Tausende von Pflanzenarten. Unterschiedliche Klimazonen in unterschiedlich klimatisierten Gewächshäusern. Automatisierte Bewässerung, Düngung, Beleuchtung und ein Sonnenstand nach Jahreszeit. Alles wurde in einem großen Hallenleitstand computergesteuert.

Allein dort saßen 20 Mitarbeiter an Monitoren und sahen via Kamera den Pflanzen beim Wachsen zu.

Sie verließen die Gewächshäuser und gingen weiter durch einen angelegten Blütenpark mit alten Bäumen und Teichen, in denen Kois schwammen. Vor ihnen tauchte ein noch größerer Gebäudekomplex auf.

In dieser Anlage wurden Tiere gehalten. Alle Arten von Nutztieren und Wildtieren. In einer Halle roch es streng und erinnerte ihn an die Ställe bei SBC, zu Hause in Martinsried. Sie betraten die Labors mit Kaninchenställen, Meerschweinchen, Hunden, Katzen und Bonobo Affen.

Es folgte die Halle mit den Meerestieren und der Zuchtfischerei. In riesigen Aquarien wurden Versuche an Karpfenarten durchgeführt, wie Doktor Wang erläuterte. Die gentechnische Variante würde ein schnelleres Wachstum bei viel geringeren Futterbedarf ermöglichen. Also als Proteinlieferant in der Zukunft eine noch wichtigere Rolle spielen. Und dies bei minimalen Pflegeaufwand und Antibiotika Einsatz.

Und schließlich kamen die Stallungen mit den Schweinen und Muttersäuen. Sie verließen auch dieses Gebäude, um hinüber zu den Versuchsanlagen mit den Geflügel-Nutztieren zu gelangen.

Wie Doktor Wang die Tür öffnete, kam ihm ein beißender Gestank entgegen. Links hinter einer Mauer schauten einige Tierkadaver hervor. Mikel hielt sich die Nase zu.

»Sie sehen, wir erfolgreich machen Genomic Works«, kam er schelmisch. »Hier wir haben Tiere von Versuch. Nach Versuch, wir machen tot und gucken. Sehen, wie Tier totgegangen ist.

Manchmal **GEP** **G**enome-**E**diting-**P**rojekt nicht erfolgreich«, schmunzelte er entschuldigend.

Mikel merkte, dass er einen Freund brauchte, um heil wieder raus zu kommen. Er musste das Vertrauen eines leitenden Angestellten hier bei SGI gewinnen. Nur so kam er an die Geheimnisse dieser Firma. Solange er keine Chance sah zu entkommen, musste er das Spiel mitspielen. Das hieß, dass er das Beste aus der Situation machen musste. Die hatten auch eine Menge Erfahrung. Auf dem Gebiet der Anwendung waren diese Forscher sehr viel weiter wie der Rest der Welt.

Hinter den Tierversuchshallen kamen noch Lagerhallen und ein Kraftwerk. Am nördlichen Ende dieses Geländes war ein bewachter Lieferanteneingang.

»Ich kenne das Herr Doktor Wang! Oder darf ich "Lee" sagen?«

»Bitte! Herr Mikel Scott Miller. Ich darf sagen Mike bitte?«

»Ja! In USA und Germany haben mich alle Mikel genannt. Herr Doktor Wang. Wir haben auch Versuch mit Mutterschweinen gemacht. Die Schweine kann man für Tests mit Mutationen sehr gut einsetzen.«

Mikel hatte einen langen Tag hinter sich, als er von Wang in den abgeriegelten Wohnkomplex mit den Gefangenen gebracht wurde. Hier traf er auf andere Wissenschaftler. Keiner war freiwillig hier. Auf viele chinesische Forscher traf er hier. Mikel war vorsichtig. Bevor er sich mit einem US-amerikanischen Forscher bekannt machen konnte, musste er zunächst die Räumlichkeiten untersuchen. Nach Absuchen der Gemeinschaftsräume entdeckte er die, nicht besonders geschickt getarnten Kameras, in der Deckeninstallation. Es war klar, dass sie überall überwacht wurden. Selbst in den Duschen konnte er Mikrofone ausfindig machen. Bei den Chinesen unter den Gefangenen musste er mit Spitzeln rechnen. Leute, die für ihre Freiheit zu allem bereit waren. Also war höchste Vorsicht geboten.

Mikel ging in Gedanken das Verhör noch einmal durch.

Was hatte er behauptet? Ihr habt eine Leak – ein Loch in MESINA. Susan sein eine tolle Mädchen. Hat gelockt in Falle dich. Susan, eine Fishermen. Geangelt große Fisch.

Bei Euch. Damit konnte nur MESINA oder SBC gemeint sein? Wo ist das Leak? Vor allem wer war das Leak. Wer war so wichtig für die Leute hier? Klose-Hilger, Jeff Dole, Robi Zhang, Anna Maria?

DIE GESUCHTE

München, 10. November 2036

»Guten Abend Frau Schmidt. Wie war Ihr Flug?«

»Grüß Gott, Herr Kommissar Oberländer. Es waren fünf ganze Stunden von Vancouver bis München mit der SONAIR39 nonstop. Das geht schon.«

»Schön, dass Sie sich die Zeit nehmen wollen, um uns ein paar Fragen zu beantworten«, reichte der Beamte der hübschen Blondine freundlich die Hände. Die quittierte es mit einem ebenso freundlichen Lächeln.

Es hätte auch anders laufen können, dachte sie sich. Immerhin lag ein gültiger Haftbefehl gegen ihren Chef vor. Eine Beteiligung an dessen mutmaßlichen Straftaten hätte man ihr auch vorwerfen können.

»Ja, Herr Kommissar Oberländer. Ich bin hier, weil ich herausfinden muss, was mit Herrn Miller passiert ist.«

»Da geht es ihnen genauso wie uns. Zunächst einmal liegt uns hier die Anzeige eines Herrn Doktor Franz Baier aus München vor. Er behauptet, die Behandlung durch Herrn Mikel Scott Miller habe seine Frau getötet. Eine nicht zugelassene Therapie!«

Sie senkte traurig den Blick. Diese wunderbar warmherzige, hübsche Frau war tot. Der Schock blieb nicht unbemerkt. Mit einem Frosch im Hals kam sie mit der wahren Geschichte.

»Das tut mir aufrichtig leid, Herr Kommissar. Ja, die Behandlung haben wir durchgeführt. Ich bin auch daran beteiligt gewesen.«

»So, dann tragen Sie also Mitschuld am Tod der Dorothe Baier? Brauchen Sie einen Anwalt. Sie dürfen selbstverständlich die Aussage verweigern.«

Anna Maria war am Boden zerstört. Ist sie schuld am Tod dieser Frau? Wenigstens zur Aufklärung konnte sie beitragen. Das war sie der armen Frau schuldig!

»Ich habe Herrn Miller vor der Verabreichung der GENTONICAGE an Frau Baier gewarnt. Sie war schon krank, bevor wir die Behandlung aufgenommen hatten. Sie hatte bereits einen schweren Verlauf einer Leukämie. Praktisch unheilbar. Ich bin mir nicht sicher, ob Sie davon wusste.

Mikel meinte, wir können der Frau helfen. Sie wissen, wir haben erfolgreich verschiedene molekularbiologischen Therapien und Zytostatika entwickelt.«

»Warum haben Sie die Frau nicht direkt zu einem Facharzt geschickt? Warum haben Sie den Herrn Doktor Baier nicht unverzüglich davon informiert, dass seine Frau so schwer erkrankt ist?«, wollte er wissen.

»Das hat zwei Gründe. Er hatte die damalige Miss Bayern geheiratet, aber auch zahlreiche andere Affären gehabt. Er wollte seine Schönheitskönigin zurück. Hätte er von der Krankheit erfahren, hätte er vielleicht nicht die teure Therapie an seiner Frau durchführen lassen. Die guten Erfahrungen mit unserer Zweifachtherapie aus Zytostatika und Gentherapie sind in der Presse. Und wir hatten in Doktor Friedrich Frischer einen der besten Onkologen im Lande. So bestand wenigstens ausreichend Hoffnung, dass sie überleben würde. Und ein gutes Geschäft war es obendrein. Wissen Sie, wir brauchten Geld, wir brauchten Erfolge.

Wir haben für den Fall, dass wir sie nicht therapieren konnten und etwas schiefgeht, Rückstellungen von Proben. Außerdem hatte Herr Miller eine Versicherung abgeschlossen. Das Labor und die Gefrierschränke müssten noch im Betrieb sein. Da sind die Proben. Prüfen Sie es nach. Uns blieb keine Zeit, das Labor aufzulösen.«

»Okay. Wenn Sie uns begleiten – dorthin? Wir werden die Proben beschlagnahmen. Zeigen Sie uns das! Wenn es stimmt, was Sie sagen, sind Sie aus "dem Schneider". Sie haben sich immerhin sofort und freiwillig für eine Befragung zur Verfügung gestellt. Das wirkt sich auf jeden Fall entlastend für Sie aus. Ich mache nachher eine Aktennotiz für die Staatsanwaltschaft. Der Rest der Anschuldigungen geht eher an den Firmeninhaber, denn an Sie.«

»Herr Kommissar. Was ist im Fall Robert Zhang herausgekommen? Vielleicht steht das im Zusammenhang mit dem Verschwinden von Herrn Miller? Sie wissen. Auf mich wurde auch schon ein Anschlag verübt.«

»Der BND verfolgt eine Spur. Die führt nach Japan. Eine gewisse Susan Tanaka war auf Herrn Zhang angesetzt.«

»Susan Tanaka. Das ist doch nicht möglich? Die kenne ich. Die war bei uns in Vancouver. Auf Haddington Island. Da ist jetzt unser neues Labor. Die hat der Mikel mitgenommen. Mrs. Tanaka hat ihm einen Investor in Japan in Aussicht gestellt. Sie wissen, wir brauchen Geld.«

»Jetzt wird es interessant. Dann ist der BND doch auf der richtigen Spur? Susan Tanaka ist zwar eine Japanerin. Die arbeitet aber für die Chinesen. Ist eine Agentin. So eher auf eigene Rechnung. Die Chinesen wissen jedenfalls auch nicht viel über die. Obwohl der BND auch da seine Zweifel hat? Jedenfalls gibt es mehrere Hinweise und Spuren, die das nahelegen. Frau Schmidt. Ich will Ihnen helfen. Ich denke Sie, brauchen sich keine Sorgen machen? So wie ich das sehe, sind Sie Zeuge.

Nichts weiter. Sie sind sogar einer der wichtigsten Zeugen. Eine Bitte. Passen Sie auf sich auf. So weit, dass ich Personenschutz beantragen kann, bin ich noch nicht. Aber ich fürchte, wir haben Hinweise, dass auch Sie im Fadenkreuz ausländischer Dienste sind!«

GEMACHTE SACHE

Fujin 2. April 2037

Mikel war nach der Kontrolle der Muttersäue in den Stallungen nach frischer Luft zumute. Er benutzte den Hinterausgang neben der neuen Müllsortieranlage. Hier, wo die Kadaver der toten Schweine gelagert und zweimal pro Woche abgeholt wurden. Bei einem Spaziergang hinter den Tierlabors ging er an der Rückseite einer langen Reihe von Lagerhallen am Zaun entlang. Was er dort fand, war ein weiterer Gebäudekomplex. Es schien ein Wohnheim der Bediensteten zu sein. Eine Herberge für ledige Frauen. Drei junge Chinesinnen gingen in der von hohen Sicherungszaun umgebenen Grünanlagen auf und ab. Eine andere Gruppe arbeitete im benachbarten Gemüsegarten. Mädchen saßen auf Parkbänken und spielten Pingpong. Lachten und schienen fröhlich. Im oberen Stockwerk der Unterkunft schaute jemand aus dem Fenster. Eine hatte ihn nun entdeckt – gegenüber in seinem Versteck. Das hübsche, runde Gesicht, schwarze Haare, Mandelaugen und rote Lippen. Sie stand vor dem Fenster des Wohnheims und hob die Hand, die wollte ihm zuwinken und schien ihn dabei anzulächeln. Die Fenster waren vergittert. Sie hatte etwas Warmherziges, aber Trauriges im Blick.

Wie geht es Katrin? Wie traurig mag die sein? Er war so weit weg von ihr und er schämte sich für die Affäre mit Susan. Würde er ihr das irgendeinmal gestehen?

Er zählte nach. Zur Straßenseite standen zwanzig Häuser. Dahinter, in der zweiten Reihe, noch einmal zwanzig. Es waren fünfstöckige Wohngebäude. Jeder der Zweckbauten geschätzte 40 Meter lang und 20 Meter breit.

Warum so viele Bedienstete? dachte er. In der Forschungsanlage waren doch nur wenige Frauen. Selbst die Putzarbeiten wurden hier von Männern gemacht. Er hatte einmal eine ältere Forscherin in der zoologischen Forschungsanstalt gesehen.

Der Platz hinter den Lagerhallen war seine kleine Insel. Hier konnte er in einem Hain aus alten Bambusstauden eine Bresche schlagen. Und er hatte so alles im Blick, ohne selbst gesehen zu werden. Die Wohnheime hinter dem Zaun auf der gegenüberliegenden Straßenseite wurden auch über denselben Lieferanteneingang versorgt und von derselben Wachmannschaft kontrolliert. Am frühen Vormittag und am späten Nachmittag hatte er vor und nach der Arbeit immer eine Gelegenheit gefunden, sich davonzuschleichen. Dann hatte die Mannschaft Schichtwechsel und die Gefangenen gingen in ihre Unterkünfte. Hier war das Durcheinander am größten.

In der Anlage konnte er sich relativ frei bewegen. Ein Privileg, welches nicht jeder der Gefangenen für sich in Anspruch nehmen konnte. Man war der Ansicht, ein westlich geprägter Wissenschaftler ließ sich so besser motivieren und vielleicht auch kontrollieren. Gerade wenn man sich allein fühlte, war man dennoch unter Beobachtung. Mikel hatte aber bald das System der Kameraüberwachung durchschaut. Die Kameras waren immer an den Hauptzufahrten und den Haupteingängen angebracht. Auf den Gebäuderückseiten, meist nach Norden ausgerichtet, waren weniger Fenster und keine Zugänge. Deshalb hielt man es nicht für nötig, hier Kameras anzubringen. Und so konnte er sich weitgehend unbemerkt an den Rückseiten der Gebäude davonstehlen.

Er erkannte jetzt, dass dreimal täglich Lkw` s mit Waren für die Küchen geliefert wurden. Genauso wurden zweimal wöchentlich die toten Tiere weggefahren. Bei den übrigen Fahrten erkannte er kein Muster. Die Transporte mit den Lebensmitteln wurden streng kontrolliert. Der Lkw für die Tierkadaver kam immer Dienstagnachmittag und Donnerstagnachmittag, zwischen 15:00 und 16:00 Uhr. Die kontrollierte kaum jemand. Verständlich, denn der Gestank war bestialisch. Und die Sommerhitze förderte noch einmal die schnellere Verwesung. Offensichtlich hatten die Wachen keinerlei Interesse daran, sich an der berüchtigten Schweinegrippe anzustecken. Die hatte sich Anfang der Dreißigerjahre epidemisch verbreitet. Genauso wie das Coronavirus Anfang der Zwanziger auf dem gesamten Globus.

Am nächsten Tag rief ihn Doktor Wang zu sich ins Büro.

»Mikel. Ich will dir etwas zeigen. Er stand in der Tür und schob ihn hinaus in einen langen Gang, der hinüber zu den Labors der Mikrobiologen führte. Unglaublich, was er dort zu sehen bekam. Eine endlose Reihe von Sequenziermaschinen der Marke GENOMETRIX. Daran waren geschätzte vierhundert Mitarbeiter allein mit der Sequenzierung von Fauna und Flora beschäftigt. Dann folgte noch einmal eine lange Schleuse. Hier mussten sie sich in Vollschutzanzüge zwängen. Jeweils zwei Angestellte halfen ihnen in den Anzug. Reichten ihnen die Masken, Handschuhe und Schuhe. Ein Reinigungsbad und eine Unterdruckschleuse empfingen die beiden.

»Mr. Scott, Mikel. Hier ist das GEP Genom-Editing-Department. Eine Computing Department. In Boxes hier machen Dokumentation. Ich zeigen ihnen die junge Wissenschaftler in Office.«

Sie wechselten hinüber zur langen Reihe von vollflächig verglasten Untersuchungsräumen. Überall waren junge Menschen. Überwiegend Burschen. Die wurden verhört, interviewt. Forscher untersuchten einen Knaben. Der musste ca. 12 Jahre alt gewesen sein? Und er hatte einen Stapel mit bedruckten Seiten auf dem Schoss, auf welchen englische Wortkolonnen zusammenhanglos aneinandergereiht waren. Die studierte der aufgeweckte Bursche. Sein Kopf war vollständig verkabelt. Ein Datenlogger schien seine Hirnaktivität aufzuzeichnen. Im Weitergehen hörte Mikel noch, wie der Junge spielend eine Kolonne mit Wörtern nach der anderen aus dem Gedächtnis heraus herunterrasselte. Unglaublich? Ein Hirn wie ein Mikrochip. Ein fotografisches Gedächtnis von mehreren Hundert Megabyte?

»Mr. Scott. Das hier sein eine Boy aus Selektion 5000 intelligente Kinder in People`s Republik China. Wir aus halbe Million Kandidaten selektieren. Wir haben DNA die Region gefunden. Die kognitiv Funktion, Beispiel Gedächtnis machen. Wir Chromosomenpaare gefunden. Da sein Formula für Gedächtnis in DNA.

Die Show ging in der nächsten Halle weiter. Doktor Wang schob ihn vor sich her – scheinbar endlos durch die Hallen. Mikel brummte der Schädel. Das lag nicht nur daran, dass er die letzten Nächte wenig Schlaf bekam – ihm hatte der Arzt etwas gegen Kopfschmerzen verabreicht. Das hatte noch andere Nebenwirkungen. Er fühlte sich optimistisch wie nie, als könne er die ganze Welt umarmen, wofür mit Sicherheit kein Anlass bestand! Das Mittel, welches ihm verabreicht wurde, war sicher ein Psychopharmakon, so was wie MITALOPRAM, das war ihm klar. Ein Wirkstoff – ein Serotonin-Wiederaufnahmehemmer für dieses sogenannte "Glückshormon". Aber schließlich war es ihm egal. Vielleicht war es ihm auch recht, weil er hierdurch das Übel leichter ertrug?

»Das Sie sicher kennen, Mike?«

Der Sequenzer war sprachlos. Setzte sich auf einen Stuhl und schwieg.

»Mikel sein Meister – sein große Genie. Wir haben gemacht Copy. Nicht funktionieren. Nicht verstehen warum. Haben hundert Ingenieure daran arbeiten Tag und Nacht. Eine halbe Jahr. Alle hundert Ingenieur. Jeder andere Teil untersucht. Dann verstanden Funktion. Und unsere Copy machen gute Arbeit. So wie daheim. Daheim in Germany. Bei Mikel daheim«, grinste er schelmisch. »Wir erst machen GENOMIC-WORKS mit verschieden Tiere. Da große Erfolg. Wir probieren jetzt neues GENOMIC-WORKS. Jetzt können DNA, Tauschen von Basenpaar. Wir machen Optimal Genom«, klang er voller Optimismus.

Sollte das heißen, die machen Genome-Editing an höheren Arten? An Menschen? so kam es Mikel vor.

Und dann die Überraschung. Was er jetzt sah, versetzte ihn in Erstaunen. Dort stand er – der DYNO 3000. Seine Konstruktion stand dort. Er beugte sich herunter. Die Teile, die ihm in Martinsried immer Probleme bereiteten. Die Träger, die zu Schwingungen neigten. Die Probleme, die sie nie richtig in den Griff bekommen hatten. Hier waren Sie gelöst. Er öffnete die Abdeckung und suchte den Stepperantrieb, schaute die Aufhängung an, sah nach den Stützlagern. Da verstand er. Sie hatten sein Problem gelöst und die Konstruktion auf geniale Weise verbessert. Sie hatten alles auf einer massiven Grundplatte befestigt und Dämpfer zum Maschinengestell eingefügt. Damit wurden die Schwingungen beseitigt. Sie gingen weiter. Aber was war das? Im nächsten Container stand wieder ein DYNO3000. Und im Übernächsten ebenso. Und so ging es immer weiter. In jedem der

Container stand einer. Über einhundert Kopien seiner DYNO3000 Konstruktion. Und umso erstaunlicher. Die waren alle längst in Betrieb und schienen zu funktionieren.

»Mikel, morgen unsere Ingenieure wollen fragen! Antwort haben wollen! Du kannst helfen lösen Problem. Du großer Scientist. Sein großer Ingenieur.«

Mikel kam sich da aber eher klein vor. Angesichts dieser enormen Massen an geballtem Know-how. Die hier hatten nicht einfach nur kopiert. Die hatten auch schon Verbesserungen einfließen lassen. Die Auswertungssoftware lief an 4 Bildschirmen gleichzeitig. Jeder zeigte ein anderes Bild oder Schema. Er sah, wie sich die DNA drehte. Wie die Basenpaare live erschienen und im Bildschirm darunter deren Code aufgelistet wurde. Alles in rasender Geschwindigkeit. Wenn das Robi noch hätte erleben können? Er hatte ihn stets für den größten Programmierer für optische Bildauswertung gehalten. Die hier waren schon einen Schritt weiter. Er konnte die behandelte- und die unbehandelte Reihe der Basenpaare nebeneinander verfolgen. Farblich waren dadurch sofort die Unterschiede sichtbar. Das war selbst für Mikel neu.

An einem Donnerstag wurde Mikel zum Mittagessen mit Sam Feng Yong geladen. Wenn der Chef sich Zeit nahm, musste es wichtig sein. Sonst sah er den General nie in den Labors oder in den Versuchsanlagen.

Aber für diesen Anlass hatte man in der Kantine des Verwaltungstraktes ein eigens für die beiden arrangiertes Buffet angerichtet.

Höflich bat ihn der General zu Tisch. Es gab duftenden Reis. Eine riesige Tafel mit ausgewählten Spezialitäten der Shenyangküche. Fleisch, Fisch, rohes, gekochtes Gemüse, Früchte und Desserts.

Zwei Bedienungen brachten auf Fingerzeig sofort die gewünschten Speisen auf kleinen Tellerchen. Mit einer Wischbewegung aus dem Handgelenk wurde Unerwünschtes unverzüglich abgeräumt. Als Getränk gab es chinesisches Bier, Weißwein, Champagner oder angewärmten Reiswein. Sam Feng Yong sprach einen Toast.

»Mr. Mikel Scott Miller. Ich sehr zufrieden sein mit Kooperation. Nun wir machen Introduceing in neue Projekt. Ist streng geheime Projekt unsere.«

Ich haben hier Katalog Selektion von Mann. Es sein alles junge Mann. Diese Mann sein superintelligent. Der Number 1 hier auf Foto sein kompakt und sehr stark. Große 5,7 Feet das sein 1,74 Meter in Höhe. Nicht groß sein. Das gut so. Brauchen nicht so viel Essen, du verstehen«, erklärte der General, wie wenn es um Tierzucht ginge. »Dann haben hier einen Helden. Sehr mutig sein. Ist laufen durch Feuer. Hat gerettet Mensch aus Feuer. Mikel schau hier in Buch sein zwanzig Mann.«

Mikel blätterte den Katalog mit den Fotos und den "technischen Daten der "MASTER-SLAVES" der "Meistersklaven". Die Nummer 16 fiel ihm auf. Der Mann erinnerte ihn an Bruce Lee, an die Kung-Fu Filme, dessen Videos ihm sein Großvater Ludwig Miller auf dem alten DVD-Player immer wieder zeigte.« Der General hatte bemerkt, dass Mikel bei Nummer 16 innehielt.

»Das sein Super Hero. War in Deutschland. Sehr mutig sein. Und schlau. Naruto Nakamura. Ist Shōgun. Großer Krieger. Ist Mann von Susan. Du ihn kennen?«

Mikel hatte Gänsehaut. Susan hat ihn nicht nur entführt, sie hatte ihn auch noch betrogen. Mit ihrem eigenen Mann. Er ließ sich nichts anmerken.

»Doktor Wang und du machen besten aus alle 20 Mann. Du verstehen? Machen neue Superman«, zwinkerte er ihm zu.

»Aber Herr General. Das ist verboten. Human Genome-Editing ist seit 2015 von der UNESCO verboten. Herr General, das ist ein Eingriff in Gottes Schöpfung!«, sprach Mikel mit einem Hauch von Empörung.

Der General fasste ihn über den Tisch am Unterarm und flüsterte ihm zu.

»Wir in China haben andere Gott. Andere wie in Germany oder Kanada. Wir machen selbst Gott«, scherzte der kleine Mann überlegen listig. Erkennbar an seinen Grübchen auf der rechten und linken Backe.

Nun wusste Mikel, warum er gekidnappt wurde. Er sollte den Chinesen helfen, den idealen Menschen, ja vielleicht den idealen Soldaten zu schaffen. Und zwar ohne den langen Weg der Evolution mit den vielen Fehlversuchen. Reine Kampfmaschinen. Für die Chinesen. Oder etwa nur für diesen kleinen General? Das war es. Das war ein Human-Genome-Editing-Projekt GEP der ganz neuen Art.

Dieses Zusammentreffen hatte Mikel entrückt, hatte ihn in einer neuen Welt erwachen lassen. Und es war nicht am Morgen nach dem Erwachen aus einem Albtraum. Es war Abend und er lag schlaflos in einem Bambusholzbett. Ihm schossen Gedanken durch den Kopf.

Gedanken von missgebildeten, verunstalteten, lebensunfähigen Kreaturen jagten ihm durch den Kopf. Von allen möglichen Krankheiten gezeichnet, warteten sie auf die tödliche Dosis, die sie von ihrem Schicksal erlösen würde. Ihm wurde nun klar, was es mit dem Dorf und den jungen Frauen auf sich hatte. Das waren die Geburtsmaschinen, die diese Kreaturen zu gebären hatten. Deshalb die traurigen Gesichter der jungen Mädchen. Das waren Gefangene, denen die manipulierten Embryonen eingesetzt wurden. Nachdem sie das Baby zur Welt gebracht hatten, mussten sie es womöglich sofort wieder aus der Hand geben. Oder Mutter und Kind wurde nach dem Abstillen getrennt? Übergeben in die Hände einer angestellten Amme? Spätestens nach einem Jahr würde sich das Ganze wiederholen. Reine industrielle Gebärmaschinen waren das. Mikel wusste, dass er dazu bestimmt war, diese Monster zu konstruieren. Zumindest war sein Know-how dazu gefordert. Nicht etwa, dass er die Menschheit vor Krankheit und Alter bewahren sollte. Nein, Kampfmaschinen waren hier gefragt. Seinen Herren treu ergebene Kampfmaschinen! Zugleich wusste er auch, er muss weg hier. Was würden sie mit ihm tun, wenn das Ganze nicht gelingen würde? Oder wenn sie alles selbst konnten und ihn nicht mehr brauchten? Frei würde er nie wieder sein. Zeugen vor einem Menschenrechtstribunal würden die niemals lebend herauslassen.

In den nächsten Tagen arbeitete Mikel an der chinesischen Kopie seiner eigenen DYNO3000. Er begann die Arbeiten an der Genomsequenzierung der zwanzig Edelsklaven. Denen es vergönnt war, ein Teil Gottes Schöpfung zu werden. Wobei mit Gott die Shenyang-Genomic-Institute gemeint war. General Sam Feng entschied, dass das männliche Muster mit der Nummer 17 die Basis Sequenz liefern sollte. Der "Glückliche" vereinigte nach den längsten Testreihen, die je ein Mensch hatte über sich ergehen lassen, die meisten aller geforderten Eigenschaften der Militärs unter ihrem General Sam Feng. Laut der Vita Nummer 17, war sein Vater ein Chinese und die Mutter eine Südkoreanerin. Er war Boxchampion im Mittelgewicht, Absolvent mit Master Grade der Hochschule für Raumfahrttechnik in Seol, hatte einen Körperfettanteil von acht Prozent. Einen Muskelanteil von 52 Prozent. Einen IQ von 135.

Also begann Mikel mit der Sequenzierung seines Genoms. Er stellte fest, dass das alte DYNO3000 Konzept sich besser für diese Arbeit eignete als sein neuer SEQUE3001. Die Chinesen hatten es geschafft, dem Gerät die Marotten einer falschen Zählweise auszutreiben. Es gab kaum Fehler. Noch ein Vorteil. Die DNA konnte punktgenau aufgetrennt werden und einzelne Sektionen ausgetauscht werden. Die Chinesen hatten die Probleme mit der Trägerlösung in den Griff bekommen. Mittlerweile konnte er seinem Schicksal auch eine gute neue Seite abgewinnen. Endlich hatte er, von was er nie zu träumen gewagt hatte. Unerschöpfliche Ressourcen.

Nur die Überprüfung der Ergebnisse wäre mit seinem neuen SEQUE3001 Gerät schneller und sicherer gewesen.

Aber er hätte niemals seine eigenen Baupläne verraten. So musste man sich selbst behelfen. Molekularbiologen hatte man hier genug dafür.

Nach fünf Monaten Arbeit war endlich das Master Genom des Superhelden fertig. Es wurden hundert Embryonen präpariert und die ersten zehn davon, je einer Frau während ihres fruchtbaren Zyklus eingesetzt.

Monate vergingen. Mikel hatte sich in den Pausen immer in sein Refugium hinter den Lagerhallen zurückgezogen. Zum einen, weil er dort seinen Fluchtplan über das hintere Tor bezüglich des optimalen Zeitpunktes überprüfen konnte. Zum anderen, weil er die Frauen beobachten konnte.

Die armen Geschöpfe, die für das Austragen der „Superhelden" auserkoren waren. Wenn das Mädchen gewusst hätte, wer den Bauplan für ihr Kind geliefert hatte?

Und er sah sie wieder. Sie war es. Es war dieselbe Frau von dem Tag, als er das erste Mal am Zaun stand. Sie gab ihm ein Zeichen. Als er ihr aus seinem Versteck heraus, quer über die Straße ein leises »Hello« zurief, winkte diese artig zurück und verschwand hastig hinter dem Gebäude. Vermutlich wäre sie übel bestraft worden, wenn man sie entdeckt hätte. Ihr trauriges Gesicht von damals schien einer fröhlichen Erwartung gewichen, denn sie war schwanger, schwanger mit seinem Superhelden-Bauplan. Auch Mikel ertappte sich dabei – das süßliche Gefühl der Macht spürte er in diesem Moment.

Die unanständige Art von einer Macht, wie sie es niemals geben durfte, das wusste er. Er war ein Teil einer gotteslästerlichen Maschinerie geworden. Wie konnte er das jemals vor seinem eigenen Gewissen rechtfertigen? Wie würde er das den Menschen erklären, die er liebte, die ihn liebten. Die ihn geholfen hatten, das zu werden, was er sich immer erträumte. Seinen Eltern, Großeltern, seinen Lehrern und seinen Freunden erklären, zu was er alles fähig und im Stande war?

Monate vergingen. Es kamen auch andere Mädchen herüber um Mikel, den großen blonden Typen von der anderen Seite kennenzulernen. Es war ein sonniger Tag. Die Bäume trugen Früchte. Äpfel, Kirschen und Birnen. Mikel suchte von seinem Versteck aus die Fensterfront nach "seinen Mädels" ab. Es war auch in etwa immer dieselbe Zeit, in der er sich fortschlich. Und diesmal schaute "sein" Mädchen winkend aus dem Fenster. Und die beiden anderen Frauen vom Frühjahr des Jahres ebenso. Mikel, konnte denselben "schmutzigen" Stolz kaum bändigen. Vor ihm standen drei junge Mütter mit einem Baby auf dem Arm. Dem blauen Einheitsstrampler Marke BABYBEEN nach zu urteilen, waren es drei gleichaltrige Jungen. Alle offenbar kerngesund. Heute mit einem etwas erleichterten Gefühl, verabschiedete er sich winkend von den jungen Müttern.

Wenn die gewusst hätten, wem sie ihr Schicksal zu verdanken hatten? Oder was machte ihn in diesem Moment so stolz?

Im Hochsommer des chinesischen Nordens zwei Wochen später, fand er sich noch einmal an der Stelle wieder. An seinem Standplatz lag schon etwas Laub, welches von den Obstbäumen herübergeweht worden war. Zwei Frauen standen am Fenster. Eine hielt sich die freie Hand vor das heulend traurige Gesicht. Mit der anderen wog sie ihr Baby verzweifelt hin und her. Ein Laken hielt das Gesicht dieses kleinen Geschöpfes verborgen. Sie schien etwas vor den neugierigen Blicken verstecken zu wollen. Etwas, was niemand hätte zu Gesicht bekommen dürfen. Aber dann geschah es doch. Sie öffnete die Falte des warmen Deckchens, durch welches das Baby die lebensspendende Luft zum Atmen bekam. Ein Schreck ließ Mikel reflexartig einen Schritt vom Zaun zurückweichen. Er wusste, warum das Mädchen ihr Neugeborenes verstecken musste. Was war das? Ein Monster? Mit einem Gesicht – war das ein menschliches Gesicht? Ein menschliches Wesen? Da, wo die Augenhöhlen waren, saßen rechts und links zwei winzige, schief angeordnete Punkte. Das sollten die Augen sein? Die Nase war oval und platt wie ein Teller und das Kind schien um das letzte bisschen Luft, welches es durch die winzigen Nasenlöcher ziehen konnte, zu kämpfen. Das Kinn war durch eine breite Spalte in der Mitte zweigeteilt. Die Mutter sah Mikel, – ihre Blicke trafen sich. Er erschrak, konnte nicht anders. Er schoss um das Gebäude herum und wusste mit einem Mal.

Etwas war schiefgelaufen? Der Bauplan hatte einen Fehler. Sie hatten etwas übersehen. Eine vertauschte Sequenz. Er war mit schuld! Er hatte versagt? Er oder seine Assistenten? Wäre auch egal gewesen. Schließlich war es seine Erfindung, die diese Apokalypse ermöglicht hatte. Seine Erleichterung über die Erfolge verschwand mit einem Schlag. Er wusste, das war sein letzter Beitrag in dieser Frankensteinfabrik. Es durfte nicht sein, – es konnte nicht sein, Gott spielen zu wollen.
Und leichtsinnig war er. Was, wenn die Mädchen die Lagerleitung verständigen würden. So viele blonde Männer gab es schließlich nicht unter den Gefangenen.

In den nächsten Tagen befasste er sich mit der Verbesserung des DYNO3000. Das wurde auch weitgehend vom General akzeptiert. Denn die Chinesen lernten schnell und konnten dieses schreckliche Handwerk mittlerweile ohne ihn. Am liebsten hätte er die Arbeiten sabotiert. Aber das wäre mit Sicherheit schnell aufgeflogen. Er war der einzige Nichtangestellte an diesem Projekt. Raus, irgendwie rauskommen wollte er. Wenn er nicht noch mehr Schuld auf sich laden wollte. Es galt aber auch irgendwie zu überleben. Seine Uhr würde ablaufen, das war klar. Wenn sich die Fehler häuften. Unter den toten Tieren auf dem Haufen, da sah er sich schon. Häufig rannte er ruhelos auf dem Gelände hin und her. Die Wachen taten das als sportliche Ertüchtigung ab.

Aber Mikel diente es der Erkundung der Lage und der Abläufe. Wann war Wachablösung? Wann kamen Waren? Wann wurde der Müll geholt und wann die toten Tiere. Warten auf den Tag und die Gelegenheit?

LICHT IM TUNNEL

Fujin, 8. August 2038

Der Tag kam. Ein Sonntagnachmittag. Er war allein auf dem Gelände. Mikel bemerkte beim Spazieren über den leeren Exerzierplatz das rege Treiben in der Zentralverwaltung. Die Putzkräfte hatten die Zugangskontrolle in den Betriebsmodus versetzt. Der diente unter Tags dem Personal und den Reinigungskräften, um sich frei in den Büroräumen bewegen zu können. Der Zugang war für Unbefugte streng verboten. Aber die Putzkolonne hatte es an diesem Tag versäumt, die Eingangstür zu verschließen.

Heute war ein arbeitsfreier Tag. Da waren die Verwaltungs- und Laborgebäude nur dem Wach- und Servicepersonal zugänglich. Der Empfang, welcher normal jeden Besucher streng kontrollierte und dem jeweiligen Büroleiter meldete, war nicht besetzt und so schlich er hinein. Als er durch den Spalt einer angelehnten Bürotür jemanden laut vor sich her singen hörte, stockte ihm der Atem. Er schlüpfte aus den Sandalen und ging vorsichtig auf Zehenspitzen. Er wollte so auf keinen Fall entdeckt werden. Das hätten die sofort melden müssen. Er mochte sich gar nicht die Fragen vorstellen, die ihm dann gestellt worden wären. Die Freiheiten, die ihm großzügig gewährt worden waren, standen auf dem Spiel. Genau diese brauchte er, um alles vorzubereiten für den "einen" Tag. Vorbei an der Teeküche hörte er das Hantieren mit Geschirr. Eine Reinigungskraft schob Tassen und Teller in ein Sideboard. Die war so sehr mit ihrer Arbeit beschäftigt und hatte Kopfhörer auf. Mikel musste weg hier. So gelangte er, am Ende des langen Ganges, an die Tür des Serverraumes, auf welchem ein gelbes Schild prangte:

FOR UNAUTHORIZED PEOPLE STRICTLY FORBIDDEN

Er drückte leise die Türklinke zum Serverraum herunter. Zu seiner großen Überraschung war die Tür unverschlossen. Schnell wand er sich hinein und schloss vorsichtig die Türe hinter sich. Auf leisen Sohlen tappte er durch das Dämmerlicht des fensterlosen Technikraumes. Ein Licht am Ende des klimatisierten Raumes mit der langen Reihe mit Server-Racks drang aus einer kleinen, stirnseitigen Kammer. Geräusche. Klicken. Blinkende LEDs. Da war jemand? Er schob einen Fuß vor den anderen, bis er sich seitlich neben der offenen Tür verstecken- und hineinsehen konnte. In der Kammer hantierte jemand herum. Es war sein Volontär. Der junge, schlanke Chinese mit dem eingefallenen Gesicht und einer dicken, schwarzen, gerahmten Brille verband hastig einen Laptop mit dem Server.

Sollte er ihn ansprechen? Oder besser nicht. Sich wieder heimlich davonschleichen? Mikel nutzte das Überraschungsmoment und tat empört:

»Tian, was machst du da?«, flüsterte Mikel. Tian Huang erschrak:

»Mikel, erzähl keinem, was du hier siehst. Es ist nicht, was du denkst. Das alte Notebook habe ich hinten im Archiv entdeckt. Ich versuche damit ein Handbuch des Sequenzer Geräts vom GENOMETRIX-Firmenserver downzuloaden. Das Ding gibt ständig Fehlercodes heraus und ich habe keine Ahnung? Vielleicht schaffe ich es über einen Zugang aus meiner Zeit in Stanford, weißt du? Ich mache eine verschlüsselte Verbindung nach draußen. Anders bekomme ich das nicht. Das "Goldene Schild", die chinesische Firewall verhindert dies. Durch den VPN Tunnel komme ich an der Zensur vorbei nach draußen«, flüsterte der schlaksige Student mit dem Gesicht des ertappten Sünders. Dabei hob er die Hand wie zum Schwur. Er war ein großes Talent. Schnell hatte sich Mikel mit ihm angefreundet. Schien etwas von grafischer Bildauswertung zu verstehen? Er wurde Mikel als Trainee zur Verfügung gestellt. Sollte sich etwas abschauen.

Er geriet in die Tretmühlen der chinesischen Justiz, weil er illegale Wettspiele programmiert hatte. Dies war ohne eine, streng limitierte, staatliche Lizenz nicht möglich. Da er Wiederholungstäter war, hatte man ihn hierher in diese Besserungsanstalt gebracht. Ob er hierdurch ein besserer Mensch geworden war, konnte Mikel nicht sagen? Aber er wusste, er hatte ein großes, junges Talent vor sich. Und so versuchte er, ihn zu beruhigen.

»Keine Angst.«, flüsterte sein blonder Freund.

»Von mir erfährt keiner was. Ist auch nicht illegal, oder? Du versuchst nur den Fehler zu finden.«
Erleichtert gab sich Tian damit zufrieden.

»Ja wirklich. Ich habe denen hundertmal erklärt, dass ich ohne die neuen Fehlercodetabellen von GENOMETRIX nicht weiterkomme. Und einen Techniker aus den USA einfliegen, ist denen auch zu teuer. Oder vielleicht haben die Angst, dass man merkt, was die hier treiben? Egal, was soll ich sonst machen? Mikel und noch eins. Ich kann auch auf die schwedischen Pornoseiten zugreifen«, lächelte er gequält schüchtern, voller Scham. »Da sind scharfe Downloads. Tolle Filme. Alles for free. Schau mal hier!« Mikel verzog eine strenge Miene. Sein Schützling erschrak sichtlich. Aber beruhigte sich wieder, als Mikel Interesse an den Videos heuchelte. Da war die Idee, was er von dem jungen Talent bekommen würde. Schließlich hatte er jetzt "was gut" bei ihm.

»Tian. Scharf ist das. Echt geil. Tian kann ich das mal sehen? Ich meine, kann ich auch mal?«

»Mikel klar. Nimm es dir einfach! Hier hinten im Eck ist noch der alte Server. Das ist für die archivierten Datensätze. Du brauchst nur hier hinten am Server-Blade XBZ24998 auf das zweite Modem hier rein gehen. Dann meldest du Dich mit meinem Passwort H6U5A4N3G an. Einfach zu merken. Mein Name HUANG mit Zahlen ab 6 rückwärts dazwischen. Das Notebook hat einen Fingerprintsensor. Komm her mit dem Finger. Ich lege dir einen eigenen Account an. Dann kannst du dir ja ein paar von den scharfen Dingern ansehen. Okay?«

»Aber Tian, wie bist du hier reingekommen? Hast du die Zugangscodes für die Türen hier?«

»Klar. Den für den Serverraum hier hatte ich schon länger. Die anderen drei Codes habe ich vom Wachmann hier. Hat mich eine Flasche Reiswein gekostet. Pass auf, ich schreibe sie dir auf diesen Zettel! Okay, oder?«

Die nächsten Tage lernte er Tian näher kennen. Die Zusammenarbeit bei der Programmierung der neuen dreidimensionalen Bilderkennung war intensiver und effektiver denn je. Er brachte neue Denkansätze, die noch nicht einmal sein Vorbild Robi hatte, in die Diskussion. Die Idee, den Schwarz-Weiß-Code mit dem Farbcode für die Auswertung zu überlagern, war neu. Hierdurch war endlich das Problem der fehlerbehafteten Zählweise des DYNO3000 vollständig gelöst. Dinge, mit denen er sich in MESINA monatelang hatte abmühen müssen, ließ dieser junge Bursche einfach hinter sich. Mikel würde es dennoch nicht an die große Glocke hängen. Zum einen würde der Junge niemals freikommen, wenn man seine wahren Talente erkennen würde. Und zum anderen, würde er die Idee gerne mit hinausnehmen. Jedenfalls für den Fall, dass es ihm doch noch einmal gelingen könnte, in seinem Business dort "Draußen" durchzustarten. Die Idee von Tian war eines Patentes würdig und sicher in allen Bereichen der computergestützten, dreidimensionalen Bildverarbeitung eine grandiose Lösung. Der Junge hatte enormes Pech gehabt. Er war verpfiffen worden. Die illegale Wettmafia hatte ihn dabei ertappt, wie er seine Software zu Geld zu machen versuchte. So eine Konkurrenz im Internet war denen ein Dorn im Auge und man ließ ihn auf diese Art und Weise ohne Blutvergießen ganz elegant für einige Zeit von der Bildfläche verschwinden.

Gegen 3:00 Uhr schlug sich Mikel an der Blockwache im abgesperrten Hochsicherheitslabor vorbei hinaus in Richtung Verwaltungsgebäude. Um diese Zeit schlief der Wachsoldat vom Empfang, sodass er unbehelligt in das Gebäude der Zentralverwaltung gelangen konnte. Mit den Codes auf dem Zettel von Tian kam er in den Serverraum.

Schnell hatte er das Notebook mit dem Modem verbunden, Passwort mit Fingerprint und er war plötzlich draußen. Zumindest virtuell. Nicht der Pornos wegen. Der erste Kontakt seit Langem mit der Freiheit. Er wollte wissen, was los war in der Welt. Das chinesische Staatsfernsehen brachte News entweder verspätet oder zensiert. Er las die Zeitungen und Reports der westlichen Welt, erfuhr so, was er alles "verpasst" hatte.

Er vergab ein neues Passwort "KatrinN$N€". Sein Account war im Beisein von Tian angelegt worden. Den behielt er auch bei. Für die Pornos und andere harmlose Dinge. Vielleicht war das eine Falle? Fehler konnte er sich nicht erlauben. Wie auch immer. Er hatte seinen Stammplatz in der Welt dort draußen.

Katrins private E-Mail-Adresse war:
Katrin.geis365@lightmail.com.
In München war es jetzt 21:15.

Für alle Fälle wählte Mikel die vereinbarte Geheimsprache. Sicher bezüglich der Verschlüsselung und Tian war sich Mikel natürlich nicht. Er wusste nicht, ob man ihm trauen kann. Ob man ihm absichtlich eine Falle stellte. Nur um seine Zuverlässigkeit oder besser seine wahren Absichten erfahren zu können.

Er schrieb ihr:

Sehr geehrter Geschäftspartner!

Ich habe hier Ihre Ersatzteile. Die gelieferten Teile sind falsch. Bitte teilen Sie uns einen Liefertermin für die richtigen Teile 33.81.740 und 20.40.231 mit. Vorzugsweise Dienstag oder Donnerstagnachmittag gegen 16:00

Mit freundlichen Grüßen Ihr Michael Müller

Ungeduldig wartete Mikel auf Antwort.
Katrin würde wissen, was damit gemeint war. Da war er sich sicher. Etwas länger würde er heute warten. Aber schon eine Stunde später kam die Antwort:

Verehrter Geschäftsfreund!

Es tut mir leid, dass Sie die falschen Teile geliefert bekommen haben. Ich bringe ihnen die Teile 33.81.740 und 20.40.231 mit.

Die Teile sind nicht vorrätig. Den Termin gebe ich Ihnen noch bekannt. Lagernd wie üblich.

Mit freundlichen Grüßen Ihr Karl Geis

Unglaublich. Seine Katrin hatte verstanden. Er wusste jetzt, was er an ihr hatte. Die Frau fürs Leben!

Und Mikel war zufrieden. Eine, wenn auch einfache Art von Verschlüsselung. Ein halbwegs intelligenter Mensch würde sofort merken, dass die Anzahl der Stellen auf Geodaten hindeuten. Dann brauchte man nur die Zahlenreihe umdrehen. Und man konnte über die GALILEO-Satelliten-Navigation auf dem Handy auf 10 cm genau den vereinbarten Treffpunkt herausfinden:

Fujin Jiamusi, Heilongjiang, China
047 °18'33 N 132 °04'02 E

Mit Liefertermin für die Teile war Tag, Uhrzeit einer möglichen Flucht gemeint. Jetzt brauchte Mikel nur noch auf die Antwort von Katrin zu warten und wann sie an dem vereinbarten Treffpunkt sein würde. Jedes Smartphone konnte mit den Geodaten den Standort liefern.

Alle paar Tage, spät abends schlich sich Mikel in den Serverraum, um nach der ersehnten Nachricht von Katrin zu schauen. Es dauerte zweieinhalb Wochen, bis endlich die Antwort kam.

Verehrter Geschäftsfreund!

Es tut mir leid, dass Sie so lange gewartet haben. Ich bin in Ihrer Nähe und werde ihnen die Teile mit der Nummer 33.81.740 und 20.40.231 am Donnerstag persönlich gegen 16:00 direkt vor Ort übergeben.

Sie brauchen nur noch auf mich warten.

Mit freundlichen Grüßen Ihr Karl Geis

DIE FLUCHT

Fujin, Donnerstag, 26. August 2038

Katrin wartete mit einem Leihwagen in der Nähe hinter einer baufälligen Halle. Hier zeigte das Navi die verabredeten Koordinaten. In der Ferne war etwas Großes. Von dort musste er kommen? Vor dem verlassenen Gelände machte die Straße eine neunzig Grad Kurve, führte hinunter zu einem riesigen Komplex, der vom einen- bis zum anderen Ende des Horizonts reichte.

Das musste es sein? War das eine Kaserne oder eine Industrieanlage? dachte sie.

Um den Leihwagen irgendwo zu verstecken, schlich sie um die Halle herum. Die Türen fehlten. Nur ein großes Tor war geschlossen. Sie ging hinein. In dem Gebäude standen defekte Förderbänder, Deckenkräne mit Greifern und Schüttgruben. Das war eine stillgelegte Müllsortieranlage. Sie schob das Tor auf und fuhr ihren beigen SUNDRAG-SUV in die Halle hinein. Danach schob sie es zu. So war wenigstens der Wagen nicht zu sehen. Dann bemerkte sie die Staubwolke in der Ferne aus Richtung Süden direkt auf sie zukommen.

Der Pick-up war plötzlich da. Erst im letzten Moment schlich sie ums Eck hinter die baufällige Halle. Das metallicrote Fahrzeug fuhr direkt auf sie zu – auf die Kreuzung vor der Halle. Katrin erschrak in dem Moment, als sie die Fahrerin erkannte. Was hatte sie hier zu suchen? Was, wenn sie ihren Leihwagen gesehen hätte?

Die Frau kannte sie. Aber woher? fragte sie sich.

Sie bog scharf ab – um die Kurve und fuhr die Straße zum Lager hinunter.

BEFREIUNG

Fujin, Donnerstag, 26. August 2038, 15:00

Es ging los. Jetzt musste Mikel raus aus dem Lager.
Es war 15:00. Er schlich sich aus dem Labor.
Von seinem Platz hinter den Lagerhallen konnte er sehen, wenn die toten Tierleiber abgeholt wurden. Die Staubwolke, von der Straße herkommend, enthüllte einen Lkw. Ein Fingerzeig des Fahrers und der Wachmann öffnete das riesige Tor.

Der Lkw bog rechts auf das Forschungsgelände ab und fuhr dicht an Mikel vorbei. So dicht, dass er beinahe die Zwillingsreifen des Fahrzeuges, aus seinem Bambusgebüsch heraus, hätte berühren können. Der Chinese fuhr zur Müllgrube hinüber und rangierte knapp an der Mauer zur Abfallgrube. Er stieg hinauf in das Kranführerhaus, welches in der Mitte der vier Gruben stand.

In jeder Gabel hingen mindestens drei Schweinekadaver. Vereinzelt waren auch ein Bonobo und ein paar Rhesusäffchen unter den toten Tieren. Eine abartig stinkende Masse, aus der sich eine braune Flüssigkeit aus Eiter und Blut auf die Ladefläche ergoss.

Nach einer halben Stunde war die Grube leer und der Fahrer schwang sich vom Kranführerhaus hinunter, um etwas frische Luft zu schnappen.

Die Anspannung wuchs. Mikel lag in seinem Versteck im Bambusgestrüpp hinter der Lagerhalle auf der Lauer.

Was wäre, wenn man sein Verschwinden jetzt bemerken würde? Alarm auslösen würde? Egal, jetzt musste er schnell sein. Auf den richtigen Moment warten. Der Fahrer war immer noch in der Nähe seines Lkw. So ging das nicht. Einen Moment lang weggehen oder umdrehen? Wenigstens für ein paar

Minuten. Sonst musste er hinterherrennen und sich auf den fahrenden Lkw hinaufschwingen. Was, wenn man ihn beim Versuch, auf die Ladefläche zu steigen, erwischen würde?

Der Fahrer holte seine Zigaretten aus der Jackentasche. Steckte sich eine in den Mund und zog ein Feuerzeug aus der Hosentasche. Mühselig war der Versuch, sich die Zigarette anzuzünden. Es misslang. Immer noch stand er vor seinem Lkw, schaute in Richtung Fahrzeug. Es ging nicht. Mikel konnte nicht hinüberlaufen, ohne gesehen zu werden. Wenn er die Zigarette geraucht hatte, würde er bestimmt losfahren. Dann wäre alles aus und Katrin weg.

Aber es gelang ihm nicht, die Zigarette anzuzünden. Die stete Brise aus Richtung mongolischer Steppe verhinderte dies. Er wich ein paar Schritte zurück zur Halle, drehte sich in den Windschatten, Richtung Gebäude, schaute weg.

Ein blitzschneller Spurt hinüber. Die paar Sekunden genügten, es war knapp und Mikel hatte sich mit einem Klimmzug über die Bordwand gezogen, duckte sich fest auf die Ladung. Der Tabak glühte und der Fahrer bestieg mit der brennenden Zigarette das Führerhaus, rauchte sie in Ruhe zu Ende. Wenn er jetzt in den Rückspiegel schauen würde? Mikel schob die Leiber an der Bordwand vorsichtig auseinander und kroch unter die Tiere. Er lag mit dem Gesicht an dem Spalt an der Bordwandaußenseite. So konnte er etwas frische Luft holen. Ein bestialischer Gestank raubte ihm den Atem.

Der Zigarettenstummel landete in der Müllgrube. Der Lastwagen fuhr los und hielt mit den Kadavern vor der Wache. Ein Soldat fragte beim Fahrer.

»Was hast du da drauf?«

Der schimpfte bei der Frage. Obwohl Mikel nicht viel verstand, konnte er die Szene durch einen Spalt zwischen Bordwand und Pritsche beobachten. Der Fahrer hatte es eilig.

»Mensch riechst du das nicht? Das sind die toten Schweine von einer Woche. Kann ich dir vor die Bude kippen? Dann kannst du probieren, ob es dir schmeckt?«

Der Wachsoldat stellte sich auf die Zehenspitzen und streckte sein Kinn über die Bordwand. Zum Greifen nahe war er ihm, schaute auf die Ladung. Mikel blickte ihm direkt durch den schmalen Spalt der Tierleiber in die Augen. Jetzt hätte er Mikels Kopf mit der ausgestreckten Hand zwischen zwei toten Schweinen anfassen können. Aber er hielt sich damit die Nasenlöcher zu, so bestialisch roch der Dampf unter der Ladung. Mit einem Wink der freien Hand gab er dem Fahrer den Befehl.

»Verschwinde mit dem Dreck! Die ganze Wache stinkt schon danach.«

Der Lkw setzte sich in Bewegung. Er hörte das sechs Meter hohe Tor, wie es sich hinter ihnen automatisch schloss. War es das jetzt? Die Freiheit?

Ihm wurde von den Leibern, die bei jedem Schlagloch noch schwerer auf ihn drückten und dem Gestank schwarz vor Augen. Aber die harten Schläge der staubigen Straße holten ihn wieder ins Leben zurück. Der Lkw fuhr hinaus zum Fluss – die Richtung zur Halle. Mikel realisierte, dass er draußen war. Er drückte die Leiber einen Spalt auseinander und konnte jetzt besser atmen.

Ihnen kam ein Pick-up entgegen. Mikel konnte das metallicrote Fahrzeug durch den Spalt zwischen Pritsche und Bordwand erkennen.

Katrin stieg hinauf auf die obere Hallentribüne der Sortieranlage. Laut Koordinaten schaute sie direkt auf den vereinbarten Treffpunkt hinunter. Das war die südliche Einfahrt der Müllsortieranlage. Sie war nicht sicher, wie Mikel sie hier finden würde. Im Obergeschoss lagen die verwaisten Büros der Hallenaufsicht. Man konnte durch die zerbrochenen Fensterscheiben auf die verlassene Anlage hinuntersehen. Aus Süden, von der Stadt Fujin kommend, bog die Straße direkt vor der Halleneinfahrt scharf Richtung Osten, zum Lager ab. Von da kam ein Lkw und fuhr auf das Gelände. Jetzt wechselte sie zur nördlichen Fensterfront auf der Tribüne und schaute hinunter. Sie duckte sich herunter und sah einen Lastwagen an der Halle vorbeifahren und rückwärts an der Grube halten. Der Geruch, den er verbreitete, war bestialisch. Sie kannte das von ihrem toten Kaninchen, welches sie in Kindertagen drei Tage nach der Beerdigungszeremonie wieder ausgrub.

Vater hatte ihr erklärt, dass ihr geliebter Gefährte sich nur kurz zum Schlafen legen würde. Wie alt war sie da, vier Jahre vielleicht? Am dritten Tag vermisste sie ihren braunen Kalle so sehr und wollte nachsehen, warum der faule Kerl nicht wieder von allein aufstehen wollte.

Ja, da war sie. Die Ladung toter Schweine. Sie erkannte durch die schmutzigen Fenster, wie der Fahrer die Ladebordwand am Lkw öffnete und drei Kanister herunter in den Kies wuchtete. Hinter der Fahrerkabine war der Handgriff mit der Hubhydraulik. Die Schweine purzelten hinunter ins Loch.

Katrin sah etwas aufblitzen im hinunterstürzenden Haufen Tierleiber. Da war etwas Auffälliges, etwas Weißes unter der Ladung.

Mikel spürte, wie er mit den Leibern in eine Grube stürzte. Er schlug mit dem Kopf auf, verlor kurz die Besinnung, – sah Sterne.

Der Fahrer öffnete die Verschlüsse der Benzinkanister, schüttete einen nach dem anderen hinunter über die Tierleiber. In der Sommerhitze entzündeten sich die Benzindämpfe mit einer Stichflamme und der ganze Haufen brannte sofort lichterloh. Er war gezwungen, sich und den LKW vor den Flammen in Sicherheit zu bringen. Schwarze Benzinwolken quollen aus dem Loch. Der Lkw fuhr los. Bald war alles still.

Die sengende Hitze in seiner dunklen Hölle. Er musste die toten Körper wegkriegen, wollte schreien. Es gelang ihm nicht. Auf seinem Körper lasteten mindestens vier Schweine. Bestialischer Gestank von verfaultem- und verwesendem Fleisch.

Hastig rannte sie hinüber, stieg in die Grube, stolperte und verlor ihre Schuhe, rollte durch das Flammenmeer hindurch, den Abhang hinunter bis zur Talsohle des Loches. Da schaute ein Fuß hervor, aus dem stinkenden Haufen.

Das kann kein Mensch aushalten, dachte sie sich. Sie zog an dem Fuß so fest sie konnte, schob ein Bein hervor.

»Mikel, bist du das?«, rief sie verzweifelt. »Hilf mir!« Aber es rührte sich nichts und die Flammenfront kam schnell heruntergekrochen, in die Grube. *Lebt er?*

Katrin zog verzweifelt an dem Bein.

»Mikel rede mit mir? Bist du okay? Mensch Mikel!«

Die Leichenstarre? Der ist tot? Sollte es so geendet haben, dieses unstete Leben eines Genies? In diesem stinkenden Haufen? Und sie kann nichts mehr tun, für ihn...?

Jetzt kam es ihr vor, als hätte sich die dampfende Masse an tierischen Leibern bewegt? Das rechte Bein war frei. Dann die linke Hand. Jetzt streckte sich die rechte Hand aus dem Fleischhaufen heraus. Damit drückte Mikel einen Kadaver von sich. Der bewegte sich leicht und kam ins Rollen, rollte hinunter in die Grube. Katrin riss an der Muttersau, die quer über Mikels Rumpf lag. Die war viel zu schwer für sie. Eine Muttersau mit mindestens 150 kg. Katrin zog fester, mit letzter Kraft, riss der toten Sau am Bein, bis sie von allein ins Rutschen kam. Er schien jetzt Luft zu bekommen und rührte sich. Als sein Oberkörper frei lag, kam Leben in ihn. Jetzt loderten die Flammen über seinem Kopf. Eine blonde Locke fing Feuer.

»Verflucht, ich brenne«, brüllte er, kaum dass er wieder bei Bewusstsein war. Mit freiem Oberkörper schlug er um sich. Katrin zog ihn an der rechten Hand. Jetzt kroch er heraus aus seinem höllischen Grab. Auf allen vieren krabbelten sie hinunter in die Müllkippe, weg von den Flammen.

»Katrin ... ich ... ich glaube es nicht?«, begrüßte er sie. Sie stiegen durch den Müll auf der gegenüberliegenden Seite, bis zum Rand des Loches hinauf, sehen sich beide um. Alles schien ruhig.

Mikels Verschwinden war noch nicht bemerkt worden. Kein Alarm, Katrin völlig außer Atem – sie rief ihm zu:

»Mikel, entschuldige. Wir stinken beide. Lass uns runter gehen, zum Fluss da vorn! Da können wir uns waschen. Da ist auch ein Versteck. Lass uns frische Kleidung mitnehmen. Warte, da vorne die Halle! Da steht mein Auto.«

Trotz des Schmutzes in ihrem Gesicht, des Gestanks und des Drecks im Haar, Katrins Schönheit litt keinen Augenblick darunter, dachte er und wollte sie in die Arme schließen. Ihre brünetten Strähnen waren verdreckt, die Frisur ruiniert. Verschmiertes Gesicht und überall Dreck an ihrer Jeans, an ihrer Bluse. Das schien Mikel nicht zu stören.

Katrin schob das hintere Tor der Anlage einen Spalt breit auf. Mikel half ihr dabei und sah das SUNDRAG-SUV, ihr Leihwagen. Sie öffnete die Seitentür und zog einen Trolley heraus. Vor dem vorderen Tor machten sie halt und schauten durch den Spalt. Noch war alles ruhig.

Sie überquerten gemeinsam Hand in Hand den Deich, der parallel zum Fluss Songhua verlief. Dann warfen sie sich hinter die Deichkrone. Langsam und schwer atmend fielen sie einander in die Arme:

»Mikel, Darling! Ich habe Dich wirklich vermisst. Nach deiner Mail – da wusste ich Bescheid. Jetzt gehen wir runter.« Sie zog ihn hinter sich her, hinunter zum Wasser. Beide entkleideten sich und stiegen an einer seichten Stelle in die Strömung. Mikel küsste seine geliebte Katrin. Das Wasser war lauwarm. Es ist Sommer. Hinter einer bewachsenen Sandbank im Fluss fanden sie Schutz. Hier konnten sie vom Ufer aus nicht gesehen werden. Sie wuschen mit dem Kadavergeruch auch für einen Moment die Sorgen fort.

Im warmen Flusswasser fühlte Katrin, wie allmählich wieder Leben in den Körper ihres Geliebten zurückkehrte. Sie spürte es an der Erregung. Mikel küsste sie, nahm ihre Brüste in die Hand. Katrin schlug den rechten Arm um seinen Hals und fasste ihn mit der Linken an den Po. Mikel schob ihr die Hand in den Schritt.

Die Erregung ihrer Körper wuchs so schnell, wie die Strömung Angst und Anspannung fortspülte. Sie liebten sich inmitten des Flusses im Wasser stehend. Irgendwie ließ ihn der Gedanke an Susan nicht los? Aber sein Geheimnis, er behielt es für sich.

Katrin kroch mit Mikel an der Hand aus dem Wasser. Oben hinter dem Deich lag ihr Trolley. Sie zog ein Badetuch heraus und schlang es ihm um die Lenden, zog ihn mit den Enden zu sich heran und küsste ihn. Mikel zögerte etwas? Dann packte er Katrin. Eng umschlungen lagen sie, nur mit dem Badetuch umhüllt und versteckten sich hinter der Deichkrone, fühlten die warme Sonne. Mikel war immer noch etwas benommen. Lag es an der Hölle, der er entkommen war? Oder an ihrer atemberaubenden Schönheit? Katrin war es, die redete:

»Das letzte Mal in Mayrhofen bei der Jausen auf der Skihütte hast du das ja erklärt. Im Falle einer Entführung. Die geheime Kontaktaufnahme – spätestens mit dem Überfall auf die Anna Maria Schmidt wurde mir klar, was du wolltest. Das war ernst gemeint. Musste bloß noch eins und eins zusammenzählen. Ich bin gestern in Shenyang gelandet. Direktflug ab München. Da war noch das Visum für China. Mein Mandarin will aufgefrischt sein«, grinste sie mit aufgesetzt ernster Miene. »Das habe ich wenigstens dem Klose-Hilger so aufgetischt. Auf einer Studienreise bin ich. Hier gehe ich wahlweise als Russin aus der Grenzregion oder als Tourist durch. Warte erst mal ab!
Du Mikel, stell dir vor, ich habe diese Frau gesehen?«

»Was für eine Frau?«

»Eine Chinesin oder so? Ich habe etwas gegrübelt, wo ich die schon mal gesehen habe. Das muss vor drei Jahren gewesen sein. Die hat den Robi Zhang abgeholt. Damals.«

»Wer soll das gewesen sein?«, wunderte sich Mikel.

»Die war in der MESINA. Hat unten am Empfang auf Robi gewartet. Eine junge, schlanke Chinesin, Asiatin jedenfalls. Oder so? Die hätte dir bestimmt gefallen. Du hast dir hier sicher längst eine Neue gesucht, denke ich?«

Mikel dachte nach. Konnte sich keinen Reim darauf machen:

»Und die willst du ausgerechnet hier gesehen haben? Ist dir der Verwesungsgeruch zu Kopf gestiegen, oder was?«

»Nein, das war die Frau. Ich bin sicher. Ich habe die zwar nur ein einziges Mal gesehen. Aber Gesichter kann ich mir merken. Schon von Berufswegen. Ich bin mit Robi im Fahrstuhl runter. Die hat auf ihn gewartet. Ich glaube, das war seine Freundin?«

Gerade wollte Katrin noch etwas sagen, als sie die Fahrzeuge sahen – an der Spitze der Kolonne wieder der metallicrote Pick-up.

»Mikel Kopf runter. Da ist der Wagen wieder – von vorhin!«

Gemeinsam duckten sie sich hinter die Deichkrone. Da war er wieder. Der Wagen rollte direkt auf sie zu. Mikel erschrak. Katrin schien das gemerkt zu haben.

»Mikel, was ist los?«

»Da ist jemand«, zögerte Mikel.

Katrin bemerkte seine Aufregung und schaute über den Deichrand – schaute jetzt genauer hin:

»Ja Mikel. Genau! Der Wagen, der ist vor einer Stunde hineingefahren. Hinein ins Lager. Mensch Mikel, ja das ist diese Frau! Das ist sie! Wir müssen schnellstens weg hier.«

Mikel ging ein Licht auf. Hinterher folgten die Pick-ups der Milizionäre mit den Maschinenkanonen auf der Pritsche. Dann bog die

Kolonne direkt vor ihnen Richtung Fujin ab. Alarm! Seine Flucht war bemerkt worden.

Susan war Robis Japanerin? Also doch? Derselbe Gedanke, den er schon mal verworfen hatte?

»Sobald es dunkel ist, fahren wir los. Schau, da sitzt noch jemand. Der Mann auf dem Beifahrersitz.«

»Ja, Katrin. Jetzt erkenne ich den, das ist Nummer 16.«

»Was, wie Nummer 16, was für eine Nummer 16?«

»Das ist einer von 20 Auserwählten, für das Human-Genome-Editing-Projekt. Die machen Selektionen an Menschen da drin. Weißt du? Die wollen den idealen Master-Slave Kämpfer aus dem Reagenzglas.«

»Mikel, das ist nicht dein Ernst, oder? Wenn der Steiger Rudi doch recht hatte? Diesen Leuten ist alles zuzutrauen.«

»Rudi? Doch nicht etwa Rudolf Steiger?«

Sie spricht so vertraut über diesen Lumpen, wie über einen Freund, dachte er sich.

»Klingt so vertraut? Hast du was mit dem?«, wollte Mikel ablenken, von seinem eigenen Fehltritt?

Sie protestierte nicht einmal und die Antwort kam zögernd, wand den Blick von ihm ab, hinüber zum Fluss Songhua.

»Nein, wo denkst du hin. War doch unser Vorgesetzter. Ich saß bei ihm vier Jahre wie ein Schoßhund vor seiner Tür. Genauso gut könnte ich Dich fragen: »Hattest du was mit Anna Maria?« Die saß doch auch immer auf deinem Schreibtisch. Einmal habe ich gesehen, wie sie ihren Kittel und Bluse ...«

»Etwa eifersüchtig, oder. Und warum holst du mich dann von hier weg, wenn ich was mit der Anna Maria habe?«, lachte Mikel und zog sie wieder näher an sich.

»Pass auf, Mikel! Es wird noch besser. Unglaublich, ist doch kein Zufall, oder? Das Karategesicht. Den habe ich mal mit Klose-Hilger gesehen, in einem Café in Schwabing. Du die Nummer 16? Ich sage dir, Klose-Hilger steckt damit drin! Rudolf Steiger hat mich immer vor den Chinesen und vor dem Klose-Hilger gewarnt! Mikel, lass uns das ein anderes Mal...«

»Du Katrin«, zögernd leise sprach er, denn er wollte sich erleichtern, wenigstens um den weniger dramatischen Teil der Wahrheit.

»Die Frau kenne ich auch. Ihr Name ist Susan Tanaka. Die habe ich in Vancouver kennengelernt. Die war damals Dolmetscherin für eine japanische Delegation dort. Und du meinst, dass die ausgerechnet die Freundin von Robi war? Die Japanerin, von der er damals erzählt hatte? Seine große Liebe? Ich glaube, da sind wir einer ganz großen Sache auf der Spur? Die Chinesen haben uns von Anfang an ausspioniert. Dann ist das richtig, was der Zhang immer gesagt hat. Ja, genau. Ich wollte es nicht glauben. Der Steiger hatte gewarnt vor denen. Gibt es ein Lebenszeichen von dem? Mal was gehört? Du kommst doch rum?«

Sie drehte sich von ihm weg und schaute nachdenklich in Richtung Fluss.

»Nein. Wieso? Du warst doch der Letzte. Auf den warten mindestens fünf Jahre. Wegen Insiderhandel, Untreue. Der wird sich hüten. Mikel, der Typ neben der Japanerin im Wagen? Neben "deiner" Susan?«

»Was meinst du mit deiner Susan?«

Er schaute verlegen, blickte auf den Fluss und rieb sich die Unterlippe, dachte nach: *Ahnte sie was?* Mikel wirkte nervös, wollte ablenken und schien die Lösung zu wissen:

»Ich glaube, der Typ ist ihr Führungsoffizier. Der Vorgesetzte der Japanerin, der Susan! Ein Spion oder so was, denke ich? Die beiden gehören zusammen! Ja, du hast recht! Das denke ich auch. Es kann nur so sein!«

»Mikel, wir verschwinden. Wir verstecken uns in der Halle, bis Anbruch der Dunkelheit. Die suchen Dich! Das war sie – die Suchmannschaft. Wir müssen schnellstens verschwinden. Ich habe alles hier vorbereitet. Müssen uns verkleiden – Haare schneiden. Du musst auch die Haare färben. Und hier den Bart. Den klebst du dir ins Gesicht. Die Kleidung, Schuhe. Komplett umziehen. Wir verbrennen das hinterher in der Müllhalde, bevor wir losfahren. Alte Visa, Pässe, dein erstes Leben – Lotterleben«, spottete sie.

»Zur russischen Grenze müssen wir. Du hast Glück – ist eh nicht weit. Du bist Mitarbeiter am Staudammprojekt da drüben! Schau her! Hier dein Pass – du bist ab sofort Anatoli Gargarin« Ich bin deine Frau und Dolmetscherin Anna Gargarina, geborene Petrov.«

Eine lückenlose Identität. Du musst nur deine Story auswendig lernen. Steht alles auf den drei DIN A 4 Seiten. Uns gibt es wirklich. Bloß sind die Echten grad in St. Petersburg auf Hochzeitsreise. Und die Fotos schauen uns einigermaßen ähnlich. In der Dunkelheit kommen wir an die Grenze. Da fällt das nicht so auf. Petersburg wollte ich auch mal hin. Bist du dabei, mein Schatz? Vielleicht machen wir das und besuchen unsere Namensgeber?« Eine "echte" Russin küsste ihren Gatten und strahlte siegessicher. »Was hältst du davon?« Eine Stunde später waren sie fertig. Der kleine Kosmetikspiegel in Katrins Hand zeigte ihre Verwandlung. Sie hatte eine neue Jeans und eine Seidenbluse und er seinen dunkelblauen Anzug an, den er zuletzt in Schanghai getragen hatte. Sie waren das junge verliebte Paar Gargarin.

»Wir machen uns jetzt auf den Weg. Ich habe einen Schleuser, der uns über die Grenze bringt. Hat alles Vane Summers arrangiert. Du hast schon von ihm gehört? Oder? Ist der Nachfolger von Pascall Engelhardt. Der Vane kennt Maxim, der den Schleuser für uns engagiert hat. Papiere hin oder her. Mit Schleußer ist sicherer. Nach Leninskoje. Das ist die jüdische autonome Region am Seitenarm des Amur. Und dann ab nach St. Petersburg. Da machen wir die Flitterwochen, oder?« Katrin hatte diese übermütige, abenteuerlustige Freude dabei. So, als könne sie nichts und niemand aufhalten.

»Mikel, wir müssen jetzt ganz besonders vorsichtig sein. Es geht los!«

Den ganzen Abend fuhren die Pick-ups mit den Maschinenkanonen. Hinein ins Lager und heraus. Fahrzeuge mit Scheinwerfern leuchteten das Gelände aus. Nach Mikel wurde überall gesucht. Wenn die geahnt hätten, dass er nur zwei Kilometer vor dem Lager auf der Lauer lag. Einen Augenblick lang war es still. Mit dem Leihwagen SUV fuhren sie ohne Hauptscheinwerfer durch das rückwärtige Tor hinaus. Mikel leuchtete nur mit der kleinen Taschenlampe die schmale Straße aus. Das Navi zeigte, kaum erkennbar einen Weg am Fluss entlang Richtung Norden. Eine Zeit lang konnten sie noch die Suchscheinwerfer am Himmel leuchten sehen. Dann war nur das Mondlicht da.

Sie kamen am breiten Fluss Delta des Songhua an. Hier mündet der Fluss in den Amur. Katrin fuhr weiter Richtung Norden. Nach einer Stunde sahen sie ein paar Häuser. Es war 2:30. Der Ort war Laoku Yantongdao. Katrin betätigte die Lichthupe.

»Hier irgendwo muss der Schleußer sein? Mensch, hoffentlich findet der uns? Wir sind viel zu spät. Es ist mitten in der Nacht. Achte auf die Koordinaten! Der Punkt am Fluss. Da ist eine Insel gegenüber. Da ist der Treffpunkt. Verstehst du Mikel. Ich glaube, ich fahre noch mal ein Stück weiter in Richtung Laoku. Hier ist kein Weg. Hier kommen wir nicht hinunter zum Fluss. Achte auf die Route, wenn wir uns verfahren, sind wir verloren.«

Da war sie, die Straßensperre. Quer über die Straße lag eine Nagelkette. Katrin konnte gerade noch bremsen und kam nur zwei Meter davor zum Stehen. Die Soldaten mit Maschinenpistolen im Anschlag sprangen aus den Büschen hervor. Mikel wurde also landesweit gesucht? Rechts und links vom Fahrzeug standen jetzt je zwei Bewaffnete. Ein Trupp näherte sich von hinten. Katrin öffnete das Seitenfenster. Der Offizier sprach einen fremdartigen Dialekt.

»Was machen Sie hier so spät? Aussteigen Papiere.«

Katrins Mut war dahin. Die Beifahrertür wurde aufgerissen. Man zwang Mikel, mit vorgehaltener Waffe auszusteigen. Katrin blieb trotzig sitzen, bis auch sie aus dem Wagen herausgezogen wurde. Ein Helfer riss ihre Handtasche, die auf dem Rücksitz lag, an sich. Zwei Männer hatten die Heckklappe aufgerissen, zogen den Trolley heraus.

Die Reise schon wieder zu Ende? dachte Mikel.
Wo ist mein Laborkittel? Der hat uns verraten. Jetzt ist es aus. Und ich habe Katrin in Gefahr gebracht und kann ihr noch nicht einmal helfen.

Sie fluchte und schimpfte auf Chinesisch. Mikel verstand nicht. Aber die an der Heckklappe fühlten sich beim Durchwühlen der Sachen gestört und hielten einen Moment lang inne.

Mikel musste die Hände auf das Fahrzeugdach legen. Er rief Katrin zu:

»Mensch, die haben uns. Und die Sachen hinten im Wagen, die verraten uns.«

»Was für Sachen? Glaubst du ich bin blöd? Anatoli Gargarin? Alles verbrannt. Nix mehr da.«

Katrin wurde herumgedreht und man zog ihr die Arme nach oben auf das Fahrzeugdach. Ein Milizionär durchsuchte sie. Berührte sie. Überall. Ein Zweiter kam hinzu und wiederholte dasselbe.

Macht so etwas die Polizei hier? War das Militär? Wie ein marodierender Mopp ist das. Eine Diebesbande? Katrin rief chinesisch:

»Ihr Arschlöcher! Ihr Feiglinge! Ich kenne Euren Chef. Der lässt Euch die Eier frittieren.« Die verstanden das, aber feixten laut weiter. Der Kopf der Bande schob seine "Helfer" zur Seite. Katrin atmete auf. Der Anführer würde wohl für Ordnung sorgen?

Im Gegenteil! Der stellte sich hinter Katrin und schob ihr das Hemd hoch. Er riss ihr den BH herunter und fasste ihr an die Brüste. Die beiden Untergebenen johlten vor Freude und schnalzten mit der Zunge. Die Diebe an der Heckklappe hörten mit der Durchsuchung auf, schauten zu und lachten. Einer zog einen Flachmann mit stinkendem Fusel heraus und reichte ihn seinem Nebenmann. Jetzt fasste der Anführer der Katrin in den Schritt. Katrin schimpfte wie am Spieß:

»Ihr Schweine!« Der Soldat am Heck des Wagens zückte sein Handy und filmte. Der zweite ließ den Trolley auf die Straße knallen. Der Inhalt flog heraus und verteilte sich überall. Er hob die Maschinenpistole in die Luft und schoss vor Freude eine Salve in den Nachthimmel. Das Martyrium für Katrin ging weiter. Sie ergriff die Panik, – wurde rechts und links an den Armen festgehalten. Der Bandenchef, hinter ihr stehend, öffnete sich die Hose. Die Jeans mit samt Slip schob er herunter. Dabei fasste er ihr zwischen die Beine. Katrin begann wieder zu schreien und zu weinen.

»Ihr Verbrecher! Dafür werdet ihr hängen!«

Lauter durfte sie nicht schreien. Was, wenn erst die reguläre Polizei käme ...? Warum hatten sie von Anbeginn ihrer Flucht keine Polizei gesehen? Die Suchmannschaften auf den Pick-ups ... Die Fahrzeuge, die aus dem Lager heraus die Verfolgung aufnahmen. Was war das? Waren das die regulären Kräfte? Polizei? In welches Land waren sie hier geraten? Wo ist die öffentliche Ordnung?

Ein Fahrzeug, ein Militärgeländewagen schoss heran, – bremste scharf und kam einen Meter hinter ihrem Leihwagen zum Stehen. Der Mob stob auseinander. Zwei Offiziere sprangen heraus. Zogen die Pistolen.

»Aufhören! Lasst sie in Ruhe! Das ist Befehl! Ich bin General Lien Gao. Verschwindet! Das meine Arbeiter vom Staudamm Fujin, Ingenieur Anatoli Gargarin mit Frau. Weg mit Euch! Meine Gäste.«

Widerwillig beschämt, zog sich der Anführer die Hose herauf und gab seiner Horde einen Wink und schien es zu akzeptieren, wusste, wen er vor sich hatte? Denn der militärische Gruß deutete eine Unterwerfung an. Sie schleuderten sich die Maschinenpistolen auf den Rücken, zogen die Nagelkette zurück in den Straßengraben und verschwanden in der Dunkelheit.

»Danke, Herr General Gao! Das war knapp«, übte sich Katrin in ihrem feinsten Mandarin.«

Der hagere Militär mit der Halbglatze versuchte die verstörten Gefangenen zu beruhigen:

»It is okay! Ich unten warten. Abend gewartet. An Fluss. Vor Yantongdao – Sie fahren müssen zu Fluss. Haben Sie GPS eingeschaltet?« Katrin schaute Mikel vorwurfsvoll an: *Hatte sie ihm nicht gesagt, dass er auf die Koordinaten achten sollte? Sie war zurecht sauer auf ihn. Erst kam er zu spät an den vereinbarten Treffpunkt und dann achtete er noch nicht einmal auf die GPS-Daten. Dass sie in die Fänge dieser Banditen gerieten, war allein seine Schuld.* Sie waren mindestens drei Kilometer zu weit nördlich des Zielgebietes.

»Herr Lien! Wir mussten warten, bis die Luft rein ist. Die haben bis spät in den Abend alles nach uns abgesucht. Was ist das für ein Lager? Dort in Fujin. Ist das die Regierung oder was ist das?« Lien Gao lächelte milde und erklärte.

»Darüber hier keiner sprechen. Viel Sprechen nicht gut, verstehen Sie? Gut, dass Rad nicht kaputt ist – Reifen von Wagen. Folgen Sie mir! Runter zu Fluss. Da wir müssen warten! Ich rufen Maxim.«

Ihre Retter bestiegen das Fahrzeug und setzten sich mit ihrem BAIC Geländewagen in Bewegung. Katrin würgte ihr SUV erst einmal ab. Die Aufregung hatte ihre sonst übliche Gelassenheit schwinden lassen. Der alte Benziner setzte sich in Bewegung und es ging über eine Schotterpiste hinunter zum Fluss. Im gleißenden Mondlicht funkelten die Sterne im breiten Flussbett des Amur. Der Geländewagen stoppte an einer Rampe. Der General stieg aus dem Fahrzeug und kam auf Katrin zu. Sie zog die Handbremse an, knapp bevor der altertümliche SUNDRAG in den Fluss zu stürzen drohte.

»Dein Freund kommt mit der Fähre. Setzt uns auf russische Seite ab. Von da aus können Sie weiter bis Leninskoje. Maxim bringt euch dort hin. Frau Geis! Herr Scott! Nehmt erst mal einen Schluck. Auf den Schreck. Und dann geht's los!«

Er zog eine kleine Flasche Wodka aus der Innentasche und hielt sie der Katrin hin. Sein Beifahrer zog ebenfalls die Wodkaflasche und machte es ihnen vor. Gao zog sein Handy aus der linken Tasche seiner Uniformjacke.

»Maxim! Komm rüber! Ich habe gefunden«, sprach er in astreinem Russisch.« Katrin quittierte es lächelnd und wirkte wie erlöst, – sah Mikel an. Denn Russisch verstand seine Geliebte auch. Ihre Großeltern hatten noch in der ehemaligen DDR gelebt und ihr die Sprache beigebracht. *Irgendwie komisch? Ein Chinese, ein ehemaliger General, der russisch spricht. Schien aber in der Grenzregion zur ehemaligen Sowjetunion nicht unüblich zu sein.*

Gao gab seinem Fahrer eine Anweisung, die man nicht verstand. Dann sprach er:

»Mrs. Geis! Siehst du? Hier ist Ferry Station. Da wir warten. Ich begleiten Euch hinüber.«

»Danke Herr General«, Katrin war erleichtert. Vermutlich trug auch der Wodka hierzu bei.

Leise tuckerte ein Dieselmotor in der Ferne. Sie wussten nicht, woher das Geräusch kam. Hinter der Insel mitten im Fluss tauchte etwas Dunkles auf. Bewegte sich in Richtung Fähranleger.

Mikel hätte noch viele Fragen gehabt. Dinge, die er sich nicht erklären konnte.

»Woher wissen die Chinesen die ganzen Formeln, die Baupläne. Die haben alles da drüben – Katrin? Ich habe auch den Nachbau vom DYNO3000 gesehen. Alles Kopie. Sogar unsere Fehler haben die kopiert. Die sind schlauer, als du denkst. Das hat System. Erst einmal die exakte Kopie. Dann erarbeiten sie sich den Rest – Stück für Stück, wie bei einem Puzzle. Der Chinese denkt anders, wie wir. Umso besser die Kopie, umso besser seine Arbeit. Ehre den Meister, mit einer guten Kopie«, erklärte er. Er sah über die Reling gebeugt, die vorbeiziehende Flusslandschaft und dachte nach:

»Ich glaube, der Klose-Hilger steckt dahinter? Der arbeitet für die Chinesen. Der war am Telefon – unfreiwillig mitgehört habe ich da was. Aber woher haben die Zugriff auf die Daten? Haben die Robi Zhang auf dem Gewissen? Aber die brauchten auch die IFD und das Passwort von Jeff Dole? Hat das Pascall Engelhardt verraten? Der muss doch jetzt tun was Hilger verlangt?«

RUSSLAND

Leninskoje 27. August 2038

Sie waren eine knappe Viertelstunde gefahren. Die Fähre umrundete die Flussinseln des Amur. Die Vögel, vom Lärm des Diesels aufgeschreckt, stoben in den Nachthimmel hinauf, dem Mondlicht entgegen. Eine romantische Stimmung war der Anspannung gewichen. Mikel fühlte die Sicherheit und suchte Katrins Blick. Die aber stand an der Reling und wandte sich dem General zu, sprach leise mit ihrem Helfer. Wieder verstand Mikel nichts.

Sie schien so weit weg in diesem Moment? Gerne hätte er sie jetzt in den Armen und würde ihr die Sterne am Nachthimmel erklären. Es gab offenbar etwas, was wichtiger für sie war.

Nach einer halben Stunde Fahrt tauchte die russische Seite mit der Anlegestelle vor ihnen auf. Die war hell beleuchtet. Offensichtlich war alles gut vorbereitet, denn dort warteten zwei Fahrzeuge. Ein LADA-Geländewagen und ein neuer RAMBIRD-SUV.

Die Fähre ließ die hydraulische Rampe herunter und knirschte gegen die alten Lkw-Reifen, die am Beton herunter in den Fluss hingen. Der Matrose sprang auf den Anleger und zog die Taue über die Poller.

Zwei Helfer standen schon bereit.

Gao rief dem einen zu:

»Maxim! Alles klar, wir sind da. Wo ist unser Freund?«

Die Helfer hatten Kalaschnikows auf dem Rücken. Mikel war froh, mit Katrin in Freiheit zu sein, als sich die hintere Tür des RAMBIRD öffnete. Ein bulliger Typ stieg aus und kam auf General

Gao und Katrin zu, die noch auf der Fähre warteten. Runder Kopf mit den stecknadelkurzen Haaren, kein Hals und breite Schultern. Dieser Muskelprotz? Mikel erkannte ihn wieder. Er erinnerte sich. Vor drei Jahren. Wo war das? Ja genau! Im MAGLEV, vor MESINA, der Boxer. Was macht der hier?

Lachend sprang Katrin herunter von der Fähre und ging dem schweren Mann entgegen.

»Vane, schön Dich zu sehen! Alles gut gegangen. Wir sind da«, streckte sie ihm die Hand hin.

Hatte sie was mit diesem Kolos? War doch gar nicht ihr Typ, dachte er.

»Mikel, darf ich dir Vane Summers vorstellen? Der Nachfolger von Engelhardt in MESINA. Der hat das Ganze arrangiert. Mit den Russen, kennt ein paar einflussreiche ...?

»Katrin, den kenn ich ...«, Mikel war im Begriff auf ihn zuzugehen. Irgendwas störte ihn. Er hielt inne, ehe er ihm mit einem gequälten Lächeln die Hand reichte.

Was machte der hier? Der soll Nachfolger von Pascall Engelhardt sein?

Die zwei Soldaten aus dem LADA standen Spalier neben dem RAMBIRD. Ehe er noch etwas sagen konnte, sprach ihn Vane Summers an:

»Welcome Mr. Scott Miller. Willkommen in Russland. Hallo Katrin! Hat alles geklappt? Gut so!«

Katrin schien entspannter.

»Lien, Herr General, ich danke Ihnen.«

Der reichte ihr die Hand wie zum Abschied. Aber der wollte was anderes von ihr:

»Mrs. Geis, bitte Schlüssel von Auto! Wir muss bringen Fahrzeug an andere Ort. Weit von Fujin. Nach Shenyang. Da niemand suchen.«

So nüchtern und abgeklärt war er. Es war Routine für ihn. Schmuggel und Schleusen – das war sein Geschäft. Ein General im Ruhestand. Oder warum machte er so etwas?

Sie wandte sich ihm zu.

»Vane, wo bringt Ihr uns hin? Was habt Ihr jetzt vor?«

Lien stieg auf die Fähre und gab zurück:

»Madam, Mikel, Vane, Maxim, see You!«

Dann gab er dem Fährmann das Zeichen zum Ablegen.

»Katrin, was tun die mit uns?

»Mikel. Ich weiß auch nicht. Daheim habe ich niemanden davon erzählt. Auch nicht meinem neuen Chef, dem Klose-Hilger. Der meint, ich mache eine Bildungsreise nach China. Was hat Rudolf Steiger damals gesagt? Pass auf, der Klose-Hilger ist gefährlich.«

Er dachte nach, schien sich zu erinnern:

»Stimmt, Katrin. Das hat er zu mir auch gesagt. Damals in Frankfurt. Ich erinnere mich.«

Mikel fiel auf, dass Katrin kaum erleichtert schien.

Er beobachtete sie. Sie war nervös. Warum? Hat doch alles geklappt?

Sie war ein Kämpfer, stieg in den RAMBIRD. Irgendetwas passte nicht? Er wusste nicht, was?

»Katrin. Wo bringen die uns hin? Wie schaut Euer Plan aus?«

»Ja Mikel, wenn ich das wüsste?«, gab sie zurück.

Vane führte das Kommando.

»Maxim. Auf nach Sewerouralsk!«

»dobro pozhalovat«, antwortete er und bestieg den LADA. Es ging los. Der RAMBIRD folgte dem Geländewagen – die staubigen ungeteerten Wege entlang. Es war eine laue Sommernacht. Die Landschaft des Amir Deltas zog an den abgedunkelten Seitenscheiben des Vans vorbei. Seine Katrin saß stumm vor ihm neben dem Fahrer. Links neben Mikel dieser Boxer Typ, dieser Vane Summers.

Sie hörten ihn irgendetwas wie Start und Airport reden – auf Russisch. Seltsam, seit wann spricht ein Amerikaner Russisch? Vielleicht sind seine Eltern, Großeltern aus der ehemaligen Sowjetunion in die USA geflohen?

Im Morgengrauen kam die Kolonne auf dem abgesperrten Gelände des Militärflughafens Birobidzhan Yuzhniy an. Der RAMBIRD erreichte eine Maschine auf dem Rollfeld. Die wartete offenbar schon mit laufenden Triebwerken. Alles schien vorbereitet. Vane öffnete Mikel die Autotür. Die Soldaten, allem voran Maxim, waren ihnen gefolgt. Eine Stewardess wartete und nickte ihm freundlich zu. Katrin und Mikel bekamen die vorderen Sitze der linken Sitzreihe zugewiesen. Vane saß auf gleicher Höhe in der gegenüberliegenden Reihe. Mikel schien die Vertrautheit der beiden, die Blicke zu bemerken.

Sie hatten sicher viel miteinander zu tun bei MESINA. Nach dem Rausschmiss von Pascall Engelhardt muss Katrin für dessen Einarbeitung in der Firma zuständig gewesen sein. Da gab es sicher eine Menge zu besprechen, dachte sich Mikel in diesem Moment.

Trotz seiner Neugier überfiel Mikel die Müdigkeit. Er hatte so vier bis fünf Stunden geschlafen und aus dem Fenster der Iljuschin Il-126 geschaut. Inzwischen war es Vormittag. Er sah die Gebirgszüge des Ural. Eine halbe Stunde später begann der Landeanflug auf Sewerouralsk. Das Paar wurde nach der Landung aus dem Flieger geleitet. Rechts Maxim und links Igor, wie sich der Helfer neben ihm vorstellte. Ein LADA und ein Kleinbus nahmen sie in Empfang. Die Fahrt führte durch eine Geistersiedlung. Es war die frühere Bergarbeiterstadt Solwa, 32 Kilometer westlich von Sewerouralsk. Für den morbiden Charme der alten Bürgerhäuser hatte Mikel weniger Interesse als an seiner wieder erlangten Freiheit. Am Nachmittag kamen sie an einen Uralsee bei Gorod Severouralsk. Beide gingen hinunter ans Ufer. Mikel trank etwas vom kristallklaren Wasser des Bergsees. Berge mit schneebedeckten Gipfeln schienen aus der Seenlandschaft herauszuwachsen. Völlig unberührte Natur im hinteren Ural.

Auf dem Weg in Richtung Osten wurde es langsam dunkel. Sie hatten den Fluss Sosva über eine schmale Brücke überquert und vor ihnen wuchs eine Felswand senkrecht in den Himmel. Die Serpentinen einer Privatstraße führten um den Felsen herum hinauf. Oben auf der Anhöhe angelangt, wartete ein vier Meter hoher Zaun auf die neuen Gäste. Eine Absperrung mit militärischem Stacheldraht, beleuchtet und mit Warnhinweisen.

"DANGER HIGH VOLTAGE" stand auf einem Schild. Vane betätigte die "DOORLOGG"-App auf seinem Handy. Automatisch öffnete sich das Tor und sie fuhren hinein.

Ist das hier das Gästehaus? dachte Mikel.

»So, hier verbringen wir erst einmal die Nacht. Dies ist das Gästehaus eines Freundes«, erklärte Vane Summers.

Das komfortable Hotel lag hoch über dem Fluss. Von der Auffahrt schaute man auf das Uralgebirge, in den Sonnenuntergang einer urwüchsigen Flusslandschaft.

Am Eingang wartete ein livrierter Angestellter des Hauses zur Linken und eine Empfangsdame stand rechts Spalier. Katrin war müde.

»Hier können wir uns ein paar Tage ausruhen. Es ist schön hier.«

Der Empfangschef Miroslav Strawinsky begrüßte sie förmlich und schob ihnen das Anmeldeformular über den Tresen.

»Welcome in URALCHEMICAL Guesthouse, Mrs. Geis, Herr Doktor Miller!«

Vane Summers hielt sich dabei im Hintergrund und verschwand bald auf seinem Zimmer.

Nach dem Dinner waren beide auf ihr Zimmer gegangen. Mikel fiel auf das Bett und schlief ein. Zwei Tage und Nächte hintereinander war er auf den Beinen. Katrin verließ das Hotelzimmer. Bevor sie leise die Tür hinter sich schloss, vergewisserte sie sich, – er schien fest zu schlafen?

Vom Klicken des elektronischen Türschlosses wurde er wach. Es war die Unruhe in ihm. Die Anspannung. Als er sich rechts und links umdrehte, war er allein?

Seine Katrin war romantisch und verliebt. Niemals würde er sie so allein lassen. Egal wie müde er auch sein mochte? Überraschen wollte er sie. Ihr zeigen, dass er ab sofort immer für sie da wäre. Keinen Fehltritt mehr! Denn er hatte seine Lektion gelernt.

Leisen Schrittes folgte er ihr. Der Empfangschef war in die Abrechnung der Minibars vertieft. Unbemerkt schlich er an ihm vorbei – durch die Empfangshalle. Die steilen Treppen führen hinunter zum Fluss Sosva, der sich zweihundert Meter unterhalb des Gästehauses um die Anhöhe herumwindet und dabei eine unberührte Flusslandschaft mit Wasserfällen und Kiesbänken bildet. Von unten ähnelt das Gästehaus einer mittelalterlichen Burg.

Mikel folgte ihr heimlich durch das sich langsam schließende automatische Tor in die finstere Nacht. Sie hatte offenbar einen Code für die DOORLOGG App? Und gönnte ihm die Ruhe nach der aufregenden Flucht. Aber er wusste, dass Katrin romantische Spaziergänge mochte. Da waren die lauen Sommernächte in der Hirschau bei Mondschein. Von seiner Wohnung in München waren es nur fünfhundert Meter hinüber in die Isarauen. Frisch verliebt waren sie damals. Katrin wartete, wie zu Hause, in den Ufer-Auen der Isar auf ihn? Heute war das irgendwie anders?

Ein dunkelblauer WOLGA 405 hielt auf der Lichtung am Flussufer. Die Scheinwerfer gingen aus. Nur noch das Mondlicht war da. Erwartete sie jemanden? Der Fahrer ließ die Seitenscheibe herunter. *Wer ist das?* Fragte er sich.

»Katrin. Hallo«, flüsterte der: »Hast du ihn hier?«

Sie antwortete:

»Ja. War nicht ganz einfach.«

»Gute Arbeit«, kam zurück.

»Ist er oben? Komm steig ein!« Sie stieg auf der Beifahrerseite zu ihm und Mikel konnte schemenhaft erkennen, wie sie den Mann zur Begrüßung auf die Wange küsste.

»Ist oben! Hat sich hingelegt, schläft wie ein Stein. Bis jetzt alles nach Plan. Die Chinesen ausgetrickst, ihn ausgetrickst, dank Vladimir«, spottete sie. Der Fremde fragte:

»Was glaubst du – ahnt er was?«

»Glaube nicht? Wie immer. Ist nur auf seine Arbeit fixiert. Wie ein Grottenmolch. Sobald der ans Licht kommt, zeigt sich seine Lebensuntauglichkeit.«

Was meinte sie mit ausgetrickst? Es war dunkel, Mikel konnte den Mann im schwarzen WOLGA nicht erkennen, aber diese Stimme?

Vladimir? Wer ist Vladimir, dachte er? Mikel versuchte näher ran zu gehen. Wer war das? Was macht die hier? Er übersah den Ast. Ein Knacken. Mikel hielt inne.

»Katrin, da ist wer!« Die Fahrertür riss auf und er zog die Pistole aus der Jackentasche. Die LED der WALTER P128 erhellte den Weg vor ihm – der Laserstrahl der Waffe tänzelte, wie ein Glühwürmchen, suchend durch die Nacht. Mikel machte einen Schritt zurück ins Dunkel. Das kalt-weiße Licht blendete ihn. Er konnte den Mann nicht erkennen, der auf ihn zuging. Wieder knackte es unter seinen Füssen. Egal, es war zu spät. Da stand er vor ihm im grellen Schein der LED. Der Laserstrahl warf einen roten Punkt auf Mikels Stirn. Bereit abzudrücken, stand er vor ihm. Mikel war geblendet. Ein Brandfleck auf der Netzhaut. Er war fast blind. Aber...

Mikel erkannte ihn ...

SCHACHMATT?

MESINA AG, Martinsried, 27. August 2038

Fremdartig klang die Stimme. Atemlos, vielleicht Asthma? So hörte sie ihn am anderen Ende der Leitung:

»Verbinden bitte Sie CEO, Klose-Hilger.«

»Einen Moment bitte«, antwortete am anderen Ende die neue Vertretung von Katrin Geis. Sie fühlte sich wohl – die Anna Maria Schmidt:

Einfach einmal an der Spitze eines großen Unternehmens zu sein – hier im Vorstandsbüro. Zwar war sie nur die Vertretung der Katrin Geis. Egal, jedenfalls war das die Chance für sie. Sonst kannte sie nur ihre Mikrobiologen-Kollegen. Das waren alles Fachidioten. Allein in Kanada, ohne den kranken Vater, ohne ihre Mutter, ohne Mikel. Das hielt sie auf Dauer nicht aus. Warum bekam Katrin Geis so kurzfristig Urlaub?

Der Idee von Kommissar Oberländer stimmte Anna Maria nur allzu bereitwillig zu. Die Bewerbung für ihren alten Job in MESINA war für sie ein Heimspiel. Hatte sie sich doch in den fünf Jahren eine breite Lobby "erarbeitet". Karmen Rieger von der Personalleitung hieß sie wieder herzlich willkommen. Und so saß Sie an der Quelle der Informationen, die der Aufklärung des mysteriösen Todes von Robi Zhang und dem Verschwinden von Mikel dienten. Das meinte jedenfalls der Kommissar. Was war mit dem SEQUENZER?

»Herr Klose-Hilger. Hier ist Herr Sam Feng Yong SGI Shenyang«, sprach sie in das Mikro. Dabei lächelte sie so gut und so falsch in die Kamera der COMMDATA-Telefonanlage, dass der Klose-Hilger sich einbildete, da war schon wieder eine, die scharf auf ihn war. Er dachte sich wohl: *Macht – macht sexy! Eine Rolle spielte sie, – die des gehorsamen, fleißigen Blondchens, die ihm dankbar jeden Wunsch von den Lippen abliest. Sie wusste, dass etwas mehr Offenheit und dumpfer Gehorsam, den schmierigen Typen leichtsinnig machen würde. Und offene Ohren brauchte sie hier. Schließlich hatte das auch der Kommissar verlangt.*

»Halten Sie die Ohren offen, da braut sich einiges zusammen. Wir haben Informationen, dass bei der MESINA der Schlüssel zu all unseren offenen Fragen liegt«, hatte der gemeint.

»He disappeared. Vogel wegfliegen«, informierte Sam Feng Yong den Klose-Hilger.

»Wie was. Wer? Doch nicht etwa der Mikel Scott Miller?«

»Bedauerlicherweise Mr. Mikel Miller ist weg. Die Russen haben gestohlen ihn.«

»Wo ist er? Woher wissen Sie, dass es die Russen und nicht die Amerikaner oder Kanadier sind?«

»Man hat Schleuser in Shenyang gefangen.

Will Auto von Flucht machen verschwinden. Er sagen haben Vogel nach Russland bringen. Sewerouralsk. Hinter Ural. Verstehen. Die Russen?«

»Shit. Ja dann steckt der Vane dahinter, der EFSB. Der BND war bei mir im Haus. Haben mir ein Foto gezeigt. Auf dem war unser IT-Manager Vane Summers abgebildet. Aber sie fragten nach Vladimir Simshov. Sie sagten, dass wir aufpassen sollten – ist "Top-Secret". Die Russen, der EFSB, verstehen Sie? Ich sagte ihnen, dass der Urlaub macht. Wo weiß ich nicht, habe ich ihnen gesagt. Vane Summers ist Vladimir Simshov!«

»Mr. Klose-Hilger. Wir Vögelchen wieder fangen!«

Anna Maria nahm den Kopfhörer herunter. Sie strahlte vor Glück: *Angst, aber die Gewissheit, er lebt.*

GEWISSEN?

Lager Soswa, URALCHEMICAL 27. August 2038

»Ah, wen haben wir denn da?«

Langsam bewegten sich die scherenschnittartigen Umrisse einer großen, hageren Gestalt auf ihn zu. Das Mondlicht leuchtete silbrig schillernd im Fluss und Mikel hob die Hände. Direkt hinsehen konnte er nicht. Doch er wusste, wen er vor sich hatte. Halb erblindet drehte er sich zur Seite, um sein Augenlicht nicht vollständig zu verlieren. Die modernen Waffen machen das Opfer vorher blind, bevor sie töteten. Es war diese Stimme ...

»Da ist ja unser Genie. Hat ein bisschen gedauert, Dich auf die richtige Seite zu holen. Hallo Mikel. Damals musste ich Dich leider allein lassen. Es war mit einem Schlag alles aus. Sydney, deine Rede dort, vor Hunderten von Leuten. Du hast es versaut. Aber jetzt kannst du es wieder gut machen, mein Freund.«

»Rudolf Steiger. Was tun Sie da?«

»Ja Mikel. Da schaust du? Jetzt bist du da, wo du wirklich was bewegen kannst. Nicht diese wirkungslosen Pülverchen. War auch nicht ganz einfach, Dich zu befreien«, machte er sich lustig.

»Der Zhang wollte nicht recht mitmachen. Aber mit einem Messer am Hals redet es sich leichter. Nachdem Vladimir ihm versichert hatte, dass er nicht für die Chinesen arbeitet, fiel es ihm leichter, das Passwort herauszurücken.«

»Sie meinen Vane Summers, von der IT-Abteilung?«

»Genau, dein Retter! Hast du es endlich? Hat lang genug gedauert? Ich hatte dir offen gestanden mehr zugetraut, lieber Mikel Scott Miller«, langsam kam er näher. Mikel konnte den kalten Schwaden seines Atems riechen, als er hämisch grinsend fortfuhr:

»Nur damit kam er noch nicht in die Datenbank. Die Daten von Jeff Dole hatte er – fehlte aber noch die IFD von Zhang. Wollte sich einfach nicht fotografieren lassen. Hat sich gewehrt und gezappelt, der Idiot. Vladimir musste wieder einmal ran. Ging ganz schnell. So was lernt man nur beim EFSB. Ist ihm buchstäblich zu Herzen gegangen«, spottete er ohne jedes Mitgefühl.

»Zusammen mit der IFD und Passwort von Jeff Dole und den 3-D-Scan von Robi Zhang, dessen IFD, hat Vladimir den Zugang hergestellt. Pascall Engelhardt hatte nicht einmal davon gemerkt. Ist halt ein miserabler IT`ler, habe ich immer gesagt. Die Passwörter hatte er alle unverschlüsselt auf dem Server rumliegen. So eine Pfeife. Den hätte ich viel früher feuern müssen.«

»Abgestochen wie ein Schwein. Ihr Verbrecher!« Mikel war kurz davor, sich ihm entgegenzuwerfen. Das Schlimmste für ihn war, dass seine Katrin da mitgemacht hatte. Er stand wie gelähmt.

»Katrin. Warum hast du uns verraten?«

Seine große Liebe wechselte jetzt zu Rudolf Steiger hinüber, lehnte mit den Händen an seiner linken Schulter. Ihr Gesichtsausdruck hatte nichts mehr von seiner Katrin, wie er sie kannte. Kalt war ihr Blick – so kalt wie das grelle Licht der LED.

»Mikel, wer hat wen verraten? Klose-Hilger hatte da die Aufnahmen mit deiner neuen Flamme, der Susan Tanaka. Da warst du für mich gestorben. Wir hatten uns die Treue geschworen. Ich liebte Dich, konnte es nicht glauben. Aber die Bilder im Hotelzimmer in Vancouver. Du Schwein! Ich habe Dich so geliebt.

Klose-Hilger kam mit den Chinesen. Damals, als es uns dreckig ging. Robi Zhang hatte recht. Und Rudi hat mich davon überzeugt. Nachdem du MESINA an die Wand gefahren hast, mit deinem blöden Interview, blieb ihm nichts anderes übrig. Den Klose-Hilger konnte er nicht mehr stoppen. Der hatte schon die Susan und ihren Freund auf Euch gehetzt. Robi hat damals schon Glück gehabt. Die wollten Anna Maria schnappen, wegen ihrer exklusiven IFD. Die allein hätte schon gereicht. Die Chinesen Gang, das Rollkommando hatte sich zu blöd angestellt, damals. Du hast mir davon erzählt, Mikel. Die hatten schon vorher die Susan auf Robi angesetzt. Susan hat zusammen mit ihrem Mann Naruto Nakamura das a la carte geliefert. Rudi hat das mitgekriegt, es war zu spät. Die waren am Ziel. Die Chinesen hatten, was sie wollten. Da hat Rudi den Vladimir um Hilfe gebeten. Der hat die Russen ins Spiel gebracht. Die brauchen Dich, Mikel. Siehst du? Und jetzt sind wir wieder alle beieinander. Rudi, du und ich – ist doch toll, oder? Schatz sage ich jetzt bewusst nicht mehr. Rudi hat mir geholfen und ich bin drüber hinweg. Wir werden uns ein neues Leben aufbauen. Schön, dass du uns dabei helfen willst.«

Steiger wurde ungeduldig, wollte die Beute in Sicherheit bringen.

»Komm, Mikel steig ein. Hinten rein mit dir! Katrin setz Dich ans Steuer! Ich leiste unserem Freund, dem SEQUENZER Gesellschaft«, spottete er selbstsicher. »Ich habe zwar nie verstanden, was du so in deinem Labor zusammengebraut hast. Aber so viel habe ich begriffen. Es ist Millionen wert. Jedenfalls interessiert sich die ganze Welt dafür. Fahr ihn hinauf ins Gästehaus – Katrin!«

Für Mikel war es ein schwerer Schlag. Die Rache von Katrin und die Gewissheit, wieder einmal in die Falle getappt zu sein.

»Was wollt Ihr von mir? Die Chinesen sind eh schneller. Die haben längst die Kopie des DYNO3000 am Laufen.«

Steiger stieß ihm die Waffe in den Rücken und schob ihn vor sich her, zum Wagen.

»Ja Mikel, auch das wissen wir längst. Wir kennen auch die undichten Stellen. Jeff Dole hat die Daten an Engelhardt geliefert. Die IFD von Robi Zhang war für die Chinesen am einfachsten zu beschaffen. Ich habe dir schon immer gesagt, du kannst dem Robi Zhang nicht trauen, – wolltest nicht auf mich hören. Hättest halt mal deine Freundin Susan Tanaka danach fragen sollen. Der Angeber hat sie mit ins Labor genommen. In unser geheimes Labor. Dann hat der, vor Liebe blind, auch noch das Passwort vor ihren Augen eingegeben. Die hat einfach mitgefilmt. Unglaublich, so ein Idiot. Deine Freundin muss eine absolute Granate sein – im Bett und so.« Katrin schaute jetzt weg. Schmerz – nur Abscheu und Verachtung hatte sie noch übrig für ihn.

»Die Bilder von deinem Robi bei einem Ausflug in die Berge haben ausgereicht. Die haben die Chinesen zu einer 3-D Face-ID nachgearbeitet. Schon war der Zugang von Robi geknackt. Die Chinesen waren wieder einmal schneller. Wie so oft. Die hatten Susan Tanaka und ihren Mann, Naruto. Die wussten alles. War das peinlich. Wir mussten uns was Besseres einfallen lassen.«

Mikel war wütend. Auch weil er zum zweiten Mal einer Frau auf den Leim gegangen war.

»Sie sind ein Lügner und Betrüger, ein Wirtschaftskrimineller, Insiderhandel. Allein, das mit den MESINA Aktien ...«

»Ja mein lieber Mikel. Das mit den Börsen hast du nie verstanden – die Weisheit:

»Man muss den Tiger reiten, bis er tot umfällt. Oder man wird von ihm gefressen.« Mein lieber Mikel, warte erst Mal ab was Dich erwartet. Morgen lernst du Deinen neuen Arbeitgeber kennen.«

Die Forschungsanlage im Lager Soswa, URALCHEMICAL war in vier Sektionen aufgeteilt. Jede Sektion hatte eine eigene Wachmannschaft mit hoher Umzäunung und Kameras. Mikel ahnte, warum die Anlage von der Zivilisation abgeschieden mitten in der Wildnis lag.

Die Westzufahrt, SEKTION 1, mit dem Gästehaus war die freundliche Fassade eines geheimnisumwobenen Konglomerats. Die Ostzufahrt war für die Mitarbeiter der Forschungsanlage von URALCHEMICAL gedacht.

Mikel war wieder einmal gefangen. *Gefangen und in einem goldenen Käfig. Allein weil er sich wieder einmal von einer Frau hat "an der Nase herumführen lassen". Ausgerechnet ihm, der in der Lage gewesen wäre, sich die ideale Lebensgefährtin aus dem Reagenzglas zu zaubern, musste so etwas passieren?*

Aber wenigstens heute Morgen hatte er Gesellschaft.

»Guten Morgen SEQUENZER!«, empfing ihn Rudolf Steiger, überheblich spöttelnd, mit der Katrin Geis an der Hand.

»Guten Morgen Mikel«, klang Katrin zurückhaltender und stolzierte artig hinter ihrem neuen Freund hinüber zum Frühstückstisch am Fenster. Dieser Tisch war den Chefs und Ehrengästen vorbehalten.

Der Blick hinaus glich einer Fototapete. Eine traumhafte Berglandschaft mit dem Fluss Sosva im Vordergrund. In seiner Niedergeschlagenheit hatte er keinen Blick dafür. Stattdessen musste er Hohn und Spott über sich ergehen lassen.

»Wie ich sehe, scheinst du Dich recht wohlzufühlen, mein lieber Freund?«, fragte Steiger.

»Ich bin nicht Ihr Freund! Und ich war es nie. Die Brüderschaft in Frankfurt. Das haben Sie mir aufgedrängt.«

»Junge sei froh – du triffst heute den Chef. Genug gefrühstückt. Wir fahren rüber, komm steh auf!«

Steiger wartete in der Mitte des Frühstücksraumes auf ihn. Etwas Neugier war auch dabei, als er den beiden hinterherlief.

»Katrin, du fährst wieder. Keine kann das so gut wie du!«, grinste er. »Ich kümmere mich um unseren gemeinsamen Freund, leiste ihm etwas Gesellschaft, komm Mikel! Siehst du, wir verstehen uns?«, sprach Steiger, hinten im Wagen neben ihm.

»Ihre Nettigkeiten können Sie sich sparen! Steiger, Sie sind für mich nichts weiter als ein gewissenloser Mensch, der über Leichen geht. Wie eine Hure, die`s für Geld mit jedem treibt.«

»"Haha" – dass ich nicht lache. Ausgerechnet der SEQUENZER will sich hier zum Richter aufspielen. Du Pharisäer! Was du alles auf dem Kerbholz hast! Du musst reden? Was hast du mit der Baier gemacht? Bei den Chinesen? Schweig, sonst überleg ich mir das noch anders!«

Sie verließen die SEKTION 1 und Katrin fuhr den schwarzen WOLGA durch die Sicherungsanlage von SEKTION 2, mit den Maschinenhallen hindurch. Sie durchquerten die SEKTION 3 mit den Versuchsanlagen für die Nutzpflanzenforschung und die Schädlingsbekämpfung. URALCHEMICAL prangte am Dach der Hauptverwaltung. Sie überquerten die Forschungsanlage und standen vor einer weiteren Sperranlage vor der SEKTION 4. Sicherheitsleute in schwarzer Uniform und schwarzen Barett auf dem Kopf, warteten hier am Tor und stellten sich mit den Kalaschnikows im Anschlag vor dem Wagen auf. Katrin stoppte und ließ die

Seitenscheibe herunter. Viel verstand Mikel nicht von dem, was sie denen erzählte. Aber in etwa so viel wie:

»Wir haben ein Date mit Herrn Doktor Alexander Rostow. Hier ist unser Sicherheitscode.«

Sie hielt dem Wachhabenden, der aus seinem Empfangshäuschen gekommen war, ihr Handy mit der DOORLOGG hin. Der scannte den Code mit dem Lesegerät und schaute in den Wagen und entdeckte Doktor Rudolf Steiger und Mikel hinten sitzend. Ein knappes Lächeln und der angedeutete Gruß bedeutete so viel wie. *Alles klar, ich kenne dich!*

»Gut. Tor öffnen!«, gab er den Wachmännern ein Zeichen.«
Die Anlage glich eher einem Hochsicherheitsgefängnis, denn einer Forschungsanstalt. Mikel sah Sicherheitskräfte mit Hunden an der Leine, die in der Nähe der hohen Elektrozäune patrouillierten.

Hinter den Mannschaftsunterkünften des Wachpersonals stoppte Katrin auf deren Parkplatz. Sie gingen hinüber zum Eingang des Hauptgebäudes der SEKTION 4.

Am Eingang kam ihnen eine blonde Frau, ca. Anfang dreißig entgegen. In einem schwarzen Kostüm und hellblauer Seidenbluse und gewagt kurzem Rock, der ihre nicht allzu langen Beine etwas besser zur Geltung brachten. Das weite Dekolleté unterstrich ihre beachtliche Oberweite und ihr Platin Gehänge zeugte von Wohlstand.

»Hello Katrin. Hast du ihn dabei?«

»Ja, guten Tag Elena! Da ist er, der SEQUENZER.«
Rudolf Steiger hatte Mikel aussteigen lassen und stand neben ihm. Er drehte sich zu ihm um und schaute ihn mit ernster Miene an. So, als wolle er sagen:

Ich warne dich, mach bloß keine Dummheiten!

»Hello Elena! Hier ist Mikel Scott Miller. Einer meiner Mitarbeiter aus Germany. Er wird uns behilflich sein«, grüßte der Hüne.«

»Hello Rudi! Hello Mr. Miller! Ich bin Elena Rostowa«, lächelte ihn die kleine Frau mit dem hübschen, runden Gesicht an. Irgendwie mochte sie den jungen, blonden SEQUENZER auf Anhieb.

»Herzlich willkommen in URALCHEMICAL. Bitte kommen mit mir! Der Chef, schon warten!«

Die kleine Blondine schritt leichtfüßig in ihren hohen Stöckelschuhen voran und gab der Hostess, die artig die Tür aufhielt, einen Wink aus dem rechten Handgelenk. Dabei würdigte sie die Bedienstete keines Blickes. Im Gang begann ein hektisches Treiben und die Laufsteg-Models in knackigen, schwarzen Uniformjacken, kurzem Röckchen und weitem Dekolleté öffneten artig die Zwischentüren und geleiteten die Gäste zu einem Besprechungsraum. Dort wurden sie schon von drei Personen an einem langen Tisch am Ende des Saales erwartet. Katrin blieb neben dem Eingang stehen und ließ Rudolf Steiger den Vortritt. Der ging geradewegs auf den vor ihm Sitzenden zu.

»Herr Doktor Rostow. Darf ich ihnen vorstellen? Das ist Mikel Scott Miller. Der SEQUENZER.«

Rostow blieb sitzen und verzog keine Miene. Er gab auch niemanden die Hand, sondern antwortete nüchtern:

»So, Sie sind Herr Scott Miller? Sie haben Glück, zu sein in der modernste Forschungsanlage der Welt.«

Die Szenerie glich einer Gerichtsverhandlung. Während Mikel am Morgen noch guter Dinge war, erschreckte ihm nunmehr die Eiseskälte dieses Mannes. Stecknadelkurze, dunkelbraune

Haare, blaue Augen und braun gebrannt schaute er gerade aus, vermied den Blickkontakt.

Er durfte in etwa in seinem Alter gewesen sein. So schaute die blanke Macht aus. In seinem schwarzen Zweireiher hätte man ihn für einen Diplomaten in geheimer Mission halten können. Vielleicht war er das auch? dachte sich Mikel.

»Sie sehen, hier rechts, Herrn Doktor Dimitri Ulanow. Ein Nachfahre des Großfürsten Alexander Ulanow. Ist Chef von medizinische Forschungsanstalt. Und zu meiner Linken sitzt Herr Professor Iwan Boranov. Er ist der Leiter unseres Genome-Editing-Projektes. Und er ist zugleich Ihr Chef in Sachen Wissenschaft. Er wird ihnen zeigen, um was es uns gehen. Um es kurz zu machen. Wir brauchen Ihre Hilfe.«

»Warum halten Sie mich hier gefangen, wenn Sie meine Hilfe brauchen? Vielleicht hätte ich freiwillig meine Dienste angeboten? Als Primus inter Pares. Aber unter Druck verweigere ich Ihnen meine Dienste. Was Sie machen, ist ein Verbrechen, Herr Doktor Rostow!«

Der weißhaarige Doktor Ulanow hatte sich bisher vornehm zurückgehalten, so wie man es von einem Mitglied des Hochadels erwarten würde. Jetzt schlug er mit der knochigen Faust auf den Tisch:

»Wissen Sie, wen Sie vor sich haben?« Er zeigte auf den "mächtigsten Mann der Welt", auf einen zornigen Alexander Rostow. Ulanow schäumte vor Wut, hielt sich die Hand vor den Mund, als er sich dem Chef zuwandte und ihm leise etwas zuflüsterte.

Katrin hatte etwas verstanden, denn was sie jetzt zu den Herren sprach, klang nach einer Entschuldigung:

» Pozhaluysta, izvini etogo idiota...«

Die Männer schauten sich verwundert an und flüsterten sich zu. Katrin zeigte nach draußen, verabschiedete sich und schaute Mikel beim Hinausgehen zornig an:

»Wir sollen draußen warten, Mikel du hast es wieder versaut. Gnade uns!«

Professor Iwan Boranov erhob sich eilig und folgte ihnen. Er hielt Katrin und Mikel, rechts und links neben ihm stehend, die Hand auf die Schulter und schaute abwechselnd beiden ernst in die Augen. Der Mittfünfziger im dunkelbraunen Flanellanzug mit grau melierten Schläfen und Halbglatze klang ernsthaft besorgt. Er wusste, wie das enden würde, wenn man dem Patriarchen widersprach. Dabei nahm er die dicke Brille mit dem Metallgestell in die Hand, um den beiden besser in die Augen sehen zu können:

»Bitte Frau Geis – erklären Herrn Scott Miller, dass haben Respekt! Respekt für Firmenpatriarch und URALCHEMICAL. Heute ist Vorstellung beendet. Vielleicht Sie kommen noch einmal davon? Frau Geis hat entschuldigt Sie. Herr Alexander Rostow möchten, dass ich ihm Arbeit zeigen. Er wollen Kooperation. Was gut ist! Für uns alle. Ich Ihnen zeige unsere Forschungsstätte. Kommen Sie mit mir!«

Sie marschierten artig hinter Boranov her, sahen riesige Hallen, Büros, Labore, Sequenzier-Anlagen und Serverräume.

»Ich weiß die Chinesen machen alle neu. Die wollen idealen Mensch, optimalen Kämpfer konstruieren. Wir machen andere Verfahren. Wir suchen uns fertige Mensch aus Hunderten heraus. Hier oben wir haben eine Stützpunkt der russische Armee.

Da haben wir Zugang zu besten Mensch in ganz Russland und Satellitenstaaten, Sie verstehen?
Wenn wir hundert besten selektiert haben, untersuchen wir genetisches Material auf Fortpflanzungsfähigkeit, Erbkrankheit und Mutationen. Daraus machen wir die Master DNA.

Master 1 bis Master 10 wir machen tausendmal Cloning. Mit entkernten Eizellen von Spenderfrauen verschmelzen den neuen Zellkern. Die präparierte Embryonen wir setzen in junge Frauen wieder ein. Das ist nicht Neues, mein lieber Scott Miller.

Aber für Massenreproduktion, wir haben viel schnelleres und effizienteres Verfahren wie Chinesen. Die Embryo wächst in junge Spenderfrau.

Aber jetzt kommt Clou. Das Kind wird nicht von junge Frau ausgetragen, sondern ab zwanzigste Woche in künstliche Gebärmutter weiter bis vierzigste Woche wächst. Bei unsere künstlichen Uterus es sich handelt um geschlossene System mit externe Blutkreislauf mit Nabelvene und die Nabelarterie. Wir sagen zu diese System:

VIVO **E**X **U**TERINE **M**ACHINE **E**NVIREMENTAL kurz **VEUME.** Dabei ist Kreislauf Kind entscheidend. Die eigenständige Herzfunktion. Das wichtig sein! Wir entnehmen von Mutter auch vollständige Mikrobiom, was gereinigt und vermehrt werden. Der Clou ist das sein nicht steril, sondern nur das natürlich Mikrobiom von Mutter. Das Kind nicht umstellen brauchen. Und die Mutter nicht leiden, wenn wir es nach künstliche Geburt zurückgegeben. Das Baby sein nicht zu groß, wir setzen Leihmutter immer drei Embryo ein. Nach drei Monaten Pause können wir das Spiel wiederholen und Mutter werden wieder drei Embryonen eingesetzt. Auf diese Art erzeugen vier bis fünfmal so viele "MASTER-SUBJECTS", oder wie die Chinesen sagen "MASTER-SLAVES".

Der kritische Punkt bereiten uns große Schwierigkeiten. Die Entnahme von Fötus und der Einbau und Anschluss an den externen Uterus. In Schwangerschaft werden Mütter streng überwacht. Viel besser für Mama und Kind!« Dabei verzog Boranov keine Miene. Er konnte in diesem gefühllosen, zynischen Vortrag nichts Unvernünftiges zu erkennen. Selbst der abgebrühte Rudolf Steiger hörte mit ernster Miene zu. Katrin sah hinüber zu Mikel und hatte glasige Augen. Aber Boranov sprach unberührt weiter:

»Und auch danach haben Kinder in der künstlichen Gebärmutter keine Krankheiten, Drogen und Alkohol zu ertragen. Nicht wie draußen in heutiger russischer Gesellschaft mit asoziale Menschen.«

Mikel hatte sich bisher nur mit großer Mühe beherrschen können. Nun "platzte" es aus ihm heraus:

»Aber was Sie machen, ist doch von der UNESCO seit 2015 verboten. Sie spielen Schöpfung. Sie spielen Gott. Das ist Gotteslästerung, was Sie hier praktizieren!«

Professor Iwan Boranov dachte in diesem Moment an seinen Großvater.

Doktor Anatoli Boranov, – der hatte ihm von Josef Stalin erzählt. So einen widerspenstigen Wissenschaftler wie den Miller hätte man damals an die Wand gestellt. Aber die Zeiten waren Gott sei Dank vorbei. Die Wissenschaft war frei von allen Zwängen. Zumindest, solange man strikt die Wünsche seines Auftraggebers umzusetzen wusste. Und er war dazu bereit.

Katrin, Steiger und Mikel betraten die Schleuse zur SEQUERZIER-Halle der SEKTION4. Steiger bekam kaum Luft durch die Atemschutzmaske und stiefelte schwerfällig in seinem

Schutzanzug durch das Desinfektionsbad hinterher. In einzelnen Clustern saßen Mitarbeiter an Laborbänken und bereiteten die Proben vor. Links und rechts waren fensterlose, verglaste Container. Professor Boranov schob Mikel vor sich her, in einen der Glascontainer auf der rechten Gebäudeseite.

Was Mikel dann sah, traf ihn hart. Nachdem die Tür des Containers hinter den beiden verschlossen war, gingen sie hinüber in einen weiteren verglasten Raum. Dort stand er. Sein DYNO3000. Und zwar im letzten Konstruktionsstand, kurz vor dem Rausschmiss bei MESINA.

»Herr Scott Miller. Sie sehen, wir haben verstanden – Ihren Live-Computing-DYNO3000. Das ist super Maschine. Damit hat URALCHEMICAL machen viele neue Medikamente und Pflanzenschutzmittel. Es ist super Erfindung. Aber wir haben manchmal Problem. Da Lesen Maschine verkehrt.

Alle haben sie ihn bestohlen. Wenn das Robi gesehen hätte? Entschuldige Robi! hätte er jetzt zu ihm gesagt.

»Aber Sie können uns helfen bei finden Fehler, Mr. Mikel Scott Miller?«

Aha, dachte sich Mikel. *Die alten Probleme holten ihn auch hier ein. Deshalb wurde er wieder einmal verschleppt.*

»Mikel bitte mitgehen wollen?«
Mikel folgte Boranov zur gegenüberliegenden Reihe der Glascontainer auf der linken Gebäudeseite.

»Aber wir haben noch Überraschung für Sie. Das auch machen etwas Probleme. Sie sicher kennen.«
Mikel hatte den Container betreten und gerade die Tür hinter Steiger und Katrin geschlossen. Und jetzt sah er durch das

Fenster des verglasten Nebenraumes etwas Ungeheuerliches. Es traf ihn unvorbereitet. Schwankend stützte er sich gegen die Wand. Man schien es bemerkt zu haben und schob ihm einen Stuhl hin.

Da stand sie vor ihm. Die neueste Ausführung des SEQUE3001. Woher kamen die Baupläne? War Robi Zhang doch nicht in der Lage, die Geheimnisse für sich zu behalten? Wie waren die an die Konstruktion herangekommen? Die beiden SEQUE3001 standen doch noch streng bewacht in Kanada? Aber da war Robi längst tot. Sollten die etwa ...

Rudolf Steiger schaute höhnisch lachend auf Mikel herunter, der immer noch fassungslos auf seinem Stuhl saß.

Man hatte ihm die Grenzen aufgezeigt. Dem arroganten Fachidioten. Was wäre er ohne ihn? Alles, was er geworden war, hatte er ihm zu verdanken. Dank? Fehlanzeige, dachte Steiger.

»Siehst du? Habe ich dir ja gesagt. Die sind noch viel weiter als die Chinesen. Die haben auch dein neuestes Vehikel nachgebaut. Und vor allem, hier funktioniert das Teil!« Wieder hatte er nichts als Hohn und Spott für ihn übrig.
Professor Boranov schien das gehört zu haben, denn er lächelte milde dem Steiger zu.

»Bei uns funktionieren Zellexpansion, Auswertungssoftware nicht. Herr Scott Miller. Können Sie sagen bitte warum?«
Mikel wusste gar nichts zu sagen, so überraschend kam die Frage für ihn: »Herr Professor. Ich habe die Lösung auch noch nicht gefunden. Ich kann ihnen nicht weiterhelfen.«
Professor Boranovs Gesicht war die Enttäuschung anzusehen.

»Ich holen unseren Ingenieur Uri Slavonski. Er ihnen erklären, wo Problem haben. Einen Moment bitte!«

Rudolf Steiger wartete mit Katrin im vorderen Teil des Containers und flüsterte.

»Der wird doch hoffentlich kooperieren? Sonst überlebt er das hier nicht. Na und wir. Für uns ist das auch nicht gut. Katrin rede heute Abend mit ihm, diesem störrischen Esel, Okay?«

Katrin nickte stumm, ohne ihren Geliebten anzusehen. Sie plagten Selbstzweifel angesichts der trüben Aussichten. Kein guter Tag ging zu Ende – für alle. Jeder war unzufrieden.

Mikel hatte den ganzen Nachmittag am SEQUE3001 herumgeschraubt. Ingenieur Uri Slavonski war unzufrieden. Das konnte Mikel in seinem Gesichtsausdruck erkennen. Als am Abend Professor Boranov dazu stieß und erfuhr, dass sie keinen Schritt weiter waren, wusste er, dass er ihnen einen Brocken vor die Füße schmeißen musste. Wenigstens die Idee für die Lösung der Zellexpansion. Daran hatte er schon auf Haddington Island gearbeitet. Mit einer Nanomembran Pumpe konnte man es versuchen, und mit dem Hinweis auf ein paar banale Fehler in ihrer Software. Das verstanden die Russen. Damit würde er sie eine Weile beschäftigen können und er hatte jetzt wenigstens ein paar Tage Zeit gewonnen. Dass damit das eigentliche Problem der Zellexpansion nicht gelöst war, würden sie erst viel später merken. Aber später, so hoffte er, würde er hier raus sein?

GEHEIME STAATSSACHE

Martinsried, 27. August 2038

Sie verzichtete heute auf die Mittagspause und verließ das MESINA-Headquarter in Richtung Siemensallee. Die Gefahr, dass im Büro jemand mithörte, war einfach zu groß.

»Hallo Herr Hauptkommissar Oberländer. Hier ... hier spricht Anna Maria Schmidt. Er ist in Gefahr, Mikel Scott Miller. Aber er lebt. Ich muss dringend mit Ihnen ... mit Ihnen reden. Kann ich um 18:00?«

Der Oberländer hatte ein feines Gespür.

Und er merkte gleich, dass die junge Frau besorgt war. So klang nur jemand, der Hilfe brauchte? In den unzähligen Verhören hörte er es raus, wenn sich jemand ehrlich sorgte um einen geliebten Menschen. Die jungen Ermittler nutzen die moderne DATASCREEN mit der TOGMAP, um ihren Täter zu überführen. Er hielt nichts davon. Verließ sich allein auf sein Gespür. Und jetzt, bei der jungen Frau, spürte er es. Da war nichts gespielt. Allein schon die Hast, mit der sie am Telefon sprach ...

»Ja Frau Anna Maria Schmidt. Gerne, habe zwar was vor, aber das kann warten. Es geht sicher um den Fall, gell? Kommen Sie um sechs Uhr!«

»Danke, Herr Kommissar. Also bis nachher.«

Schnell hatte sie ihre Arbeiten erledigt.

Alles war vorbereitet. Sie musste weg. Bloß nicht jetzt noch aufhalten lassen, von dem Scheißkerl, dachte sie sich.

Klose-Hilger fiel auf, wie Anna Maria sich Punkt 17:00 hastig verabschiedete. Sie, die sonst immer gerne ein paar Überstunden machte, hatte es plötzlich eilig.

»Du Martin! Ich muss noch ein Geschenk kaufen«, log sie ihn an.

»Ich muss heute früher los. Die Vorschläge für die Pressekonferenz und die Aufsichtsratssitzung liegen auf deinem NOTEFLAT. Wenn du noch was hast, ich bin morgen etwas früher da. Schreib mir ein Memo, okay? Schönen Abend!«

»Ja danke, meine Liebe. Hatte gedacht, dass wir heute Abend endlich mal reden? So auf ein Glas Wein, oder so? Na denn. Bis morgen! Schönen Feierabend, bella Anna Maria! Tschüss!«

Na, Gott sei Dank, dachte sie sich. *Elegant aus der Affäre gezogen.*

Das MOBCAR hielt in der Nähe. Von der Frauenkirche zum Polizeipräsidium in der Ettstraße waren es nur ein paar Meter. Der Regen hatte aufgehört und sie schüttelte sich die Regentropfen aus den blonden Locken, als sie die Pforte erreichte.

»Ich bin Frau Schmidt. Ich habe einen Termin mit Kommissar Oberländer, jetzt gleich um 18:00.«

»Haben Sie eine ID-Card, Frau Schmidt?«, wollte der Beamte am Empfang wissen.

»Hier bitte!«

»Bitte vor den Scanner, an der Pforte halten! Wenn sie kein gesuchter Krimineller sind, geht die automatisch auf!«, klang die freundliche Begrüßung.

Sie hielt die Chipkarte, den Personalausweis an den Pfosten vor der Glastür und hörte, wie die Verriegelung automatisch entsperrt wurde.

Kaum hatte sie im Warteraum Platz genommen, kam der Oberländer herunter und begrüßte die blonde Schönheit mit einem Lächeln:

»Hallo Frau Schmidt. Sie haben was? Kommen Sie bitte mit hinauf! In mein Büro.«

Sie waren im oberen Stockwerk des altehrwürdigen Gebäudes aus dem vorigen Jahrhundert angelangt. Der Kriminalbeamte hob ihr einen Stuhl direkt vor seinen Schreibtisch und bat sie:

»Sie haben was Neues? Heraus damit! Vorher noch eins – Glas Wasser, Kaffee?«

»Nein Danke, Herr Kommissar. Ich wollte Ihnen nur den Inhalt des heutigen Gesprächs mitteilen. Herr Mikel Scott Miller ist nach Sewerouralsk hinter dem Ural entführt worden.«

»Woher haben Sie die Information. Doch nicht etwa von Klose-Hilger?«

»Ja genau. Ein Gespräch habe ich abgehört, wie er mit seinem Komplizen, unserem Minderheitsaktionär bei SGI Shenyang telefoniert hat. Sehr unvorsichtig. Scheint seiner Sache sehr sicher zu sein? Hält mich für ein Dummchen. Für sein blondes Dummchen«, spottete sie wild drauf los. »Dem werde ich helfen!«

»Entsinnen Sie sich noch an den genauen Wortlaut. Details?«

Er wusste, es sind am Ende immer die Details, die entscheiden. Zu oft hatte man etwas übersehen, was sich im Nachhinein als gravierend für den Fall herausstellte.

Und mit Anna Maria hatte er die Richtige im Auge des Hurrikane platziert.

»Der Anrufer war Sam Feng Yong. Der Boss von Shenyang Genomic Institute in Shenyang. Da hat der Klose-Hilger eine Kooperation eingefädelt. Ich habe gehört, wie der etwas von »Vogel wegfliegen«, dass der Miller weg ist. Und dass die Russen ihn gestohlen haben.«

»Ist ja interessant. Was macht der in Russland?«

»Das ist die Hunderttausend Dollarfrage, Herr Kommissar. Aber noch was. Der Klose-Hilger meinte. »Da steckt der Vane dahinter. Der EFSB. Und dass der BND bei ihm war und ihn ein Foto von Vane gezeigt hat. Mit Vane ist unser IT-Chef, der Vane Summers gemeint. Der für die Systemadministration und Sicherheit. Dieser Amerikaner, der ist in Wirklichkeit ein Russe mit Namen Vladimir Simshov. Hat jedenfalls der Hilger am Telefon erzählt.«

»Unglaublich. Für die IT-Sicherheit. Einen Spion vom EFSB«, mokierte er sich über diese Art von Ahnungslosigkeit. »Da haben die den Bock zum Gärtner gemacht. Das bequatschen die so einfach über das Firmentelefon? Mit EFSB ist der russische Geheimdienst gemeint. Und das haben Sie gehört?«

»Ja, Herr Kommissar«, war die charmant freundliche Art einer hübschen Anna Maria.

»Frau Schmidt. Sehr gut aufgepasst. Jetzt wissen Sie, warum wir Sie dort installiert haben. Halten Sie weiter Augen und Ohren offen. Sofort melden, wenn Sie noch so was mitbekommen, ja! Das ist enorm wichtig, dass Sie sich gemeldet haben. Vielen Dank Frau Schmidt für diese Information. Ich muss sofort den BND verständigen. War das alles? War noch was?«

»Nein, das wars, zumindest für heut`. Ich melde mich, wenn ich noch was höre. Hoffentlich finden Sie ihn, Herr Oberländer?«

Kommissar Oberländer wusste, dass es heute länger dauern würde.

Seine Frau würde meckern, wenn er nicht zum Abendessen nach Hause kommt. Ging nicht anders. Dies war sein Fall.

Er fand die Urgent Call Nummer des BND im Verzeichnis der COMMDATA-Anlage.

»Hallo Frau Zeralski. Ist Herr Doktor Schmidtbauer zu sprechen. Hier ist Hauptkommissar Oberländer, München.«

»Ah, Herr Oberländer!«, tuschelte die Frau.

»Ich bin im Kino. Warten Sie, ich verbinde mit Doktor Schmidtbauer.« Im Saal rumorte es:

»Die können es nicht lassen. Immer ihre Handys«, schimpfte ein Herr in der Reihe hinter der Zeralski, der Sekretärin aus dem Vorzimmer des BND-Chefs. Die strich eilig über den "Weiterleitungsbutton" und ließ ihr Handy in der Jackentasche verschwinden. Der oberste BND-Schnüffler war dran:

»Schmidbauer!«

»Hier Oberländer! Herr Dr. Schmidtbauer? Der Fall SBC – der Scott Miller!«

»Grüß Gott, wie man bei Euch zu sagen pflegt, Herr Oberländer. Müssen Sie heute auch nachsitzen, so wie ich? Bin auch noch im Büro. Was haben Sie heute für uns?«

Die Stimme des Münchener Kommissars klang höchst beunruhigend:

»Die Frau Schmidt, Sie wissen schon, die wir in der MESINA AG installiert haben, hat unseren Hauptbelastungszeugen in Russland ausgemacht. Den müssen wir herausholen, bevor es zu spät ist. Wenn die alle Informationen aus ihm heraushaben, ist es vorbei mit dem. Befürchte ich?«

»Und wo steckt der aktuell?«, will der oberste Geheimdienstchef wissen.

»In Sewerouralsk, das ist hinter dem Ural. Kennen Sie da was?«

»Au Backe. Da steckt der? Dann gute Nacht. Herr Oberländer, ich muss Sie jetzt so oder so in eine streng geheime Sache einweihen. Da haben wir Informationen von einem Agenten, ist Teil der Wachmannschaft. Wenn das wirklich stimmt?« Er machte eine Pause, dachte nach. Bald kam die Antwort:

»Der Miller muss sofort da raus! Ist in Lebensgefahr!
Herr Oberländer, bitte bleiben Sie weiter an der Frau Schmidt dran. Und ab sofort geben Sie ihr Personenschutz. Begründen können Sie das damit, dass die Schmidt Haupt-Belastungszeuge in einem Strafverfahren im Clan-Milieu ist. Das hat oberste Priorität. Nicht dass da jemand hinter der her ist. Das ist mir zu heiß, verstehen Sie? Die Frau Schmidt ist eine Privatperson. Wäre was anderes, wenn es ein V-Mann von uns wäre. Alles Weitere machen Sie morgen früh mit Frau Zeralski, bitte. Ich werde sofort weitere Schritte einleiten. Sie hören von mir. Schönen Abend!«

Der oberste Geheimdienstler war ein erfahrener Mann. Endlich einer, der sein Handwerk von "*der Pike*" auf gelernt hatte. Nach dem Bachelor Studium hatte er an einer kleinen Polizeiinspektion in Hamburg begonnen, – später promoviert. Der schlanke, mittelgroße Mann mit den langen blonden Haaren betreute die V-Leute. So kam er dann zu den Schlapphüten. Seine Taktik und sein Einfühlungsvermögen beim Umgang mit ausländischen Clans brachten ihn in Kontakt mit dem BND. Dort arbeitete er erfolgreich im Fall des iranischen Waffenschiebers und Clanchefs Erani Toukmari. Nach der Zerschlagung des Clans war er in aller Munde. Und nach dem Skandal um die Krytowährungs-

Mafia wurde der alte BND-Chef Roman Weißer abgesetzt. Der Weg war frei für Wolfgang Schmidtbauer.

Und jetzt wusste Schmidtbauer, dass es losging.
Frau Zeralski war im Kino. Also suchte er die Kontaktdaten selbst heraus.

Doktor Eberhard Fries stand dort in der COMMDATA-Anlage. Er drückte die ANRUF-Taste.

»VDMA, Eberhard Fries«, klang die müde, tiefe Stimme.

»Hier Schmidtbauer, BND«, der oberste Geheimdienstchef aus Berlin war am Apparat.

»Ah, Herr Doktor Schmidtbauer, der BND. Sie rufen sicher wegen der Embargoliste an. Da stehen einige unserer Mitglieder drauf, die da gar nicht hingehören, hatte gestern mit der Zeralski darüber gesprochen. Trifft sich gut, dass Sie anrufen, danke! Oder was kann ich für Sie tun?«

»Hallo Herr Doktor Fries. Wie geht es Ihnen? Ich habe von Ihrer Tochter gelesen. Großartig! Aufgenommen in die deutsche Daviscup-Mannschaft, spielt ein klasse Tennis – Glückwunsch! Aber, Sie ahnen es, ich will was anderes von Ihnen. Ich habe mit dem Staatssekretär im Wirtschaftsministerium, Herrn Arnold Neudorf, telefoniert. Sie wissen davon. Wegen der Maschinenlieferung an URALCHEMICAL in Sewerouralsk, in Russland. Ich glaube, ich kann ihnen bei der Genehmigung behilflich sein. Meine Frage an Sie: Ich habe gelesen, dass die Firma HERMEL der Auftragnehmer ist. Ein Riesenauftrag. Hängt nur an uns, ob wir das Durchwinken, oder nicht?«

»Oh, wenn Sie mir da entgegenkommen wollen? Danke der Nachfrage, was meine Tochter anbelangt. Ja, die spielt schon seit dem achten Lebensjahr ein besseres Tennis als ich«, witzelte ein stolzer "Herr Papa". »Wenn Sie aber meine Gesundheit meinen? In der Tat, die restriktive Behandlung von Exporten nach Russland bereitet mir Magenschmerzen. Meinen Sie den Auftrag für die vierzig Maschinen nach Russland?«, wollte der oberste Lobbyist der Maschinenbauer-Gilde wissen.

»Genau die! Wann werden die geliefert?«, wollte der Geheimdienstchef wissen.

»Ich werde das rausfinden. Und Sie umgehend informieren, Herr Doktor Schmidtbauer. Eine Hand wäscht die andere. Info gegen Genehmigung, oder?«

»Na sehen wir mal. Herr Doktor Fries. Auf jeden Fall muss es schnell gehen. Wenn`s geht noch heute, mit der Antwort. Es ist wichtig. Wie sagt Ihr doch immer, Ihr Mittelständler? Zeit ist Geld, oder? Danke!«

Es ging schnell. Sehr schnell sogar. Denn Anna Maria bekam noch am nächsten Tag gegen Abend einen Anruf von Herrn Oberländer:

»Guten Abend Frau Schmidt. Entschuldigen Sie bitte die späte Störung. Es geht jetzt los. Wollen Sie uns helfen, Ihren Freund, Mikel Scott Miller, da raus zu holen?«

Warum hielt der Kommissar Mikel Scott Miller für ihren Freund? Anna Maria wusste einen Moment lang nicht, was sie sagen sollte.

»Herr Oberländer. Klar will ich, dass er freikommt. Was kann ich dazu beitragen?«

TRANSPORT

Lager Soswa, URALCHEMICAL 28. September 2038

Mikel wollte sich etwas ausruhen. Nach dem Mittagessen machte er immer noch einen Spaziergang unterhalb des Gästehauses. Die Abkürzung durch die Maschinenhalle auf dem Weg zum Gästehaus nahm er, wenn er zur Aussichtsplattform wollte.

Hier standen ca. 800 Werkzeugmaschinen in reih und Glied. In der Mitte der Halle war eine große Baustelle. Mehrere Maschinen fehlten. Er hörte Stimmen, die deutsch klangen. Langsam ging er an den Monteuren vorbei. Einer wischte sich die ölverschmierten Hände an einem Putzlumpen ab und schaute ihn eine Sekunde lang an. HERMEL stand in roten Buchstaben auf seinem Overall. Mikel ging weiter den Gang mit den großen Maschinen hinunter und verließ die Halle durch die Hallentür in Richtung Fluss. Als er die Tür hinter sich schließen wollte, blockierte etwas dazwischen. Ein Kuvert wurde ihm gereicht. Die Hand, die ihm etwas durch den Türspalt zusteckte, war die des Monteurs. Eine Sekunde lang konnte er dessen Gesicht durch den Spalt der angelehnten Tür sehen. Alles ging blitzschnell. Mikel griff zu und ein Brief verschwand in seiner weißen Kitteltasche.

Er war an seiner Lieblingsstelle unterhalb des Felsens, auf dem das Gästehaus stand, angelangt und sah sich um. Er war allein, – niemand war ihm gefolgt. Dann öffnete er den Brief.

Absender:

Maryanne Smith

Betrifft unsere Spritztour auf die Malediven.

Lieber Michael.

Vielen Dank für Deinen letzten Brief.
Ich habe ein Geschenk für Dich vorbereitet. Herr Mel bringt es vorbei. Die Box mit der Nummer 162072 geht am 01.10.2038 gegen 16:00 raus. Bitte bereithalten!

Deine Maryanne! Bussi

Mikel wusste, wer Herr Mel war. Damit konnten nur die Maschinen gemeint sein. Die von HERMEL. Er ging zurück an die Arbeit. Wieder denselben Weg, durch die Maschinenhalle. Wieder sah er den Monteur. Der bemerkte ihn sofort, denn er schaute bewusst in die lange Reihe großer Seekisten vor sich.

Mikel verstand, warum der dorthin sah. Er ging weiter, ohne den Blick zu erwidern. Er sah die riesigen Holzkisten. Die waren ca. fünf Meter lang, drei Meter breit und zwei Meter hoch. Das waren die Transportkisten für die abgebauten Austauschmaschinen, die für den Rücktransport nach Deutschland vorgesehen waren. Er blickte kurz auf die Nummern, welche mit roten Lettern auf das Holz gesprüht waren. 162091, 162090, 162089 ... Der Nummernkreis stimmte. Nur die Zahl, die er brauchte, war nicht dabei? Er ging weiter den Gang entlang und las die Nummern im Vorübergehen.

Da war sie, die 162072. Diese Kiste war weiter innen am Stellplatz abgestellt. Die Seitenwand war geöffnet. Jetzt war klar, was Anna Maria ihm mitteilen wollte.

SCHWERLAST

Lager Soswa, URALCHEMICAL, Freitag, 01. Oktober 2038

Die Versuche mit dem Uterus waren vielversprechend. Die Bonobo-Embryos wurden den Muttertieren mit der Duplexzange entnommen. Das Werkzeug war für die Überbrückung des Blutkreislaufes von der Mutter zum externen Uterus entwickelt worden. Mikel konnte seine Konstruktionserfahrung vom DYNO3000 und SEQUE3001 nutzen.

Die Fertigung der Teile aus medizinisch sterilen Titan und Edelstahl erfolgte in der Halle Sektion 2 von URALCHEMICAL. Mikel musste täglich mehrere Male zur Fertigungshalle in SEKTION 2 hinüber. Es war 15:00, als er sich bei Professor Iwan Boranov ins Wochenende verabschiedete:

»Herr Professor. Ich gehe noch einmal in die Fertigung. Die haben die Teile für die geänderte Duplexzange auf der Maschine. Es gibt Probleme mit der Zeichnung. Versuche, das zu klären?«

»Sehr gut Herr Scott Miller. Sie machen Fortschritt. Schnell vorankommen. Versuch am Tier gut funktionieren. Jetzt wir Humantest an Mensch probieren! Montag wir probieren. Schöne Wochenende.«

Mikel erschrak, als er das Wort "Humantest" hörte. Aber er fasste sich schnell wieder.

Er spielte seine Rolle. Ein guter Schauspieler kann jede Rolle spielen.

»Ja, Herr Professor. Es wird spannend. Ich kann es kaum erwarten. Wir sehen uns. Schönes Wochenende!«

Mikel musste sich jetzt beeilen. Es war 15:30. Nur noch eine halbe Stunde. Allein der Fußweg dauerte schon mindestens 20 Minuten. Und er war noch in Laborkleidung. Nervös schaute er sich im Labor um. Wo war sein Assistent? Egal, er musste hier weg. Er wartete nicht auf ihn. Der Helfer war mit einem Kollegen in ein privates Gespräch vertieft. Mikel verschwand in der Schleuse und riss sich den Anzug selbst herunter. Er streifte die Regenjacke über die Wolljacke. Vorsorglich hatte er die warme Unterwäsche drunter.

Über den Hof ging es zur Wache. An dem Tor zeigte er seinen DOORLOGG-Code auf dem ARMFONE. Der Wachmann schaute misstrauisch. Ahnte er, was er vor hatte? Egal. Jetzt ist keine Zeit zum Nachdenken. Er versuchte, sich die Eile nicht anmerken zu lassen, als er die Sicherungsanlage der SEKTION 3 passierte. Er wollte kein Misstrauen hervorrufen.

Dann endlich kam die SEKTION 2. Der Wachmann begrüßte ihn freundlich. Sie kannten sich gut. Unterhielten sich die letzten Wochen über die Schönheiten des Uralmassivs, über die Entstehung der URALCHEMICAL und über den Rostow-Clan. Der Wachmann sprach Englisch. Das fand man hier selten. Mit einem kurzen Wink ging Mikel auf ihn zu.

»Hello Daniil. Die Katrin wartet.« Daniil Lugarin öffnete eilig das Tor, als würde er den wahren Grund seiner Eile kennen?

»Das ist wichtiger!«, zwinkerte er ihm zu und freute sich dabei. Nur heute fiel ihm auf, dass Mikel weniger gesprächig war als zuvor. Er nahm den längeren Weg über das rückwärtige, flussseitige Tor der Maschinenhalle, um von niemanden aufgehalten zu werden. Er ging schnellen Schrittes hinüber zu der Reihe mit den verpackten HERMEL-Maschinen. In diesem Moment fuhr gerade ein ACTRAM-Truck aus der gegenüberliegenden Einfahrt heraus – es war bereits 16:15 – zu spät. Mikel lief hinterher. Er las die Nummer. Es war die 162072. Ein Schreck fuhr ihm in die Glieder.

Es war aus! Er war zu spät gekommen.
Enttäuscht wandte er sich ab.

Da stand er plötzlich hinter ihm. Der Monteur der Firma HERMEL war ihm leise gefolgt. Wortlos, mit kurz ausgestrecktem Zeigefinger wies er ihm den Weg zurück in die Halle. Dort, wo weitere drei Kisten der gleichen Größe standen. Der Monteur ging ruhig hinüber und wartete auf der Rückseite einer Holzkiste mit der Nummer 162073 auf ihn.

»Aber das ist die Falsche«, flüsterte Mikel ihm zu.

»Steig ein. Hab mir schon gedacht, dass es besser ist, noch eine Zweite herzurichten. Alles ist vorbereitet.« Mikel war unsicher.

Er wollte nicht einsteigen. Schließlich war das nicht die Richtige? Wer würde ihn in dieser Kiste suchen? Vor allem würde er auch rechtzeitig gefunden? Eingesperrt in seiner Falle? Elendig verdursten, verhungern?

Der Monteur bemerkte sein Zögern, – seine Zweifel und versuchte, ihn zu beruhigen:

»Keine Angst! Alle Kisten von heute haben dasselbe Ziel. Alles vorbereitet. Es geht los! Hinter Ihrem Sitz sind Flaschen mit Wasser und Sandwiches. Die leere Flasche ersetzt die Toilette. Ein Lichtschalter ist über Ihrem Kopf. Erst vor der russischen Grenze geht's raus. Dauert. Bitte Geduld! Viel Glück!«

Mikel fand sich im stockfinsteren Inneren einer nach Öl und Kühlflüssigkeit riechenden Maschine wieder. Die Seitenwand wurde vom Kran heruntergelassen. Der Monteur verschloss die

Kiste an der Seite. Laute, hämmernde Schläge hallten ohrenbetäubend im Inneren. Es war dunkel. Er versuchte ruhig zu atmen.

Es roch besser als seinerzeit unter den Schweineleibern. Aber das war auch nur eine halbe Stunde. Diese Reise hier dauert Tage, dachte er.

Der Deckenkran lief. Seile wurden um die Kiste gelegt. Ein Ruck. Er schwebte mit der acht Tonnen schweren Fracht durch die Halle auf die Ladefläche. Erst der Schlag im Kreuz signalisierte ihm, dass er mitsamt Kiste auf dem Tieflader war. Er hörte die Stimme des Monteurs, der den polnischen Lkw-Fahrer verabschiedete.

»Dann gute Fahrt! Wann kommt Ihr Kollege? Es sind noch zwei Kisten. Heute gehen diese vier Kisten raus.«

»Muss kommen gleich. Sehen uns nächste Woche«, antwortete der Pole und startete seinen ACTRAM-Lkw.

»Tschüss! Und gut achtgeben! Auf die wertvolle Fracht!«

Warum wertvoll? Das sollte er erst später erfahren. Der Schwertransport fuhr aus der Halle. Mikel hörte am Tor von SEKTION 2 die Worte von Daniil Lugarin:

»Sind das die Kisten für Deutschland? Wann kommen die anderen beiden?

»Kommen bald. Später kommen«, sprach der polnische Fahrer.

»Okay gute Fahrt«, hörte er Daniil rufen.

Der Lkw vor ihm war abgefertigt. Aber sie mussten noch durch die SEKTION 3 und SEKTION 4.

Was, wenn die nun folgenden Wachposten Frachtpapiere und Inhalt kontrollieren?

An der SEKTION 3 wurden sie durchgewunken, und kamen danach an die Wache der SEKTION 4. Dort trafen sie wieder auf den ersten HERMEL-Schwertransport, der Mikel zuvor davon gefahren war.

Mikel hatte wieder diese Angst: *In seinen Albträumen wurde er entdeckt und eingesperrt. Er wachte dann immer schweißgebadet mitten in der Nacht auf. Er konnte danach nicht mehr einschlafen. Katrin hatte ihn schon öfters wecken müssen. Diese Träume würden ihn ein Leben lang begleiten?*

Mikels polnischer Fahrer musste mit seinem Tieflader warten, bis der Kollege mit dem Lkw vor ihnen abgefertigt war. Er kann gerade noch den Wachmann hören, wie er dessen deutschen Fahrer des Tiefladers, der vor ihnen steht, fragt:

»Was haben da?«

Der deutsche Fahrer fuhr die Seitenscheibe herunter.

»Das sind die Maschinen, die zurückgehen nach Deutschland! Sind insgesamt vier Stück, die heute raus gehen.«

»Steigen aus! Ich schauen müssen!«, hörte Mikel den Befehl. In seiner Kiste erkannte er die Stimme eines weiteren Wachmannes. Jetzt wurden die Spanngurte gelöst. Das Hämmern bedeutete nichts Gutes? Ein Holzdach wurde geöffnet.

Eigentlich wäre das meine Kiste, die mit der Nummer 162072. Wenn ich pünktlich gewesen wäre? Hatten die einen Tipp bekommen, dass die genau diese Kiste kontrolliert haben? Dann wäre schon alles zu Ende. War das jetzt Glück?, dachte Mikel. Er spürte seinen Pulsschlag. Lag das an diesem Verlies, diesen dunklen Sarg? Aber es ging weiter. Nun war sein Sattelzug an der Reihe.

»Guten Tag! Ich Kollege. Ich fahren auch für SCHLENKER und Firma HERMEL.

»Egal! Aufmachen Kiste!«, befahl der Wachmann in der dunklen Uniform mit dem Maschinengewehr. Der zweite sicherte die gegenüberliegende Beifahrerseite mit seiner Waffe im Anschlag.

Mikel hatte sich zu früh gefreut?

Offenbar waren die misstrauisch geworden. Hatten einen Tipp bekommen. Kaum unterwegs waren sie schon aufgeflogen. Das wars!, sagte er sich resignierend. Und bemerkte, wie der polnische Fahrer die Spanngurte öffnete und über ihn aufs Dach seiner Holzkiste stieg. Er hörte den Polen über sich herumsteigen, sein Fluchen und das Hämmern und Quietschen von Sargnägeln, die nacheinander aus dem Holz herausgezogen wurden. Die Box wirkte wie ein Geigenkasten. Lärm über ihm – er musste sich die Ohren zuhalten.

Doch dann Stimmen? Jemand kam dazu. Es war die Stimme des diensthabenden Sicherheitschefs.

Auch das noch? Jetzt war er geliefert. Sie haben uns! Doch dann...

»Was soll das? Schluss! Weekend! Ich will nach Hause. Da hinten kommt schon der Nächste! Ihr versperrt die ganze Zufahrt mit eurem Schrott! Weg mit Euch da!«, war sein Befehl.

Was ist das jetzt? Die jagen uns weg, war sein einziger Gedanke.

Er hörte, wie der Deckel wieder zugenagelt wurde. Diesmal war es das schönste, lauteste Hämmern, was er sich vorstellen konnte.

Noch einmal davongekommen, dachte er sich. Die Spanngurte wurden wieder festgezurrt. Zehn Minuten später fuhren sie durch das Osttor hinaus in die Freiheit.

Mikel war erleichtert. Aber vor lauter Aufregung hatte er Durchfall. Hinter seinem Holz Sitz war die Tüte mit den Lebensmitteln. Die Sandwiches kippte er hinter sich in das Netz an der Holzwand und nahm die geleerte Plastiktüte. In einer Ecke im Hohlraum der Maschinenkabine konnte er sich erleichtern.

Das fängt gut an, dachte er sich. *Anna Maria hat das alles erledigt. Es war sicher nicht einfach. Das zu arrangieren. Vielleicht hatte sie nicht die Figur einer Katrin oder einer Susan Tanaka, aber es gab auch noch andere Dinge, die ihm in diesem Moment wichtiger erschienen. Eigentlich eine treue Seele, die Anna Maria. Diese Frau war ihm bedingungslos überall hin gefolgt. Und ich habe es nie gewürdigt.*

Mikel hatte viel Zeit, über sein Leben – über seine Fehler nachzudenken. Sie polterten über Landstraßen Richtung Sewerouralsk. Harte Schläge der maroden Teerstraße hämmerten ihn ins Kreuz. Die Schaumstoffpolster auf seinem Holz Sitz waren dünn.

GESCHLAGEN?

Fujin, China Freitag, 01. Oktober 2038

Er hatte einen Tipp bekommen und war außer sich vor Wut, schrie ins Telefon:

»General Lien Gao! Verräter! Wo haben du Deutsche? Wo haben Mikel Scott Miller?«

Der alte General wusste nicht, was er von ihm wollte?

»Ich kenne keinen Schmidt Miller. Was du wollen?«

Sam Feng Yong schrie noch lauter:

»Aber Anatoli Gargarin und Frau Anna Gargarina, du kennen? Die hast du nach Russland gebracht. Vor zwei Monate. Wir Beweise haben.«

»Anatoli Gargarin? Ja ich erinnere mich. Habe ich schon mal gehört. Der war Mitarbeiter am Staudamm, oder? Aber Feng Young. Das waren Russen – keine Deutsche.«

Der Chef war wütend:

»Die Pässe falsch. Identität klauen. Haben Informationen von Russland. Das ist Deutsche Scott Miller. Du haben entführt! Müssen ihn bringen zurück, Deutschen Miller. Wir deine Sohn haben. Deine Sohn unserer Gefangener. Ist MASTER-SLAVE für Versuch. Ist Nummer 17.«

»Lieber Herr Feng Yong. Bitte nicht Sohn, bitte! Ich bringen zurück Gargarin – Deutsche Miller. Brauchen Zeit.«

»Okay! Mikel Scott Miller für Sohn! Schnell! Sonst wir spezielle Versuch machen!«, ernst war es dem kleinen General aus Fujin.

◊◊◊

Es war schon spät am Abend, als Lien Gao seinen Freund Maxim anrief. Der meldete sich gleich. Die Leitung war nicht besonders stabil. Hinter dem Ural befanden sich noch immer einige Funklöcher.

»Goronzov!«, knisterte es aus dem Mobiltelefon.

Der alte General Lien Gao hatte seinen Freund dran und ihm war die Aufregung anzumerken:

»Maxim. Du Dich erinnern? Vor zwei Monate wir haben ein Paar, Anatoli Gargarin und hübsche Frau Anna Gargarina gebracht nach Russland. Deutsche waren. Muss ich wissen wo sein.

»Gao. Die habe ich nach Russland gebracht.«

»Klar Maxim. Russland. Aber wo? Russland groß.«

Maxim Goronzov dachte nach. Wie sollte er ihm antworten?

»Ich bringen in Lager URALCHEMICAL, in Soswa.«

»Du musst ihn mir zurückbringen, hörst du?«

»Aber Lien Gao, das unmöglich. URALCHEMICAL Sektion 4 ist Fort KNOX.«

»Ich bitte Dich. Du musst dahin. Du musst ihn holen. Ich geben dir meinen Anteil von 5000 N$, wenn du ihn bringen mir zurück nach Leninskoje. Bitte, ich dein große Freund!«

»Ich bin in Sewerouralsk. Ich fragen Freund von URALCHEMICAL. Er immer viel wissen. Ich telefonieren. Okay?«

Lien Gao musste sich damit zufriedengeben.

Ihn überfiel Panik. *Man hatte ihn in der Hand, hatte seinen Sohn als Geisel. Stolz war er auf ihn. Seine hübsche südkoreanische Mutter, die Liebe seines Lebens, war so früh verstorben. Ohne seinen Sohn? Nein, das würde er nicht überleben. Sein Freund aus Armeezeiten, Sam Feng, hatte ihn überredet, – wem, wenn nicht ihm sollte er die Karriere seines Sohnes anvertrauen? Er lieferte seinen intelligenten Sohn an SGI aus. War das ein Fehler? Dafür ließ Sam Feng ihn gewähren – ihn in Ruhe seine Geschäfte machen. Egal ob es Ware aus dem Embargo war oder Menschen-Schmuggel über die Grenze. Er konnte alles beschaffen. Aber Gao bemerkte, dass etwas Ungesetzliches vorging, bei SGI. Menschen wurden verschleppt. Man machte Versuche an ihnen. Aber er konnte nichts dagegen tun, musste schweigen. Schweigen für das Leben seines Sohnes.*

Gerade hatte Daniil Lugarin den letzten Tieflader hinausdirigiert, als ihn der Anruf des Freundes erreichte.

»Daniil! Hier ist Maxim Goronzov. Wir suchen Anatoli Gargarin und Frau. Ist deutsche Miller? Ihr habt ihn – Deutsche in Solwa?«

»Hallo Maxim. Wie geht es dir? Was macht Frau. Deine schöne Frau Mariia? Deine Tochter?«

Aber Goronzov war nicht nach Small Talk zumute.

Es ging um viel Geld, – welches er immer gut brauchen konnte. Ja, seine Frau war schön. Aber schöne Russinnen waren teuer.

»Daniil alles gut! Aber ich suchen Deutsche Mann Gosbodin Miller. Muss haben ihn zurück! Schnell zurück! Du verstehen?«

Der gemütliche Daniil merkte die Unruhe. Er zögerte einen Moment lang, ehe er dem Freund die gewünschten Informationen gab:

»Maxim, wen suchst du? Einen Deutschen?«

Goronzov wurde ungeduldig:

»Daniil. Ich haben gebracht. Vladimir und ich bringen vor zwei Monate nach URALCHEMICAL? Du wissen genau!«

Daniil musste seinem Freund antworten:

»Der Miller ist nicht mehr in Solwa. Der ist auf einem ACTRAM-Truck von Firma SCHLENKER. Geht zurück nach Germania. Haben ihn in Kiste mit Nummer 162072 gepackt. Jetzt vielleicht in Lesnoi? Wo bist du gerade?«

Aber es gab keine Antwort mehr. Maxim Goronzov hatte es sehr eilig heute Abend. Er fuhr in diesen Augenblick gerade in Richtung Sewerouralsk. Er riss das Steuer herum und wendete auf der Stelle. Er raste ungefähr eine Stunde zurück. Ein Regenschauer setzte die Autobahn unter Wasser. Er sah kaum die Fahrbahn. Der Tieflader war nicht besonders schnell. Beim Überholen erkannte er das LOGO:

SCHLENKER SCHWERTRANSPORTE

Was sagte Daniil? Richtig SCHLENKER. Das ist er, dachte Goronzov und riss plötzlich das Steuer herum, zog nach rechts. Zwang diesen ACTRAM-Lkw zu einer Vollbremsung. Setzte sich vor den langsamen Schwertransporter. Der Tieflader kam in letzter Sekunde auf der nassen Fahrbahn zum Stehen.

Der Fahrer rieb sich die Augen, – zornig stieg er aus dem Fahrerhaus.

»Bist du verrückt? Ich wäre fast aufgefahren«, klang er vorwurfsvoll. Er hatte gerade die rechte Faust erhoben und wollte zum Schlag ausholen, als er den Lauf einer Waffe sah. Zögernd hielt er die Hände hoch, zum Zeichen, dass er sich ergeben würde. Nach Maßgabe der Spedition hatte er sich nicht zur Wehr zu setzen, falls er von Diebesbanden bedroht wurde.

Goronzov war sich sicher! So schnell hatte er noch nie 5000,-N€ verdient.

»Was hast du geladen? Was machst du hier? Was machen ein deutsche Lkw auf Russland Straße?« Der Lkw-Fahrer, Josef Scherdel, erschrak sichtlich beim Anblick der Waffe.

»Wir bringen Maschinen zurück nach Deutschland.
Zwei Laster sind noch vor mir und einer ist hinter mir.«

Maxim Goronzov wedelte mit dem Revolver, wischte sich das Regenwasser aus der Stirn und schüttelte die Nässe vom Kragen. Dabei blitzte der Lauf der Waffe im grellen Licht der Frontscheinwerfer des schweren Fahrzeuges.

»Wo ist er? Der Deutsche. Sag, sonst hier deine Reise zu Ende!«

Jetzt wich die Ängstlichkeit. Der deutsche Fahrer, der Josef Scherdel, war außer sich:

»Haben Sie dir ins Gehirn geschissen? Was wollen Sie von mir?«

»Wo ist die Kiste 162072?«, will Goronzov von ihm wissen.

»Das ist Nummer 162074. Der ACTRAM-Truck mit Nummer 162072 ist zwei Stunden vor uns.«, antwortete er.

Maxim sprang zurück ins Auto und ließ einen erschrockenen Trucker im Regenschauer vor seinem Fahrzeug stehen.

Zwei Stunden später war der Russe auf der Autobahn auf Höhe der Stadt Lesnoi. Da war er! Vor ihm der nächste Tieflader. Wieder ein Schwertransporter der Firma SCHLENKER mit einer Holzkiste. Maxim setzte sich vor ihn, nötigte den polnischen Fahrer zur Vollbremsung. Funken schlugen aus den Bremsen des schweren Anhängers. Ein Nebel aus verbranntem Gummi verdunkelte den Regenschauer im gleißenden Scheinwerferlicht.

ANHALTER?

Autobahn bei Lesnoi, Freitag, 01. Oktober 2038

Es ging weiter Richtung Süden nach Lesnoi, um den Ausläufer des Uralgebirges herum. Mikel vertrug den Mineralölgeruch nicht, hatte ständig mit Übelkeit zu kämpfen. Er stieg auf seinen Sitz und drückte zwei lose Holzbretter an der Dachseite der Kiste nach außen. Das lies frischen Fahrtwind herein und er konnte in Fahrtrichtung heraus auf die Straße sehen. Regenwasser tropfte von der Holzlatte ins Innere, neben seinen Sitz.

Ein Lada auf der linken Spur zog plötzlich auf der regennassen Autobahn nach rechts und bremste direkt vor ihnen scharf ab. Mikel stand noch auf dem Holz Sitz im Inneren, schaute gerade hinaus. Der Tieflader machte eine Vollbremsung. Funken stoben. Reifen quietschten. Er stürzte herunter und landete mit dem Rücken auf der Lehne seines Sitzes und brüllte vor Schmerz. Die lockeren Leisten am Dach schlossen sich über ihm und es war wieder stockfinster. Da roch es nach verbranntem Gummi. Er stieg wieder hinauf auf seinen Sitz im Inneren und hob vorsichtig die Holzbretter an und schaute heraus. Der Lada Fahrer ging um den Tieflader herum.

Mikels Kreuz schmerzte noch vom Sturz. Er erschrak! Die Stimme, die kannte er? Seine Befreier? Nein, sein Entführer aus Leninskoje hielt dem Fahrer eine Pistole vor die Nase.

»Ganz ruhig. Was hast du geladen?«

»Das nur eine Maschinentransport. Geht nach Deutschland. Ich polnisch Fahrer. Damian Nowak, aus Warschau.«

Maxim suchte die Nummer an der Seite. Er fand die Zahl 162073.

»Wo ist andere. Wo ist Kiste 162072?«

»Ja die ist eine Stunde vor uns. Auf Weg nach Moskau nach Germaniya, Deutschland.«

Wortlos sprang er zurück in seinen Lada und raste davon.

Was hatte das zu bedeuten? Ja! Das konnte nur heißen, dass man schon Alarm ausgelöst hatte. Es war noch Wochenende. Trotzdem hatte jemand sein Verschwinden bemerkt?

Sie waren zwei Stunden unterwegs. Mikel hatte etwas schlafen können. Die Autobahn war neu. Die Fahrt wurde langsamer und der Tieflader verringerte die Geschwindigkeit. Er stieg hinauf, wollte wissen, warum es nicht weiter ging. Er sah das Stauende vor sich. Ein Unfall. Es dauerte eine Stunde, ehe man die eigentliche Unfallstelle erreichte. Die Stelle, die den Stau ausgelöst hatte. Es war der Sattelschlepper der Firma SCHLENKER mit der ersten Kiste mit der Nummer 162072. Er hatte einen Pkw unter sich begraben. Nur das Heck schaute schräg unter der Zugmaschine hervor. Es war ein LADA. Am Straßenrand setzten die Sanitäter den Deckel auf einen Aluminiumsarg. Mikel erkannte das Nummernschild. Es war der Lada von Maxim. Von vorhin. Er hatte die "richtige" Kiste gefunden. Diese Aluminiumkiste gehörte ihm nun ganz allein.

GIBT ES NOCH JEMANDEN?

München, Elisabethstraße 21, Freitag, 01. Oktober 2038

Anna Maria war Freitag vor Mitternacht gerade eingeschlafen. Da klingelte es auf ihrem Nachttisch. Das ARMFONE zeigte einen URGENT Call.

Sie war noch etwas schlaftrunken, – hatte das Gespräch angenommen:

»Hier spricht Schmidtbauer. Frau Schmidt, bitte kommen Sie in die Ettstraße! Wir sitzen hier und brauchen dringend Ihre Hilfe.«

»Wie bitte? Was bitte kann ich da für Sie tun?«, klang es schlaftrunken. Anna Maria war nicht wach.

»Ich sitze hier mit Kommissar Oberländer. Bitte kommen Sie gleich! Nicht am Telefon«, schob er nach. Als sie den Namen ihres Beschützers, Herrn Oberländer hörte, glaubte sie Bescheid zu wissen. Es konnte sich nur um Mikel handeln.

Sie schlüpfte aus dem Nachthemd in die Unterwäsche. Zog sich Jeans und Bluse an, legte das ARMFONE um das Handgelenk und suchte damit ein MOBCAR in der Nähe.

Der wenige Verkehr auf den nächtlichen Straßen Münchens brachte sie schnell in die Ettstraße. Der Beamte in seinem Glaskasten im Empfang war informiert.

»Frau Schmidt. Schnell. Sie werden erwartet. Sie kennen den Weg? Gehen Sie direkt nauf, in den sechsten Stock.

Ihr Herz schlug aufgeregt, als sie gegen die Tür klopfte. Ein doppeltes »Herein!«, hörte sich an, wie wenn alle nur auf sie warten würden.

»Guten Abend Frau Schmidt! Schön, dass Sie sich die Zeit genommen haben, zu so später Stunde noch einmal rein in die Stadt zu fahren. Wir können diese Sachen leider nicht am Telefon besprechen. Deshalb haben wir Sie rein gebeten.«

»Herr Doktor Schmidtbauer, ist es wegen Herrn Mikel Scott Miller? Haben Sie Neuigkeiten?«

»Ja genau darum geht es. Wir haben gestern Abend die Nachricht von einem Informanten erhalten, dass sich Herr Scott Miller auf dem arrangierten Transport in Richtung Deutschland befindet. Soweit hat das astrein funktioniert. Sie können ihm und uns noch einmal einen großen Dienst erweisen, wenn Sie ihn noch vor der russisch-weißrussischen Grenze abfangen würden. Wir haben für ihn falsche Papiere ausgestellt und die müssen Sie ihm dringend übergeben. Es besteht die Gefahr, dass die weißrussische Grenzpolizei ihn im Auftrag der Russen festnimmt und ihn gefangen nimmt. Er hat überhaupt keine Ausweisdokumente. Verstehen Sie? Für Sie gibt es auch neue Ausweispapiere. Sie müssen als Paar über die Grenze. Dorothea Stolzner und Robert Stolzner. Auf Hochzeitsreise. Schauen Sie! Ein stolzer Name. Und Ihr Foto ist auch gelungen, wie ich finde. Nur zur Sicherheit, vielleicht kennen die Russen Ihre wahre Identität, klar oder? Wir haben nur die Information, dass er auf einem der vier Schwertransporter nach Deutschland unterwegs ist. Ein Fahrer hat die Firma SCHLENKER verständigt. Man hat ihn bedroht. Ein Russe hat ihn mitten auf der Autobahn zum Anhalten gezwungen. Vielleicht suchen die ihn? Oder es waren Diebe? Ein Tieflader ist unterwegs in einen schweren Unfall verwickelt worden. Leider genau der Tieflader mit der Nummer 162072, den wir präpariert haben. Wo er sich befindet, wissen wir nicht genau? Wir hoffen auf einen der anderen«. Jetzt bekam Anna Maria einen Schreck. Sie wurde kreidebleich.

»Ist ihm etwas passiert? Was ist geschehen?«

»Ich kann Sie beruhigen. Herr Scott Miller war aus bisher ungeklärten Gründen nicht auf diesem Transporter. Der Lkw ist auf einen Geländewagen aufgefahren. Der Fahrer des Geländewagens war auf der Stelle tot. Die russische Polizei hat den Sattelzug sichergestellt. Die Russen haben den deutschen Fahrer festgenommen und den Lkw im Beisein des Fahrers untersucht. Sein Anwalt hat uns angerufen und mitgeteilt, dass er allein unterwegs war. Herr Miller war vermutlich nicht auf diesem Lkw. Wir hoffen, dass er aus irgendeinem Grund auf einem der anderen ist. Dass er den nächsten, den 162073 genommen hat. Genaues wissen wir auch noch nicht? Den Monteur von Firma HERMEL, der instruiert war, können wir nicht fragen. Aus Sicherheitsgründen. Das wäre viel zu gefährlich. Schauen Sie Frau Schmidt. Die drei Übrigen müssten sich kurz vor Moskau befinden. Es ist Wochenende. Die Russen haben auch vermutlich noch nichts vom Verschwinden der Zielperson Miller bemerkt. Sonst hätte unser Informant Alarm geschlagen? Sie nehmen morgen früh den MAGLEV nach Moskau und dort an der Station ein DROPCAR der Firma RUCARENT. Leihwagen geht nicht. Damit dürfen Sie nicht über die Grenze. Damit fahren Sie nach Roslawl zum vereinbarten Treffpunkt auf dem Autohof TRUCKSTORE Roslawl bei Roslawl. Der Schwertransport kann nur maximal achtzig Stundenkilometer fahren. Sie sollten den kurz vor Roslawl eingeholt haben. Die Fahrer sind angewiesen, auf Sie zu warten. Es ist nicht klar, auf welchen der vier ACTRAM-Lkw` s sich Herr Miller befindet. Wir glauben, dass unsere Informationen stimmen und er wirklich nicht auf dem verunfallten Tieflader war.«

Anna Maria bestieg am Sonntag um 6:30 in München Milbertshofen den MAGLEV nach Berlin. Um 7:12 war sie in Berlin Schönefeld. Auf dem Boden des Bahnsteigs lief ihr Trackingcode in die gewünschte Richtung. Sie folgte diesem Code auf dem Boden und stand 5 Minuten später auf dem richtigen Bahnsteig des MAGLEV aus Brüssel kommend, nach Moskau. Um 7:20 saß sie in ihrem MAGLEV nach Moskau. Die Fahrzeit war mit 1:50 Minuten angegeben.

Dieser MAGLEV ging über Warschau, Minsk nach Moskau. Um 9:10 erreichte sie den Kiever Bahnhof in Moskau. Ihre MOBCAR App leitete Sie automatisch zum russischen Partner RUCARENT unterhalb der MAGLEV-Station. Dort stand ihr DROPCAR abfahrbereit. Die Tür des Vans öffnete automatisch, als sie ihr Handy mit dem richtigen CODE gegen das Lesegerät in der Windschutzscheibe hielt. Sie war nicht allein. Es waren noch drei weitere Fahrgäste an Bord.

Die Straßen Moskaus waren in der morgendlichen Rushhour verstopft. Sie schaute nervös auf die Uhr. Der Servicemitarbeiter bemerkte ihre Ungeduld.

»Möchten Sie Kaffee, Tee? Wir haben auch Muffins oder Sandwiches?«

»Bitte einen Kaffee! Mit zehn Dropunits Milch und ein Stück Zucker!« Der füllte den Kaffee aus seinem Wärmeschrank und zählte zehn Drops mit dem Dosierer hinzu.

Nach zwanzig Minuten waren sie auf der Autobahn Richtung Westen. Der freundliche Servicemitarbeiter unterhielt sich mit den Fahrgästen, während das Fahrzeug von allein auf der A130 in Richtung Westen steuerte. Gegen Mittag erreichten sie die Station in Juchnow. Hier machte das DROPCAR halt. Es galt noch einen Fahrgast aufzunehmen.

Die Luft war stickig in Mikels Kiste. Den ganzen Vormittag war rund um Moskau der Verkehr immer wieder ins Stocken gekommen. Er stand auf seinem Sitz und schaute heraus, als es auf der A130 endlich zügig voranging. Vor ihnen nahm ein DROPCAR die Autobahnausfahrt Juchnow.

Hinter Bezdon sah Mikel einen weiteren Tieflader vor sich. Er erkannte, dass es der Lkw von Firma HERMEL ist. Offenbar war dieser Fahrer die ganze Nacht durchgefahren. Vielleicht hatten sie einen Fahrerwechsel unterwegs?

Das DROPCAR von RUCARENT war wieder auf der Autobahn. Anna Maria hatte inzwischen ein Sandwich und einen weiteren Becher Kaffee beim Servicemitarbeiter bestellt.

Da war er. Der Tieflader. Anna Maria schaute hinaus und erkannte die Kiste. Darauf stand in roter Schablonenschrift HERMEL. Sie hatte ihn gefunden. Zumindest einen der restlichen drei. Einer war verunglückt. Was wäre, wenn die Informationen falsch waren? Wenn Mikel verletzt wurde oder wenn man ihn unter der Ladung heimlich gefunden- und gefangen genommen hatte? Wer konnte das wissen?

Das DROPCAR erreichte gegen 15:30 den Autohof TRUCKSTORE bei Roslawl. Sie verabschiedete sich beim Mitarbeiter von RUCARENT und scannte ihren CODE für die Abbuchung des Fahrpreises ein. Jetzt stand sie allein auf dem riesigen Gelände mit Hunderten von Lkws. Die Trucker pfiffen der attraktiven Blondine hinterher:

»Hey, Du da! Was kosten?« Anna Maria erschrak. Würde sie für eine Bordsteinschwalbe gehalten? Da wäre sie nicht ganz allein. Überall standen die Damen in der Nähe der Ausfahrt und warteten auf die Freier. Eine aufgetakelte Nutte in Hotpants und Netzstrumpfhose hielt sie fest.

»Verschwinde, das ist mein Platz! Ich kratze dir die Augen aus, wenn du nicht sofort verschwindest.« Der Dame war es gar nicht recht, dass ihr jemand das Geschäft versaute. Sie griff sofort zum Handy und schrie etwas hinein. Es sollte nicht lange dauern, bis ein schwarzer WOLGA 405 heranraste. Ein bärtiger Prolet stieg aus und sprang auf Anna Maria zu.

»Du hier warten auf Kunde? Ich dein Kunde, mitkommen!« Als der Fremde sie am Oberarm packte, war es zu spät. Sie wehrte sich mit Händen und Füssen gegen den großen, kräftigen

Tschetschenen mit schwarzer Lederjacke und dunkler Motorradhose. Sie wurde in die wartende Limousine, die mit geöffneter hinterer Tür wartete, hineingestoßen. Der Fahrer stieg aufs Gaspedal – wollte davonfahren. Ein Mann warf sich mit einem Bauchplatzscher todesmutig auf die Motorhaube – hielt sich am Scheibenwischer fest und nahm so dem Fahrer die Sicht.

»Halt Stopp! Was macht Ihr mit meiner Frau? Ich hole die Polizei«, rief der Trucker. Der Zuhälter sprang heraus und hielt dem Mann einen Schlagring unter die Nase.

»Du hier verschwinden. Sonst ich machen Dich tot.« In diesem Moment riss Anna Maria die hintere Tür des WOLGA auf und flüchtete in Richtung Raststätte. Eine Sekunde lang schaute der Lude hinter ihr her. Diesen Moment der Unachtsamkeit nutzte der Fahrer der Firma SCHLENKER, um ebenfalls die Flucht zu ergreifen. In der Raststätte suchte der Lkw-Fahrer, Josef Scherdel nach ihr. *Wo steckt sie? Auf der Damentoilette?*

Scherdel rannte hinter ihr her und öffnete die Tür einen Spalt breit. Eine Mutter mit ihrer kleinen Tochter schimpfte.

»Das ist Damentoilette. Raus!« Aber Scherdel hielt die Tür auf und rief in den Waschraum hinein:

»Ja grüß Gott. Sie müssen die Anna Maria Schmidt sein, gell?«

Sie wusste, sie hatte es geschafft, wie sie die Toilette verließ, um den Fahrer zu begrüßen. Das war ihr Lkw und sie fiel ihm um den Hals, – hatte Tränen in den Augen.

»Oh ja. Ich bin es. Wo ist er? Wo ist Mikel?«

»Wer wie? Wen suchen Sie?« Der Fahrer schaute ungläubig.

»Ich meine, wo ist Ihre Ladung. Ihr Lkw?«, wollte sie wissen.

»Ja draußen halt! Herr Oberländer hat nur gesagt, dass ich am Autohof TRUCKSTORE Roslawl auf Sie warten soll.«

»Kommen Sie mit! Wir müssen ihn suchen!«, schob sie ihn vor sich her, aus der Raststätte. Der arme Fahrer verstand nicht, was sie wollte, trottete aber gemächlich hinter ihr her. Scherdel sah noch dem WOLGA nach, der sich eilig davon machte. Die Drohung mit der russischen Polizei schien ihre Wirkung zu entfalten.

Sie sah vor ihr noch einen Schwertransporter von SCHLENKER auf den Autohof fahren, – baute sich vor der Fahrerseite auf. Dessen deutscher Fahrer fuhr die Scheibe runter und fragte:

»Was suchen Sie, schöne Frau?«

»Wir suchen den Transporter mit der Kiste 162073. Was haben Sie geladen?«, rief sie außer Atem.

»Jo, Madel, da ist die Nummer 075 drauf.«
Anna Maria rannte an der Seite entlang nach hinten, um sich selbst davon zu überzeugen.

»Das ist die falsche Kiste. Wo ist die 073? Die müsste längst da sein?«, rief sie ihm hastig zu.

»Die ist noch nicht da. Da vorn am Parkplatz steht der Tieflader mit der 074, vom Josef.

»Ja, grüß Gott, Georg!« Josef Scherdel kam dazu und erkannte den Freund und rief voller Stolz:

»Ich habe die hübsche Dame hier aus den Fängen der Tschetschenen Mafia gerettet, Georg. Ich bin sicher die 073, vom Damian Novak hat vor Moskau Rast gemacht. Der ist bestimmt noch unterwegs!«

»Der 072 ist verunglückt vor Moskau. Schrecklicher Unfall. Und den Herrmann haben sie eingebuchtet«, rief der Scherdel dem Kollegen, mit Namen Georg Simmel, durch die offenstehende LKW-Tür.

»Wir suchen 162073!«, sprach Anna Maria hastig. Sie war aufgeregt. Dabei sah sie sich immer wieder nach rechts und links um und dachte: *Der Doktor Schmidtbauer hatte ihr gesagt, dass er eventuell die nächste Kiste genommen hat. Was, wenn er doch verunglückt ist? So ein Mist ...*

»Ja sehen Sie. Da vorn kommt er, der polnische Kollege«, der Scherdel zeigte auf einen Sattelzug. Der kam näher. Sie rannte ihm entgegen. Anna Marias Herz klopfte heftig.

Jetzt waren alle drei da. Einer fehlt, das ist klar. War er`s oder war er`s nicht? Aber jetzt sind wenigstens die drei komplett. Sie sprang direkt vor den ACTRAM-Truck. Der machte eine Vollbremsung. Und das Fahrzeug brauchte gefährlich lange, bis es zum Stehen kam. Der Fahrer war kreidebleich, riss die Tür auf und schimpfte:

»Matka cipa. Verrückt Frau!« Aber Anna Maria hörte das nicht. Sie lief nach hinten, trommelte auf die Holzkiste mit der Aufschrift HERMEL Nummer 162073 und schrie wie wild:

»Mikel! SEQUENZER bist du da drin?«

»Matka cipa. Was machen Frau? Ich beinahe fahren um«, fluchte der polnische Trucker. Anna Maria gab dem Fahrer einen Kuss auf die Wange. Dann gesellten sich die beiden anderen dazu. Die drei Fahrer begrüßten sich nach Trucker Art.

»Damian. Wo bleibst denn du? Unterwegs wohl Damenbesuch gehabt, oder?«, grinste er und sah hinauf zum Polen in seinem Führerhaus. »Keine Angst ich sage es nicht. Deiner Ewa verrate ich nichts!«, lachte Josef Scherdel und umarmte seinen Kollegen, der aus dem Führerhaus sprang. Georg tat es ihm gleich.

»Josef, ihr Hurenböck. Ich nicht sagen, was machen in Warschau. Nix sagen Sieglinde daheim in Straubing. Alter Gauner, Georg!« Lautes Gelächter umgab die Trucker Gilde.

Aber unter der Ladung rührte sich nichts. Die Enttäuschung war Anna Maria anzumerken.

Vielleicht war es doch die andere Kiste? dachte sie.

Sie wollte noch einmal hinüberschauen. Vielleicht war er auf einem der anderen Lkw. Aber dann hörte sie, dass sich etwas rührte im Innern.

»Hol mich ... hol mich raus hier!«

Anna Maria strahlte. Inzwischen standen die Fahrer neben ihr.

»Da ist jemand drin? Aufmachen! Sofort aufmachen!«, brüllte Scherdel. »Ah, Jetzt kapier` ich, was das soll! Wir haben einen "blinden Passagier".« Der gemütliche Bayer stand neben der Kiste und zeigte nach oben und grinste.

»Schnell Damian mach den Deckel auf! Da ist' er drinnen.«

Der Pole schien zu verstehen. Hatte vermutlich längst bemerkt, dass etwas mit der Ladung nicht stimmte. Georg war etwas jünger, sportlich und stieg auf das Dach der Kiste. Der Fahrer Damian Nowak löste die Spanngurte der Ladung und rief hinauf.

»Georg hier Zange nehmen. Sind viel Nagel.«

Anna Maria stand daneben und rief ihrem Mikel zu.

»Wie geht's dir? Was treibst du da drinnen?«, rief sie überglücklich lachend.

»Anna Maria, bist du es? Ja, was soll ich schon tun? Hier auf drei Quadratmetern? DNA isolieren? Fehlt der DYNO3000«, spöttelte er sichtlich gequält von innen.

»Ja Mikel. Wir bringen Dich heim.«

Josef Scherdel und Damian Nowak hatten gemeinsam den Deckel der Kiste auf der rechten Seite angehoben und schoben ihn etwas zur Seite. Da schaute er verschlafen und zerzaust heraus. Die Stimme versagte ihm:

»Endlich...endlich Luft. Holt mich hier aus diesem Loch! Wäre fast erstickt da drin.« Georg reichte ihm die Hand in die Kiste hinunter und zog ihn mit beiden Händen nach oben. Bärtig, zerzaust, steif stieg er über den Deckel in Richtung Fahrerhaus vom Tieflader. Anna Maria stand bereit und beide fielen sich in die Arme. Sie küsste ihn rechts und links.

»Lieber Mikel! Du bist gesund? Das ist die Hauptsache. Komm schnell mit! Nicht, dass uns jemand sieht. Danke die Herren! Ich habe ihn. Ich wünsche euch eine gute Weiterfahrt.«

Die drei schauten sich erheitert, wie nach einem Saufgelage an. Aber so genau wussten die nicht, was das alles zu bedeuten hatte.

»Damian, Georg. Jetzt versteh` ich. Das muss die Ladung sein. Die der Oberländer meinte. Nix groß rum erzählen! Versteht Ihr? Kommt! Damian, fahr den Karren da weg und dann trinken wir erst mal ein Bier auf mich.

Tschüss, Ihr zwei! Und grüßt mir den Oberländer. Sagt ihm, wenn wir nach München kommen, dann gehen wir ins Hofbräuhaus. Auf seine Rechnung, gell!«, lachte anhaltend und nahm die Freunde rechts und links und schob sie in Richtung Raststätte.

»Mach ich. Danke! Habt Ihr großartig gemacht«, strahlte eine überglückliche Blondine. Sie zog ihren Mikel hinter sich her.

»Mikel. Ich freue mich so. Aber, wenn ich ehrlich bin. Du stinkst wie eine Horde Paviane.«

»Ja. Meine liebe Anna Maria. Ich glaube, ich verschwinde erst einmal in der Trucker Duschanlage da drüben. Hast du ein paar Rubel für mich?«

»Mach das Mikel! Hier nimm! Ich buche ein DROPCAR. Mach schnell. Die suchen Dich! Wenn du zurück bist, weihe ich Dich in unsere Pläne ein. Für die Reise mit dir«, zwinkerte sie ihm verschmitzt zu.

Ein weißes DROPCAR von RUCARENT hielt neben der Raststätte. Mikel hatte eine Plastiktüte dabei, mit der schmutzigen, öligen Jacke. Er roch immer noch nach Öl und Kühlmittel der Maschine.

»Mikel steig ein! Das ist unser Wagen. Wir müssen schnell weg hier! Rüber, über die Grenze. Da nehmen wir den MAGLEV nach Berlin. In dem Umschlag hier – schau mal!«

Mikel nahm hinten im DROPCAR, neben Anna Maria Platz. Da war es wieder, das Gefühl, so wie sie ihn ansah, wie damals an der MAGLEV-Station in Martinsried.

Mikel verstand, als er die Travel identity Cards aus dem Umschlag zog. "Anna Maria Stolzner und Robert Stolzner aus Nürnberg." Sie waren ein Ehepaar.

Es ging los. Bis zur weißrussischen Grenze waren es noch 30 Kilometer.

JAGDSAISON

Lager Soswa, URALCHEMICAL, Sonntag, 03. Oktober 2038

»Katrin. Hast du Mikel gesehen?«, wollte Rudolf Steiger wissen.

»Nein, Schatz! Gestern den ganzen Tag nicht. Komisch? Wenigstens beim Mittagessen war er doch immer da. Vielleicht geht es ihm nicht gut? Hat in letzter Zeit immer so blass ausgesehen. So müde. Du ich schau mal, Rudi.«

Sie fuhr mit dem Fahrstuhl hinauf in den dritten Stock, rannte hastig die indirekt beleuchteten Gänge des Hotels hinüber zum Nordflügel. Ihre Schritte wurden durch den dicken Veloursteppich gedämpft. Sie horchte an seiner Tür mit der Nummer 312. Alles war ruhig. Sie klopfte leise, dann lauter. Nichts rührte sich.

»Mikel. Ich bin`s Katrin. Geht's dir gut? Bist du auf dem Zimmer? Darf ich reinkommen?«, wieder hörte sie nichts. Katrin hatte Angst: *Was ist, wenn der weg ist? Der verrät uns so kurz vor dem Ziel. Rudi sagte, wir haben es bald geschafft, mit dem Geld vom Rostow. Und dann sind wir weg. Hänge damit drin. So ein Mist. Wenn die uns schnappen? Wie komme ich dann hier raus?*

Sie rannte hinüber zum Aufzug, fuhr hinunter. Empfangschef Miroslav Strawinsky empfing sie am Schalter und begrüßte sie mit den Worten.

»Katrin. Guten Morgen! Wie es gehen dir?

»Miroslav. Wo ist der Miller? Hast du den heute schon gesehen?«

»Den Mikel Miller. Nicht gesehen haben. Gestern nicht gesehen. Ganze Tag nicht gesehen.«

»Da stimmt etwas nicht? Komm schnell! Mach mir die Türe auf. Ich mache mir Sorgen um ihn.«

Gemeinsam fuhren sie hinauf. Miroslav öffnete die Tür – mit seinem General DOORLOGG-Code. Katrin stürmte herein. Der Kleiderschrank stand offen. Die Sommerhemden lagen davor auf dem Boden. Die Schublade mit der Wäsche stand offen. Das Bett war nicht gemacht. Am Wochenende hatte das Zimmermädchen ihren freien Tag.

»Miroslav. Ich glaube, der ist weg? Zu niemanden ein Wort, bitte, Miroslav.« Sie rannte hinaus auf den Flur, zum Fahrstuhl. Sie fuhr hinunter ins Untergeschoss und rannte in den Frühstücksraum, wo Rudi Steiger gerade ein Frühstücksei pellte.

»Du Rudi. Ich glaube, der ist weg. Komm schnell. Wir müssen ihn suchen!«

»Mach keine Witze. Der kommt da nicht raus. Lass uns unten am Felsen nachsehen! Ich bin mal hinter ihm her. Da sitzt der oft und schaut auf den Fluss, auf die Berge. Der Träumer.«

Sie rannten hinunter zum Felsvorsprung mit der Aussichtsplattform. Doch dort war er nicht. Sie rannten zurück. Sie kamen an der Wache der SEKTION 1 vorbei. Die Sicherheitsleute standen an der Schranke. Rudolf Steiger ging auf sie zu.

»Haben Sie den Miller gesehen? Mikel Scott Miller – bitte?«

Der Wachhabende trat hervor.

»Gospodin Miller. Warten Sie! Ich im Protokoll schauen.« Nach zehn Minuten kam er heraus und erklärte.

»Freitagmorgen Tor passieren. Nicht bis 22:00 zurückkommen. Das eine Bug. Eine Softwarefehler. Das muss melden. Muss geben Alarm, wenn nicht kommen zurück bis 22:00 Uhr. Das eine Bug! Sie verstehen?«

»Schon in Ordnung«, er hatte es verstanden.

»Arbeitet der etwa? In Sektion 2 oder 4?«, fragte Katrin.

»Warten Sie noch einen Moment!«, sprach Steiger.

»Du Katrin. Wir müssen Boranov oder besser gleich Alexander Rostow verständigen. Wenn der getürmt ist, haben wir ein Problem.«

Rudolf Steiger wählte aufgeregt den Eintrag des Professors.

»Herr Professor Boranov! Entschuldigen Sie die Störung. Wir können Herrn Mikel Scott Miller nicht finden. Haben Sie eine Ahnung, wo der sein könnte? Im Gästehaus ist er jedenfalls nicht.«

»Herr Doktor Steiger. Sie machen eine Joke. Haben Freitag ihn gesehen. Wollen zur Maschinenhalle SEKTION 2. Er muss Teile für Duplexzange fertigen. Da haben die neue Maschine aus Germania.«

Katrin und Rudolf Steiger rannten hinüber zur SEKTION 2 mit der Maschinenhalle. Der Wachmann Daniil Lugarin empfing die beiden.

»Was kann ich für Sie tun? Bitte, Sie dürfen nicht rein! Es ist Wochenende.«

»Wir suchen Mikel Scott Miller. Wann haben Sie ihn gesehen?«

»Ich habe ihn gestern Abend gesehen. Er ist hinunter gegangen. Zur Aussichtsplattform.«

Rudolf Steiger hatte etwas gemerkt? Lugarin schaute ihn nicht direkt an. Weiß, der mehr?

»Das kann gar nicht stimmen«, flüsterte er Katrin zu.

»Der hätte fliegen müssen.« *Der Wachmann, der sagt die Unwahrheit. Der deckt ihn*, dachte er.

Sie folgten ihm hinüber zum Gästehaus. Hier wartete Professor Boranov auf die beiden.
Er telefonierte gerade und war sichtlich nervös. Weit hielt er das Handy von sich, wandte sich an das Paar:

»Ich haben Herrn Doktor Alexander Rostow an Handy. Entschuldigen bitte.« Er nahm wieder seine militärische Haltung an, als würde der Boss in diesem Augenblick direkt vor ihm stehen.

»Ja, Herr Doktor Rostow. Er wollen gehen zu SEKTION 2 bei Maschine, am Freitag.

Trotz der Entfernung konnte man Rostow durchs Handy verstehen, so wütend laut war er.

»Was? Herr Doktor Rostow. Sie meinen die Maschinentransport nach Deutschland. Wir sofort schauen. In Halle für Maschine.«

Alle drei rannten sie hinüber zur SEKTION 2. Boranov öffnete das Tor mit der DOORLOGG. Er marschierte wortlos an dem Wachmann Daniil Lugarin vorbei. Er grüßte nicht einmal.
Katrin und Steiger folgten ihm in die Maschinenhalle. Sie kamen am Gang vorbei, wo die lange Reihe mit HERMEL Maschinen stand. Da war eine Lücke. Vier Maschinen fehlten. Boranov drückte die Wahlwiederholung.

»Hier Boranov. Herr Doktor Rostow. Maschinen weg. Kisten weg.« Boranov blickte finster und verließ die Halle, ohne die beiden zu beachten. Das Pärchen folgte ihm.

Der SEQUENZER war unauffindbar! Der Patriarch gab ihm Anweisungen, hatte ihm erklärt, was zu tun ist. Den Befehl galt es nun auszuführen! Das war hier nicht anders, wie in der Armee.

URALCHEMICAL

Moskau Russland, Sonntag, 03. Oktober 2038

Eine lange Reihe einflussreicher Politiker und die Stadtoberen von Moskau hatten sich im MWTC versammelt. Das Management von URALCHEMICAL präsentierte ihre Projekte auf der MOSCOW CHARITY FAIR, einer Messe für karitative Stiftungen in Russland. Die Ansprache von Alexander Rostow wurde kurzfristig abgesagt. Genau jetzt, wo er sich im Zenit des wirtschaftlichen Erfolges befand, musste er sich entschuldigen lassen. Denn er, der Hirtenjunge, wollte eines seiner entlaufenen Schäfchen zurückholen:

Sein Großvater Igor kannte es noch, das einsame Leben eines Schafhirten. Und die harte Arbeit in der URALSKISOL-Kaligrube. Dort musste er schuften bis zum Umfallen, um sich das Studium an der neuen, privaten Technischen Universität für Technologie ***MUT M****OSKOVSKIY* ***U****NIVERSITET* ***T****EKHNOLOGIY leisten zu können. Nach dem Zusammenbruch der Sowjetunion hatte sein Großvater einen Agrarhandel aufgebaut. Er versorgte die aufgelösten Kolchosen mit dem notwendigen Dünger und Schädlingsbekämpfungsmitteln. Die mussten teilweise illegal aus China und Indien importiert werden. Das lief so gut, dass er sich davon die marode Kaligrube, in der er jahrelang geschuftet hatte, kaufen konnte. Der Grundstein zur URALCHEMICAL war gelegt. Und er brachte Arbeit und Wohlstand in die Region. Vater Ivan Rostow hatte es erfolgreich gemehrt, dieses Vermögen wollte alles selbst herstellen. Vom Dünger über Pestizide bis zum Saatgut. Alles aus einer Hand. Ein Bombengeschäft. Seit der Übergabe an ihn, die dritte Generation vor fünfzehn Jahren ging es steil Berg auf. Für die energieintensive Produktion brachte er Mitte der Zwanziger den Stromgiganten RUSELECTRON in seinen Besitz. Und*

URALCHEMICAL ist heute der zweitgrößte Produzent von AGRAR Produkten weltweit. Und ihm selbst, dem Enkel von Igor Rostow, war ein Platz in der Geschichte Russlands sicher. Er würde der mächtigste Mann Russlands werden.

Er hatte es schon als kleiner Junge gekonnt. Den Helikopter seines Vaters konnte er fliegen, – er war gerade einmal so groß, um die Pedale der Steuerung zu erreichen. Aber diese HELITAX konnte jeder steuern. Die automatische Lageregelung mittels Gyroskops ermöglichte es auch Laien damit umzugehen. Vor allem, seit es den Autopiloten gab, der die Maschine weitgehend allein steuerte.

Der Mäzen und Großindustrielle Alexander Rostow wusste mit einem Mal, wo sich der SEQUENZER befand. Zehn Minuten später startete ein privater HELITAX-Helikopter vom Dach des Kempinski-Hotels am Messegelände. Die Sicht und das Wetter waren ideal.

Am Steuer saß der Oligarch Doktor Alexander Rostow.

DIE FREIHEIT?

Grenze zu Weißrussland, Sonntag, 03. Oktober 2038

Anna Maria erzählte Mikel, was sich in den zwei Jahren ohne ihn alles getan hatte. Es war Zeit genug. Sie hatten die hintere Sitzreihe im DROPCAR für sich allein. Nur ein Fahrgast saß vor ihnen. Die Abfertigung an der Grenze zog sich noch in die Länge.

»Ja Mikel. Der BND hat mich auf den Klose-Hilger und den Vane Summers angesetzt. Verdacht auf Spionage. Ich lieferte die glaubhafte Story und war vom Fach. Idealbesetzung für einen Maulwurf also«, vorwitzig lächelnd zog sie die Augenbrauen nach oben. »Und so sitze ich jetzt am Schreibtisch deiner Katrin. Hast du eine Ahnung, wo die steckt? Die hatte ihre lange geplante Chinareise angetreten und ist schon drei Monate weg. Keiner weiß wo?«

»Anna Maria. Es ist unglaublich. Erst haben die mich aus dem chinesischen Lager rausgeholt, um mich danach in einem russischen Lager verschwinden zu lassen. Ich bin vom Regen in die Traufe geraten. Aber ich war mit Katrin zusammen in Russland. Aber jetzt nicht, was du denkst. War alles ganz anders. Die Katrin und der Rudi. Die stecken unter einer Decke. Verstehst du? Unglaublich, die sind ein Paar. Schon seit Langem. Hast du davon gewusst?«

»Ein Paar meinst du? Rudolf Steiger und die Katrin? Dann war das keine echte Liebe, zwischen euch, oder? Egal, Mikel, das ist deine Sache.«

Mikel wollte wissen, was alles geschehen war.

»Sag, wie war das mit HERMEL?«

Anna Maria rückte etwas weg von ihm und brachte etwas Licht ins Dunkel:

»Also die hatten dann auch die Idee mit dem Maschinentransport der Firma HERMEL. Die haben vor fünf Jahren 40 Maschinen nach Russland geliefert. Nachdem die neue Maschine auf der EMO in Hannover vorgestellt wurde, wollten die Russen die neue Type. Aber die Maschinen im Tausch, verstehst du? Wegen dem Embargo war der BND im Vorfeld eingeschaltet worden. Dann hatten die die Idee mit der Kiste. Da kommst du ins Spiel. Oder besser gesagt in die Kiste. Und siehe da, jetzt bist du hier!« Lachte sie zufrieden und war ein bisschen stolz auf sich.

Der Grenzposten kam auf sie zu. Der DROPCAR-Fahrer hielt dem Grenzer alle ID-Cards aus dem heruntergelassenen Fenster seines Sammeltaxis. Der Beamte drehte und wendete die Personalausweise von Dorothea Stolzner und Robert Stolzner aus Nürnberg mehrfach hin und her. Zog sie durch ein Lesegerät. Dann reichte er die Karten wortlos zurück. Das war einfach. Sie waren in Weißrussland. Das Aufatmen bei Mikel war echt, – die Pässe waren es nicht.

»Gut gemacht, Anna Maria!«

»Mikel. Wir sind noch nicht ganz am Ziel. Erst wenn wir in Polen sind. Vielleicht, wenn wir im MAGLEV Richtung Polen sitzen.«

KOMPLIZENSCHAFT

Lager Soswa, URALCHEMICAL, Sonntag, 03. Oktober 2038

Sie standen neben dem Sicherheitschef der URALCHEMICAL am Eingang zum Gästehaus. Gerade hatte er das Gespräch beendet, wirkte ernst und angespannt.

»Frau Geis, Herr Doktor Steiger. Herr Rostow erwarten uns. Bitte begleiten mich.« Dabei schaute er den großen schlanken Mann nicht einmal an. Völlig anders als sonst, war er. Seine freundliche, joviale Art war verschwunden.

»Es wird ernst, Katrin?«

»Was sollen wir in den Labors, Rudi? Sollen wir da sequenzieren?

»Katrin, ich will ja nicht den Teufel an die Wand malen. Der SEQUENZER ist weg. Und mit ihm unsere Lebensversicherung. Ich sage dir, wir müssen schnellstens hier raus.« Flüsterte er ihr zu. Der Chef kam herüber.

»Kommen Sie, hinüberfahren! Fahrer, Wagen warten schon.« Die flache Hand wies in Richtung Parkplatz. Dort stand schon das große RAMBIRD-SUV mit geöffneten hinteren Seitentüren.

»Wo ist Boranov? Wieso ist der nicht dabei? Wo bringt man uns hin? Du Rudi, da stimmt was nicht?«

Und es ging alles sehr schnell an den Wachen der Sektionen 2, 3 und 4. Keiner verlangte einen Ausweis oder eine DOOR-LOGG. Hastig öffneten die schwer bewaffneten Sicherheitskräfte das Tor zum Hochsicherheitstrakt. Als sie auf dem Parkplatz standen, wurden sie von vier Wachmännern mit Kalaschnikows im Anschlag empfangen. Zwei warteten rechts und links neben dem RAMBIRD und rissen die Türen auf, – bevor der Wagen zum Stehen kam.

»Aussteigen!«, herrschte ein Wachmann mit der entsicherten Waffe den ehemaligen CEO der MESINA AG an.

»Hands up!«, schrie er ihn an. Katrin, die immer klaren Kopf bewahrt hatte und alles im Griff zu haben schien, erfasste die blanke Panik.

Steiger spürte den Lauf im Rücken und sie wurden hinüber in ein Nebengebäude geleitet. Dort wartete eine andere, bisher nicht in Erscheinung getretene Wachmannschaft auf die beiden. Hier im Empfang wurden beide auf Waffen durchsucht.

Klar, dass man beim Steiger auf die WALTER P128 in der linken inneren Jackentasche stieß. Katrin sah kein Leben, keine Überlegenheit mehr, nur die blanke Angst bei dem einst so selbstsicheren CEO.

»Mrs. Geis, Mr. Steiger. Herr Dr. Rostow hat uns mitgeteilt, dass Sie bei uns bleiben. Bitte nehmen hier diese Kleidung, Schuhe und Waschzeug! Bitte umziehen!«, klang es knapp. Sie kam aus der Umkleide und hatte Tränen in den Augen – trug viel zu weite hellgraue Anstaltskleidung und pastell-rosa Clogs.

Auch Rudolf Steigers starrer Blick wirkte verängstigt. Er wartete bereits ungeduldig auf sie und sprach nichts weiter. Was sollte er auch sagen? Keiner wusste, was ihn erwartet. Zum ersten Mal hatte er keinen Plan B, wie ihn Katrin fragend ansah.

»Mitkommen!«, sprach der Wachhabende, ein großer schwerer Mann, ein Glatzkopf in schwarzer Uniform. Er verzog keine Miene. Jedenfalls war in dessen zernarbten Gesicht keine Regung erkennbar – schob die beiden vor sich her, durch das Gewölbe. Hier war kein Tageslicht. Der Keller, eine Art Bunker verfügte über eine eigene Generatorstation am Ende des langen Ganges.

Vereinzelt hallten Schreie durch die Gewölbe. Nur grellweiße LED-Beleuchtung und ein schmuckloses Treppenhaus führte hinunter in eine Bunkeranlage – ein Atombunker. In den Wänden waren Glaskästen mit Schutzkleidung und Atemschutzmasken abgelegt. Aber die Schreie wurden im sechsten Untergeschoss lauter.

»Katrin, ist ... ist das ein Kerker?«, es war nicht mehr ihr Rudi, wie sie ihn kannte. Das war nur noch die ängstliche Stimme von ihm. Gebeugt, mit hängenden Schultern. Um Jahre gealtert schien er, wie er so neben ihr her schlurfte.

Entgeistert und sprachlos schaute er zurück, als er von dem kahlköpfigen Proleten hineingeschoben wurde. Die Zelle für Steiger war ca. 6 qm groß. Mit dem Schrecken im Gesicht blickte er noch einmal seiner Katrin hinterher, bevor sich die Zellentür vor seiner Nase schloss.

Im Gang wartete eine weinende Katrin mit gesenktem Haupt. Nicht einmal Zeit für einen Abschiedskuss gab man ihnen. Sie wurde eilig in die benachbarte Zelle geschoben.

SCHWARZE SCHAFE

Roslawl, Grenze zu Weißrussland, Sonntag, 03. Oktober 2038

Alexander Rostow flog der A130 entlang und befand sich auf Höhe der russisch-weißrussischen Grenze. Eine Warnmeldung der Galileo Navigation schien ihn überhaupt nicht zu interessieren. Hoheitsrechte, Gesetze? Er war ein Rostow.

Die Grenze kam näher. Jetzt hatte er den General der russischen Armee in Smolensk in seinem Kopfhörer.

»Privet, Petar Jowalski. General der Westgruppe der russischen Armee«

Das Pfeifen der Rotorblätter kannte er.

»Herr General Jowalski. Hier spricht Alexander Rostow von URALCHEMICAL. Bitte verständigen Sie die Truppen der Grenzpolizei. Wir suchen einen Deutschen. Es ist Spion. Sein Name ist Scott Miller. Er ist auf einem Schwertransport der Firma HERMEL Deutschland. Bitte stoppen Sie Truck. Es sind vier ACTRAM-Truck der Firma SCHLENKER.«

»Herr Doktor Rostow. Wir werden suchen ihn. Nach Fahrzeug und dem Mann. Wie ist Name?«

»Es ist die Transport SCHLENKER Deutschland. Sein Name Mikel Scott Miller. Ist Deutscher. Bitte Fahndung nach allen Deutschen. Bitte festhalten und mich bitte verständigen.«

Da war noch ein Telefonat. Es ging um den Bestand der Herde! Der Autopilot steuerte das HELITAX allein in Richtung Grenze:

»Vladimir! Hier spricht Alexander Rostow. Dein Freund ist fort.«, klang es mit einem hohen Pfeifton im Handy von Vane

Summers. Der hatte gerade ein Teamgespräch mit seinen Leuten bei MESINA.

»Hello, Mister, hello Alexander. Das ist nicht möglich? Wie ist das passiert?«, er vermied die förmliche Anrede. »Warten Sie, ich gehe hinaus.«

»Alexander, jetzt wir können reden!«

»Vladimir, der SEQUENZER ist mit einem Maschinentransport in Richtung Germania unterwegs.

Ich fangen wieder ein, no problem! Aber andere Problem wir haben. Wir haben Deutsche CEO und Frau. Viel wissen, zu viel wissen. Du müssen kommen nach Sewerouralsk, lösen Problem. Du verstehen?«

»Ja, Chef! Ich komme. Ich werde mich melden, Okay?«
Das Pfeifen der Rotorblätter im Hintergrund übertönte die letzten Worte eines Hirten, der seine Herde vor ein paar schwarzen Schafen schützen wollte:

»Dobro priyatel.«

Alexander Rostow flog weiter in den Sonnenuntergang und überquerte die Grenze Weißrusslands. Dann kam der Anruf.

»Herr Doktor Rostow. Wir haben die ACTRAM-Truck gefunden an Grenze hinter Moskau. Hatte eine Unfall. In Lkw war nicht Person. Fahndung nach alle Deutsche. Haben Flughafen, DROP-CAR, alle informiert. Suchen nach Deutsche Mann. Wir haben Personen an Grenze überprüft. Es waren 53 Personen. Kein Mann mit Namen Mikel Scott Miller.«

»Okay Herr General. Ich danke Ihnen.«

PEACEMAKER

Lager Soswa, Montag 04. Oktober 2038, nach Mitternacht

»Hallo Katrin Geis. Ich hole Sie raus!«

»Vane, endlich. Du bist unsere Rettung. Wurde aber auch Zeit. Warum haben die uns eingesperrt? Wo ist Steiger?«

»Den holen wir auch gleich. Komm mit bitte!«

Katrin hatte ein feines Gespür für Stimmungen. Ihrem Freund Vane Summers konnte sie sich anvertrauen. Sie wusste, er würde sie nach Hause bringen. Heute vermisste sie sein schallendes Lachen. Oft waren sie gemeinsam bis in die Nacht hinein in seiner EDV-Abteilung gesessen. Über Katrins schlüpfrigen Witze konnte er lang und genüsslich brüllen vor Lachen.

Aber da war noch der Glatzkopf von gestern in schwarzer Uniform. Der wartete vor ihrer Zelle. Er verzog keine Miene. Jedenfalls war in dessen zernarbten Gesicht keine Regung erkennbar.

Gemeinsam gingen sie hinüber und warteten vor seiner Zelle. Der Uniformierte öffnete die Tür nebenan. Da saß er. Er war nur ein Häufchen Elend. Was war aus dem großen, stolzen Dr. Rudolf Steiger geworden. Wo war seine Würde? Seine Überlegenheit?

»Rudi, was machst Du? Wie geht's dir?«, wollte Katrin von ihm wissen:

»Schau mal, wen ich dir mitgebracht habe. Dein Freund Vane Summers holt uns heraus.«

»Katrin, du bist es?« Vielmehr brachte er nicht hervor. Er wirkte starr und teilnahmslos. Der Wachmann mit dem Narbengesicht trat in seine Zelle und schob ihn ungeduldig hinaus.

»Mitkommen, bitte!«, klang er nüchtern.

Katrin gab ihrem Freund einen Kuss auf die blasse Wange. Sie hatte sich um ihn gesorgt, nachdem sie sich gestern noch nicht einmal richtig von ihm verabschieden konnte. Aber Katrin erschrak, wie sie ihren teilnahmslosen Rudi wiedersah.

»Vane holt uns raus. Verstehst du, Rudi?«, wiederholte sie.

Warum freute er sich nicht? dachte Katrin.

Sie wurden hinausgeführt. Das schwarze RAMBIRD-SUV wartete schon auf dem hellbeleuchteten Parkplatz vor der Hauptverwaltung. Nicht einmal die Handschellen hatte man den beiden abgenommen. Katrin verstand nichts von alle dem und suchte die Antwort bei Rudi. Er wirkte ängstlich und übernächtigt. War es die Müdigkeit, Schlafmangel, der ihm zu schaffen machte?

Aber er schaute sie nicht einmal an, als sie zum Fahrzeug geführt wurden. Schien er zu wissen, was da passierte?

Transporte aus dem Hochsicherheitstrakt gegen Mitternacht waren selten. Dennoch waren alle Wachen informiert. Das Fahrzeug mit den befreiten Gefangenen verließ die Anlagen beim Werkschutz am Ostausgang der Sektion 4. Das SUV nahm die Landstraße in Richtung Westen am Fluss Soswa entlang durch die endlosen Urwälder des hinteren Urals. Sie erreichten den Parkplatz am Uralsee bei Gorod Severouralsk. Hier waren Sie oft, das ungleiche Paar aus Germania. Es war eine wunderbare Nacht. Mondschein glitzerte wie Silber über dem nächtlich dunklen See. Der RAMBIRD stoppte und der Fahrer riss die hintere linke Tür auf. Vane stieg aus und forderte:

»Los Steiger, aussteigen!«

Die Eiseskälte, – wie er sprach, verunsicherte sie:

Vane ist heute so anders. Er hatte dieses fremdartige, aufgesetzte Lächeln. Vorgestellt wurde er als Kollege Vane Summers von der Yale University. Dann war er der Schleuser Vladimir Simshov – ihr Unterhändler, hier für die Russen. Wer war er wirklich? Jetzt verstand sie, warum Anna Maria ihr damals die TOGMAP empfahl. Die würde zeigen, wer es ernst mit ihr meinte. Wer log und wer nicht. Ob Mikel sie liebte oder betrog. Gelegenheit hatte er genug dazu. Sie hatte es als Hokuspokus abgetan. Vielleicht wäre es besser gewesen, sie hätte diese Lügendetektor-App installiert. Jedenfalls damals auf ihrer DATASCREEN, als noch Zeit dafür war.

»Vane, was hast du vor – mit uns?«, wollte Katrin von ihm wissen.

»Ja Katrin, du musst auch raus, bitte! Wir machen einen kleinen Spaziergang. Da rüber zu der Bank am See!«

»Aber Vane! Was soll das? Es ist Mitternacht. Das ist doch gar nicht die Stimmung dafür?« Bei ihr wuchs die Angst. Denn Katrin sah Fahrer und Beifahrer, wie sie ihnen folgten, die Maschinenpistolen umgehängt hatten und zur Eile drängten. Dabei drückten sie dem eingeschüchterten Mann immer wieder den Lauf heftig in den Rücken. Das musste sehr schmerzhaft gewesen sein. Aber Rudolf Steiger schien es nicht zu spüren.

»Davay!« schob der Beifahrer in der schwarzen Uniform, hinter ihnen. Wie eine Herde, die man zum Schlachthof treibt. Vane wartete rechts neben der Parkbank, und machte eine einladende Bewegung.

»Setzt Euch bitte! Katrin. Wir werden es uns jetzt hier etwas gemütlich machen. Nehmt ihnen die Handschellen ab. Davay, Davay!« Katrin nahm rechts auf der Holzbank Platz und schaute ungläubig zu ihm hinauf. Sie war oft mit Rudi hier, denn sie mochte romantische Sommernächte. Aber da war heute keine Romantik. Steiger wurde links zur Bank geleitet und man drückte ihn mit seiner Schulter herunter auf die Sitzfläche. Er saß nun neben ihr.

»So Katrin. Es war eine schöne Zeit mit Euch«, hauchte er wehmütig.
Katrin erschrak:

Wieso war? Was meinte er damit?

Der Griff mit den Lederhandschuhen in seine linke Jackentasche förderte die WALTER P128 zutage. Dabei glänzte seine Narbe am Hals und der offene Hemdkragen hing ein Stück weit herunter. Jetzt erst wandte sich Steiger seiner Katrin zu. Die Begleiter rissen ihnen die Arme nach hinten über die Rückenlehne der Bank, damit sie sich nicht mehr bewegen konnten.

Vladimir hatte damals genau hingesehen, wie er die Unterschrift unter die Anmeldung bei der Ankunft im Gästehaus setzte. Rudolf war Rechtshänder. Deshalb drückte er ihm die Waffe in die rechte Hand und legte dessen Finger um das Griffstück und dessen Zeigefinger auf den Fingerprintsensor. Die kleine rote LED blitzte kurz auf. Seine WALTER P128 war entsichert. Er wollte sie nicht loslassen, denn er wusste, was dann passierte. Aber der Boxer griff umso brutaler zu. Er schien ihm jeden Finger einzeln brechen zu wollen, als er ihm die Waffe entriss.

Katrin dachte an die Nacht, in welcher Rudi genau mit derselben Waffe ihren Mikel bedroht hatte. Das war unten an der Soswa. Auch so eine romantische, schöne Nacht. Fahrer und Beifahrer standen rechts und links neben der Bank Spalier und hielten die Maschinenpistolen auf die beiden gerichtet. Die riesige Linke auf Rudis Schulter drückte ihn noch fester auf die Parkbank, während er in seiner rechten Hand die Waffe gegen Katrin richtete.

»Nicht! Bitte "Vladimir"! Bitte nicht!« Schrie sie mit Tränen durchtränkter Stimme: »Wir sind ein Team. Hast du selbst gesagt. Wir...wir sind Freunde? Du, Rudi und ich. Du willst uns doch nicht ...?«

Vladimir! nannte sie ihren Freund am Ende...

Aber dies war nicht ihr "Freund" Vane aus der IT-Abteilung! War das ein Winseln um Gnade oder der Appell an sein Gewissen? Der Vladimir war das Böse von Vane Summers und der hatte kein Gewissen.

Sie schrie noch einmal laut, als er ihr die WALTER fest gegen die Schläfe drückte. Rudolf schloss die Augen. Er dachte an ein Gebet, – hörte dabei den Abzug klicken. Totenstille. Er war aus der Kirche ausgetreten. Schon vor langer Zeit. Aber die letzten paar Tage hatten ihn verändert. Für Rudolf Steiger war es das Jüngste Gericht.

Sie faltete die Hände und schloss die Augen.

HIMMEL

Uralsee Severouralsk, Montag 04. Oktober 2038,
nach Mitternacht

Blitze, Explosionen, ohrenbetäubend, taghell war es um sie herum. Katrin riss die Augen auf – grelles Licht stach schmerzhaft durch die halb geöffneten Lider.

Sie lebte? Fühlte wieder? Der Schrecken holte sie zurück ins Leben.

Grelle Lichter tanzten vor ihr durch den aufsteigenden Rauch explodierender Blendgranaten. Signalmunition warf bunte Lichter über einen gespenstischen, spiegelglatten Bergsee.

»Ruki vverkh!«, Hands up!«, schrien sie und warfen Fahrer und Beifahrer zu Boden. Waffen schepperten auf den harten Felsen der Uferböschung – ihr Freund war weg. Katrin wollte sich umdrehen und sah dabei nur noch, wie sein Schatten der Anhöhe hinauf, in der Dunkelheit verschwand. Die Waffe, dessen Abdruck noch an der Schläfe schmerzte, lag neben der Bank.

Maskierte mit Helmscheinwerfern und Maschinenpistolen im Anschlag sprangen um sie herum. Laute, Schreie, Befehle.
Dann stand er vor ihnen – sehen konnte sie fast nichts. Zu stark war der Brandfleck auf ihrer Netzhaut. Aber die Stimme? Es war dieselbe, die sie immer am Abend empfing, wenn sie den Umweg machten, zum nördlichen Ende des URALCHEMICAL-Geländes. Wenn sie Rudi den Sonnenuntergang in den Bergen zeigen wollte. Auf dem Weg dorthin mussten sie durch die Wache der Sektion 2 und dort die Anhöhe hinauf. Da war der Sundowner am schönsten. Genau wie das Mondlicht. Es war die sanfte, melodische Stimme. Die war unverkennbar ...

»Daniil ... bist du das? Daniil ... schrecklich! Was machst du hier...?

Rudi, es ist vorbei! Komm steh auf! Steh endlich auf! Der Vane, der Vladimir ist fort. Es ist...es ist vorbei. Daniil ist da!« Katrin hatte Tränen in den Augen – ein Zittern vor Schrecken und Todesangst. Sie schaute nach ihm, rüttelte ihn heftig. Der hing tot über der Lehne. Rudolf Steiger baumelten die Arme im Rücken hinter der Bank. Er rührte sich nicht?

»Frau Geis, alles gut. Wo ist er? Wo ist Vladimir Simshov?«, wollte Daniil von ihr wissen.

»Der hat uns rausholen lassen. Das ist ... das ist ein ... ein Killer. Weißt du? Daniil, der war gerade noch da. Ist da den Hang hinauf.« Sie zeigte in Richtung Abbruchkante am Nordufer des Sees, obwohl sie fast nichts, außer Umrisse im Mondlicht erkannte.

»Rudi, steh auf, du lebst!«, rüttelte sie ihn hin und her.

Daniil Luganov zeigte nach rechts in Richtung Hochufer.

»Schaut da vorn! Der ist dem Berg hinauf. Schnell!« Ein Trupp jagte davon, dem Hang hinauf. Die russisch gesprochenen Kommandos des Einsatzleiters hallten im Echo des Bergsees.

Dann sprach er den leblosen Mann neben Katrin an. Doktor Rudolf Steiger schien unter Narkose zu sein. Ob sie ihn etwas zur Beruhigung gegeben hatten oder ob es der Schock war? So wie ohnmächtig schien der, schlug die Augen auf, schaute sich verloren, orientierungslos nach allen Seiten um, sprach kein Wort.

»Daniil, wie hast du uns gefunden. So schnell gefunden?«, Katrin schien zurück im Diesseits und hielt ihrem neuen Freund dankbar die Hand.

»Ist Doktor Steiger okay? Ein Krankenwagen kommt gleich. Ich habe gesehen, wie Sie Euch zum Parkplatz brachten. Und das mitten in der Nacht. Ich wusste gleich Bescheid. Ja der Simshov ist ein Agent und ein Killer. Sind hinter Euch hergefahren. Die bringen die Gefangenen immer um Mitternacht fort. Nie habe ich einen wiedergesehen, von denen, von den Gefangenen im Kerker von SEKTION 4. Habe sofort die russische Polizei verständigt. Dieses Sondereinsatzkommando war gleich da. Wir waren denen eh schon auf der Spur. Der Zugriff war schon länger geplant. Das heute war das Signal zum Zuschlagen.«

ENDSTATION

Minsk Weißrussland Montag 04. Oktober 2038, nach Mitternacht

Das DROPCAR der beiden hatte die Vororte von Minsk erreicht. Ihr Van kam jetzt schnell voran. Es war kurz nach Mitternacht. Gerade als Anna ihren Mikel einmal in die Augen schauen wollte, zeigte der nach vorne.

»Schau Anna Maria! Da auf dem Bildschirm!«

Erschrocken hielt sie die flache Hand vor den Mund, während sie auf die Anzeige starrte. Dort poppte die Meldung in kyrillischer- und englischer Schrift auf:

ATTENTION:
GERMAN CITIZEN MIKEL SCOTT MILLER WANTED!

Den plötzlichen Stimmungswandel musste der russische Fahrer mitbekommen haben. Schien mit einem Mal zu ahnen, wen er da hinten sitzen hatte? Er meldete der Zentrale.

»Dimitri Walira ... Nemetskiye gospoda ...Minsk ... DROPCAR.«

Mikel schaute Anna Maria an. Beide schauten sich an.

Jeder, der es wissen wollte, war jetzt informiert, dachte Mikel. *Katrin verstünde, was das steht. Die wüsste, was genau der Fahrer gesagt hatte. Sie hatte ihn reingelegt. Okay er hatte sie betrogen, mit Susan. Soweit waren sie quitt. Aber Katrin als Komplize von Rudolf Steiger, von Doktor Rostow, diesem Verbrecher. Das war etwas anderes ...*

»Anna Maria. Der gibt gerade durch, dass wir hier bei ihm im DROPCAR sitzen. Quasi in der Falle.«

Da war sie wieder, seine verwundbare Seite. Unter Druck neigte er zur Panik. Das lag tief in seinem Innersten. Irgendwas in seiner Kindheit? Sie kannte das inzwischen.

Anna Maria legte ihre Hand in seinen Schoss und versuchte zu beruhigen.

»Bleib ruhig Mikel. Wir sind das Ehepaar Stolzner aus Nürnberg. Schon vergessen? Sind eh gleich da. Kann nicht mehr weit sein. Und dann nichts wie raus hier. Die Bahn kommt in einer halben Stunde. Nix wie weg hier!«

Vor der MAGLEV-Station in Minsk Tsnyanka herrschte Hochbetrieb. Anna Maria hatte unterwegs die Tickets gelöst. Der Lasercode lief vor ihr am Boden. Es stand die Uhrzeit 00:40 neben ihrer Trackingnummer. Die nächste MAGLEV – Minsk – Berlin um 00:45 – sollte ihre sein.

Sie folgten den rot vor ihnen laufenden Ziffern auf dem Bahnsteig. Es war 00:43. Man konnte die Hand nicht vor Augen sehen. Bei Trockenheit wirbelte die herannahende Schnellbahn Staub, Äste und Laub auf. Aber da war noch etwas. Es war ein HELITAX, welches gerade auf dem Dach der Station landete. Anna Maria nahm Mikel an die Hand, zog ihn dicht an sich heran. Niemals wollte sie ihn wieder loslassen. Es war 00:45 – der MAGLEV aus Moskau fuhr in die Station. Anna Maria war erleichtert. Sie bestieg mit Mikel den mittleren Teil des Zuges. Der Sitzplatz war für sie reserviert und mit der App konnten sie die Sicherheitsbügel ihrer Sitze öffnen. Mikel sah hinaus auf die nächtliche Silhouette von Minsk. Anna Maria hatte sich eine Zeitschrift aus der Ablage genommen. Mikel hatte es bequem. Die Türen schlossen sich. Jetzt waren sie am Ziel ...

Da waren die Hände. Finger umklammerten die sich schließende Tür. Ein Arm griff durch den Spalt. Ein zweiter Arm folgte, der Fuß hinterher. Es ging alles so schnell. Er zwängte sich hinein. Mikel erschrak – war sprachlos. Anna Maria ließ die Zeitschrift fallen ...

»Aussteigen. Mitkommen! Mikel Scott Miller.«

»Was will der?«, piepte Anna Maria mit panisch ansteigender Stimmlage. »Mikel ist er das ...?«

»Er ... Ja, Rostow«, würgte Mikel vor Schreck.
Alexander Rostow hatte die Waffe auf Mikel gerichtet.
Der Russe sprang mit ausgestrecktem Arm in die Mitte des Abteils, riss den Arm in die Höhe, versuchte, den Notbremsknopf zu erreichen. Wollte den Zug, der noch in der Station stand, am Abfahren hindern. Mikel verstand, sprang von seinem Sitz und setzte halsbrecherisch zum Sprung an. Er hechtete hinüber und schubste ihn geistesgegenwärtig beiseite, weg vom Notbremsknopf, stürzte mit Rostow zu Boden. Dabei löste sich ein Schuss, schlug in die Deckenverkleidung.

Kunststoffsplitter fielen auf die Fahrgäste herunter. Schreie – Panik brach aus. Leute sprangen auf, suchten zwischen den Sitzreihen Schutz und warfen sich auf den Wagenboden.

Rostows Pistole schlitterte vor ihnen in den Gang. Der erhob sich und streckte dabei sofort wieder die Hand nach seiner Waffe aus. Die Passagiere, die es sahen, schrien und warfen sich hinter die Sitze.

Unendlich lange dauerte es, bis sich der Zug in Bewegung setzte. Dann aber beschleunigte der MAGLEV ruckartig und

Rostow verlor das Gleichgewicht und stürzte zu Boden. Mikel hatte sich blitzschnell erhoben und trat auf dessen Hand. Schmerzverzerrt schrie der Russe.

»Pizda mat,« und riss seine Hand los. Dabei zog er das rechte Bein von Mikel hervor und brachte ihn damit zu Fall. Er erhob sich und streckte wieder die Hand in Richtung Notbremse aus. Aber Mikel ergriff seinen Arm und riss ihn herunter. Er fiel auf Mikel und streckte ihm, am Boden liegend seine rechte Faust gegen die Schläfe. Mikel blieb benommen liegen. Als der Russe sich wieder erhob, war Anna Maria zur Stelle. Der Kick mit dem gestreckten Bein traf ihn mitten ins Gesicht.

Der fasste sich an die Lippen und spuckte Blut und Zähne hervor, bevor er einen neuen Versuch wagte. Jetzt waren sie zu zweit. Mikel nahm Rostow von hinten in den Würgegriff und Anna Maria kickte ihn voll in den Unterleib. Rostow beugte sich vor Schmerz. Sie griff seine Beine und riss sie ruckartig in die Höhe. Mikel drehte ihm den Arm in den Rücken, – gemeinsam fällten sie ihn wie einen Baum.

Die Geschwindigkeitsanzeige der Bahn zeigte nach wenigen Sekunden schon 250 km/Stunde. Ein dunkelhaariger, bärtiger Schaffner stürmte herein und löste das Notfallsignal auf seinem Mobilteil aus. Dies hatte zur Folge, dass der Kollege aus dem hinteren Teil der Bahn dazu kam.

»Was soll das? Wem gehört die Waffe?«, schrie er und hob die WALTER P128, die mitten im Gang lag, auf. Mikel hielt den Russen im Schwitzkasten und zeigte auf seinen Verfolger.

»Dem gehört die Waffe. Durchsuchen sie ihn! Das ist seine!« Der Steward half Mikel, ihn festzuhalten. Sie drückten ihn auf den Boden. Der schwere, bärtige Zugbegleiter kniete auf seinen Oberarmen. Dabei durchsuchte er seine Jackentaschen und fand die Munition im passenden Kaliber einer WALTER P128. Der kleinere blonde Helfer ließ kurz von ihm ab, um ihm Handschellen anzulegen. Das Terrorabwehrtraining von MAGLEV-HYPERFAST hatte Schlimmeres verhindert. Zunächst wusste man nicht, wen man hier vor sich hatte. Alle schauten sich an. Verwirrung entstand.

»Das ist Alexander Rostow. Der Mann ist eine Gefahr – watend by INTERPOL.«, klärte Mikel auf.

»Wer? Meinen Sie etwa, der Russe – von URALCHEMICAL? Der Rostow? Das muss ich an die Zentrale melden!«

Anna Maria spürte erst jetzt die Gefahr. Vorher waren das nur ihre Reflexe. Die liefen in Sekundenbruchteilen ab, wie ein Automat. Sie hatte es immer wieder und wieder geübt mit dem Olaf. Nach dem Überfall in der Elisabethstraße war sie gewarnt.

Hatte es sich doch noch einmal gelohnt, das Kickboxen.
Und kräftig war sie ja. Das musste jetzt auch Mikel anerkennen.

»Also die Nummer macht uns so leicht keiner nach. Anna Maria. Dir möchte ich nicht im Mondschein begegnen. So wie du den umgehauen hast.« Zum ersten Mal sah er sie in einer Weise an, schaute er ihr tief in die Augen, dass man meinen könnte, er mag sie?

»Ich dir schon!«, Mikel. Jetzt konnte sie schon wieder so lachen, wie früher. Sie schaute ihn so an, mit ihren roten Wangen und dem lasziven Blick, den Mikel schon von ihr kannte. Aus den wenigen intimen Situationen, in denen es schon damals zwischen ihnen knisterte.

Einfach die Frau für alle Lebenslagen. Schön, stark, schlau. Universell einsetzbar, erkannte er.

»Anna Maria. Ja du bist meine Geheimwaffe«, Mikel küsste sie anerkennend auf die Wange.

»Du lass uns denen beim Wegräumen helfen. Und dann will ich endlich in Ruhe meine Zeitschrift lesen«, antwortete das neue Bondgirl, Anne Mary. Die Meldung löste eine intensive Diskussion unter dem Terrorabwehrteam aus.

»Die Zentrale meint, wir sollen ihn unbedingt festhalten. Der Mann wird gesucht, INTERPOL, Sie haben recht!«, sprach der kleine blonde Pole, der noch sein eingeschaltetes Mobilteil in der Hand hielt.

Bei der Einfahrt in die Station zeigte die Infotafel 01:25. Ein eigens für ihn abgestelltes Empfangskomitee erwartete ihn in der MAGLEV-Station in Warschau. Man hatte mit ihm kurzen Prozess gemacht. Die Reise war für Doktor Alexander Rostow zu Ende. Jeweils rechts und links eingehakt, zerrten die Beamten den Mann aus dem Schnellzug.

In Warschau dauerte der Halt fünf Minuten länger als sonst. Der Bahnsteig war hermetisch abgeriegelt. Ein SEK der polnischen Polizei stand an der Automatiktür des MAGLEV. Alle Türen waren von den Einsatzkräften verstellt. Blaulicht überall. Denn Alexander Rostow stand auf der allerneuesten Fahndungsliste, ganz oben, konnte Anna Maria im Internet lesen. Der russische Staat hatte gerade eine hohe Belohnung auf die Ergreifung dieses Mannes ausgesetzt.

Obwohl nur auf dem Papier frisch verheiratet, war die Freude des jungen Ehepaares Stolzner ungetrübt. Auch auf sie wartete ein Empfangskomitee an der nächsten MAGLEV-Station. Es war nur knapp eine Stunde später – dann öffneten sich die Türen. Sie waren in Berlin.

»Herzlich willkommen, Frau Anna Maria Stolzner! Gratuliere zu Ihrer ersten erfolgreichen Mission. Grüß Gott Herr Robert Stolzner.«, zwinkerte ihm Doktor Schmidtbauer freundlich zu.

»Entschuldigt. Wir mussten ihnen vorübergehend eine neue Identität verschaffen.«

Anna Maria ging erleichtert auf ihren väterlichen Freund zu.

»Grüß Gott, Herr Oberländer. Sie sind auch gekommen?«

»Ja grüß Sie, Frau Schmidt! Das wollten wir uns nicht nehmen lassen. Immerhin war das mein aufwendigster Fall in meiner 35-jährigen Dienstzeit bei der Kriminalpolizei. So etwas habe ich auch noch nicht erlebt.« Oberländer reichte ihr die Hand und zeigte in Richtung des neuen Tracking Pfades. Doktor Schmidtbauer ging voraus – zur Plattform SÜD 2 des MAGLEV nach München.

Wir haben einen ganzen Ring ausgehoben. Eine länderübergreifende Aktion. Länderübergreifend, weil wir gemeinsam mit der russischen- und chinesischen Regierung zugeschlagen haben. Ein paar sind noch auf der Flucht. Aber die meisten haben wir schon. Es geht um Verbrechen gegen die Menschlichkeit, Landesverrat und Industriespionage im ganz großen Stil. Ihr beide wart ein Teil verdeckter Ermittlungen mehrerer befreundeter Staaten. Darunter die USA, Kanada, China und Russland. Und ihren ehemaligen Chef und ihren jetzigen Chef haben wir auch aufgespürt. Sie kennen die beiden? Es ist Doktor Rudolf Steiger und Martin Klose-Hilger. Der Steiger war mit seiner Sekretärin im geheimen Gefangenenlager bei URALCHEMICAL eingesperrt. Klose-Hilger haben wir quasi in flagranti erwischt. Er wollte sich gerade nach China absetzen. Mit den neuesten Forschungsergebnissen aus dem Labor seiner Firma im Reisegepäck. In China haben die SGI- und in Russland URALCHEMICAL ausgehoben.

Wie wir gerade erfahren haben: Die Chinesen konnten den ehemaligen General Sam Feng Yong von SGI und in Warschau den Industriellen Alexander Rostow festnehmen. Ihr seid also vorerst in Sicherheit!

»Was habt Ihr vor, Ihr beiden? Es wäre gut, wenn wir eure neue Identität noch eine Weile beibehalten könnten. Denn wir haben noch nicht alle gefasst. Uns hat ein Informant weitergeholfen. Kennen Sie den Axel Auer? Monteur von HERMEL. Den Daniil Luganov? Alles Leute von uns. Den Luganov haben wir auf Rostow angesetzt. Sein Helfer, Vane Summers, alias Vladimir Simshov – ein gesuchter Mörder, ist beim EFSB unehrenhaft entlassen worden. Der ist noch flüchtig.« Ich dachte mir, Sie machen erst mal Ihre Hochzeitsreise als Ehepaar Stolzner. Hier sind zwei Tickets und Hotelgutscheine für drei Wochen Malediven. Was halten Sie davon?«

ENDE

ÜBER DEN AUTOR

Der Autor Kalmond Kess schreibt seit seiner frühen Jugend. Er lebt abwechselnd in München und in Pula. In einer Bucht mit einem wunderschönen Blick auf das Meer, welcher zum Träumen einlädt, entstehen auch die meisten seiner Bücher. Gleich das Debüt, der Roman *Die Spur im Fluss – Sakai* – war ein großer Erfolg.

Auch vom Autor Kalmond Kess:

Die Spur im Fluss
- Sakai -

ROMAN

Bayern 1829 - drei Tage vor Heiligabend. Ein Schicksalsschlag - die junge Komtesse Josepha von Gruenfels in Lebensgefahr - die Rettung aussichtslos? Einer versucht es. Der Beginn einer Liebe über alle Standesgrenzen, hinweg. Die Liebe muss warten, denn es ist Revolution im Jahr 1848. Ein verheerendes Feuer - eine Flucht folgen. Der Rivale jagt den Helden von einst - auf Leben und Tod. Ein letzter Kampf in einer neuen Zeit - im Biedermeier. Es geht um menschliche Schwächen, Machtmissbrauch durch Adel und Klerus und um eine unerfüllbare Liebe. Vergehen an den Kleinsten- und Schwächsten der Gesellschaft. Ein Junge verschwindet spurlos! Es gibt einen schlimmen Verdacht? Nichts bleibt von ihm, nur:

Die Spur im Fluss
- Sakai -

ROMAN

Leseprobe: ... Johannes Dorfer saß an der Uferböschung und bemerkte die unsichtbare Gefahr! Er hörte ein leises Knacken – dann ein kurzer Aufschrei. Das Eis barst, wie Glas unter ihren Füssen und die Josepha versank im dunkelgrünen Eisloch, zwischen den Schollen. Johannes sah, wie sich die geborstenen Schollen über dem grünen Wasser gleich wieder schlossen, und schrie in die Stille: »Sie ist weg, die Komtesse ist weg!«